一路奔北

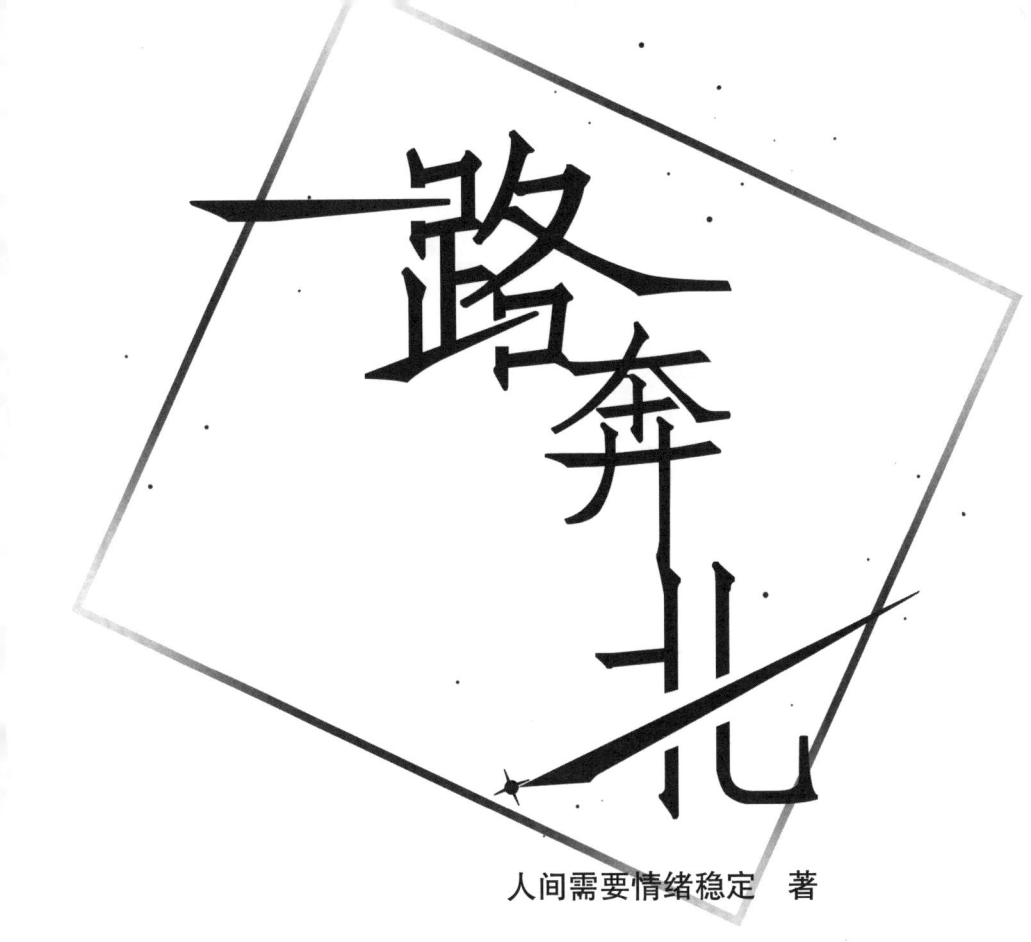

人间需要情绪稳定 著

上海文艺出版社

图书在版编目（CIP）数据

一路奔北 / 人间需要情绪稳定著. -- 上海：上海文艺出版社，2024
ISBN 978-7-5321-8936-6

Ⅰ.①一… Ⅱ.①人… Ⅲ.①长篇小说－中国－当代
Ⅳ.①I247.5

中国国家版本馆CIP数据核字(2024)第007987号

上海市2022年度"科技创新行动计划"科普专项项目

发 行 人：毕　胜
责任编辑：冯　凌
特约编辑：林潍克
封面设计：余沉兀

书　　名：一路奔北
作　　者：人间需要情绪稳定
出　　版：上海世纪出版集团　　上海文艺出版社
地　　址：上海市闵行区号景路159弄A座2楼 201101
发　　行：上海文艺出版社发行中心
　　　　　上海市闵行区号景路159弄A座2楼206室 201101 www.ewen.co
印　　刷：苏州市越洋印刷有限公司
开　　本：1240×890　1/32
印　　张：11.75
插　　页：2
字　　数：235,000
印　　次：2024年3月第1版 2024年3月第1次印刷
Ｉ Ｓ Ｂ Ｎ：978-7-5321-8936-6/I.7039
定　　价：59.00元
告 读 者：如发现本书有质量问题请与印刷厂质量科联系　T:0512-68180628

目录

第一章	新一代降临	1
第二章	草率的决定	7
第三章	老狐狸摆棋局	14
第四章	求而不得	22
第五章	故人见面，分外眼红	27
第六章	年轻人，想干嘛就干嘛	38
第七章	永不熄灭的灯光	45
第八章	科学家争地盘	53
第九章	告别仪式	60
第十章	好心办坏事	70
第十一章	有准备的人	77
第十二章	科研不是画延长线	83
第十三章	久别重逢	93
第十四章	合并同类项	100
第十五章	所有问题都算我头上	108
第十六章	两只麻雀	116
第十七章	走马上任	127
第十八章	回去画图	136

| 第十九章 | 定制服务　　145

| 第二十章 | 人财两得　　154

| 第二十一章 | 不是约会的约会　　163

| 第二十二章 | 比拼　　173

| 第二十三章 | 庆祝一个小胜利　　183

| 第二十四章 | 老瓶新酒　　193

| 第二十五章 | 恩怨尽销　　199

| 第二十六章 | 这样也很可爱　　206

| 第二十七章 | 不如你们首发　　214

| 第二十八章 | 同学聚会　　219

| 第二十九章 | 时间问题　　229

| 第三十章 | 流氓条款　　241

| 第三十一章 | 真假大小姐　　251

| 第三十二章 | 生活试验局　　260

| 第三十三章 | 你敢做，我就敢用　　266

| 第三十四章 | 自相矛盾的要求　　274

| 第三十五章 | 追女生的启示　　282

| 第三十六章 | 回头草　　298

第三十七章	霸总难当	306
第三十八章	谁更安全	312
第三十九章	模拟爱情	321
第四十章	上门挑战	328
第四十一章	百密一疏	334
第四十二章	烤肉的启示	341
第四十三章	最后的准备	346
第四十四章	成功发射	352
第四十五章	阴晴圆缺	357
第四十六章	尾声	367

第一章
新一代降临

若不是交错而过的车头还带着个沪，孟星高很难相信这里是上海的地界。

太阳依旧是野火燎原般地炙热，道路也算四通八达，只是公交车开着开着高楼大厦就渐渐不知所终，放眼望去，竟展开一幅乡村画卷，漠漠水田，阴阴夏木，哪有半分国际大都市的模样。在田园牧歌中畅行半晌，前方终于出现一片四方齐整的混凝土建筑群，周边高墙环绕，绿树掩映，大门口的牌匾不知是想被看到还是不想被看到，字体颜色和墙体融为一体，不仔细都发现不了上面的未来卫星研究院字样。

孟星高的生活规律得犹如钟表，两点一线，毫厘不差，连门卫小哥每天清晨看到他出现时，都会下意识地想要给自己的手表校时。形象一成不变，靛蓝航天工装永远熨帖平整，没有一丝褶皱。只留板寸的发型露出光洁的额头，下巴刮得不留一点胡茬。嘴唇欲扬未扬，遇到熟人挂起的笑容，总在一个相同弧度就收住，没有一丝情绪外露。

不过今天确实有些不同，孟星高没有踏着9点的整点报时走进办公楼，而是在研究院大门口站得笔直。他正在等一个人，一个自己的导师兼领导，未来卫星研究院总设计师傅晚明从海外留学生中千挑万选出的佼佼者，据说能给现在的小卫星团队带来灵感的新鲜血液。

距约定的时间刚超过五分钟，孟星高就开始觉得焦躁，他讨厌一切破坏计划的事物，仿佛时间偶有偏差，就会让他这副精密无比的身体运转失灵。孟星高正要掏出手机打电话，突然一辆荧光绿的敞篷跑车叫嚣着由远及近，猛地急刹停在面前。随后，车门大鹏展翅般地高高扬起，下来个与周围田园风光格格不入的年轻人，肩上歪歪斜斜地搭着件西装外套，紧身裤勾勒出修长腿型，然后在脚踝处没入马丁靴，夸张的大墨镜遮住半张脸，只剩下面两片泛红的薄嘴唇，径直朝孟星高走过来。

"钱宇？"孟星高不太确定地问道。

"是啊，是啊。"钱宇兴奋地应道。

见面前，孟星高没有好奇过这个被自己导师期待的新人会是什么样，但如果猜过，也断然不会是眼前这样。孟星高一言不发，带人走进办公大楼，迎面看到巨幅标语上有"艰苦奋斗"四个字，他又忍不住回头瞥了眼钱宇，旋即被他脖颈上的金项链晃得眼花。

办公室里,未来卫星研究院总设计师傅晚明正在和几个同事说着什么好消息,整个人容光焕发,神采奕奕。看到两人进来了,立马收住话头,满脸喜悦地起身说道:"欢迎欢迎,我们小卫星团队又迎来了一位海外学成归来的优秀人才。"

这时,钱宇的墨镜早就脱了,西装外套也好好穿在身上,变身好学生样,大大方方地介绍道:"傅老师好,大家好,我叫钱宇,有钱的钱,宇宙的宇,很高兴加入未来卫星研究院,以后请多多关照。"

"了不起,果然是我想象力不够,还以为你的钱只是像下暴雨一样从天而降,没想到是像宇宙一样浩瀚无垠,真是好名字。"

年轻工程师余行健风趣幽默,一句话就逗得满屋子人哄堂大笑。只有孟星高在一旁微微蹙眉,心里别扭队伍混进来个人民币玩家,越发觉得眼前的这个小屁孩不踏实。

"钱宇,你先跟着孟星高学习一段时间。"傅晚明说道。

"傅师,是不是请更资深的专家带钱宇,我还不够格呢。"孟星高委婉地拒绝道。

"你先带着,后面等老陈进修回来再安排,年轻人在一起有话说才对。"

傅晚明笑着说完,没等孟星高回答就转到正事上了。孟星高知情识趣,只好把人带出来顺手把门关好,回头正好对上钱宇恳切的眼神。

"前辈，后面就要麻烦你了，我有好多东西想向你请教。"
"好。"

听到肯定的答复后，钱宇旋即露出一个无比灿烂的笑容，孟星高心中却咯噔一下，不好，他只有一个梨涡，不对称，好难受。

孟星高给钱宇安排好座位，马上抱来一大摞项目资料让他先熟悉。孟星高所在的小卫星团队正在进行二氧化碳监测科学实验卫星的研制，截至目前，全球只有美、日两个国家成功发射过这样的碳卫星，科学家们通过碳卫星获取的数据，可以反演出全球高精度二氧化碳分布图，为全球碳循环和气候变化研究提供依据。虽是实验卫星，但哪个国家拥有自己的碳卫星，就能在碳排放数据上知己知彼，并提升在国际气候谈判中的话语权和自主权，避免这些反映国家经济体量和社会责任的核心数据被一两个国家把控，然后借机抑制其他国家的经济发展，可谓意义重大。

孟星高生怕钱宇对实验卫星不够重视，从背景情况到执行细节，介绍得极尽详尽。刚开始，钱宇像所有刚加入的新人一样，为开头的家国情怀心潮澎湃，三句话没听完就恨不得撸起袖子干。可说到具体项目细节，这个部件那个系统的，不消半小时钱宇眼皮就开始打架。眼前的世界如梦如幻，孟星高的身影一个变两个、三个、四五个……叠叠重影，最终糊成蓝色的一大团。

孟星高生活中惜墨如金，拙于表达，说起工作却如江河澎湃，滔滔不绝。孟星高自信讲解的内容对业内人士绝对有吸引力，正旁征博引呢，回头却看见钱宇已经仰头倒在座位上睡着了，顿时一股怒气在胸口乱窜，只想一掌拍碎他的美梦。

孟星高身上总有种不近人情的理智冷静，唯独对于这份事业，他自始至终怀揣着一颗热烈虔诚的心。在他看来，卫星是历史上最了不起的创造，是科技与工程的双重奇迹，也是浪漫与现实的完美结合，它突破人类视野的局限，跨越山，跨越海，跨越一切遮挡的障碍，以神灵的视角审视人世间发生的一切。每每想到此，孟星高内心都是波涛汹涌，激荡不已，而眼前的新人，竟然在自己谈及这份伟大时，有节奏地打起了呼噜，真是朽木不可雕也。孟星高一个字都不想多说，直接放下资料，出门往安装工厂去了。

钱宇睡得不知今夕何夕，醒来的时候孟星高已经不见了，他擦了擦嘴角的口水，不慌不忙地翻阅起材料来。卫星这样的高尖端技术，相关专业其他国家自然不会对中国人开放，钱宇在欧洲留学修的是汽车结构设计专业，和卫星八竿子打不着。但所谓一理通百理明，任何精密仪器的结构原理相通，新材料的应用对汽车的承压有明显的改进，对卫星也一样，拓扑优化能够给汽车减重，同样也能给卫星减重。钱宇初生牛犊，自然对未知的领域没有什么畏难情绪，刚才意识模糊的时候，他隐约记得孟星高提及卫星的重量与发射成本的关系，这似乎是他可以大显身手的地方。

孟星高忙得有点晚，回到办公室差不多晚上9点了，看到钱宇伏案学习，资料被翻得乱糟糟，还侵占了自己一半桌子，内心的熵增顿时到了临界值。于是，孟星高自然而然地忽视了钱宇求知求实的可能，只觉他上班睡觉，下班装模作样，浑身带着股"歪风邪气"，决定放过彼此，明天就和傅晚明提换人辅导钱宇的事。

没等到第二天，傅晚明的电话就来了，通知孟星高赶紧收拾行李明天一早去北京参加研讨。

第二章
草率的决定

孟星高是傅晚明带的最后一个博士生,平日里关门弟子般悉心教导,但凡有好的培训研讨,都会被带去开开眼。只是这次傅晚明转过来的消息多少有点语焉不详,没有主题没有议程,老实说孟星高本能地抵触这样的不确定,要不是发件人是中国卫星管理办公室主任许凤祥,想着规格不会太差,临时的这一趟还真想找借口推脱了。

然而忽视掉的不确定总能杀人个措手不及。一路上行色匆匆,飞机转出租车,时间卡得滴水不漏。两人火急火燎地冲进会议室,猛地看到投影幕上"北斗三号卫星导航系统项目"的大黑体,突然有点发懵,一时不知是哪个环节出错,才被邀请到这里。很显然,满屋子的专家们对傅晚明和身后不知名小年轻的出现也很诧异，刚才还三三两两地相谈甚欢，现在目光齐刷刷地看向两人，审视的意味似要揪出滥竽充数的南郭先生。

好在尴尬没有持续太久，许凤祥就大步走了进来，手里的旧搪瓷茶杯往桌上一搁，清脆的撞击声令会议室立时鸦雀无声。许凤祥扫视众人一圈，目光在角落里刚坐下的傅晚明身上停留许久，才不疾不徐地开了口。

"今天召集各位专家过来，是有一个重要的消息要宣布。中国卫星管理办公室经过慎重地考察、分析、论证，正式决定在北斗三号系统工程中引入第二家研究院。现在让我们用热烈的掌声欢迎新成员未来卫星研究院的加入。"

许凤祥的这个重要消息，语气轻松得像饭后拉家常，可在座的所有人却犹如听到平地一声雷，理智瞬间被炸得支离破碎，满脑子都只剩嗡嗡声。

卫星导航系统项目放在哪个国家都是个货真价实的烧钱项目，就拿美国来说，从 1973 年开始研发 GPS，到 1994 年已投入了超过 200 亿美元，每年维护费就高达 5 亿美元，说天文数字是实实在在的字面意思。我国自主研发的北斗系统，始于 20 世纪 80 年代，一上马就深刻地品尝到囊中羞涩的味道，逼不得已只能走一步算一步，中国特色的"三步走"发展策略正是因为此。第一步是覆盖国内，第二步是覆盖亚太，第三步再覆盖全球，分别对应北斗一号、北斗二号和北斗三号。

今天坐在这里除傅晚明和孟星高外，都是来自北方航天工业集团最尖端的两个研究院，也是北斗一号和二号的核心研发团队，可谓集中国最顶尖的卫星导航专家于一堂。孟星高不用猜也知道，这群专家如履薄冰地把北斗一号、二号送上天，好不容易走完万里长征的第一步，正兴致勃勃地准备迎接覆盖全球的北斗三号，突然横生枝节插入一个未来卫星研究院，心里一场坍塌是免不了的。

孟星高将目光从崩溃的众专家移向身边的傅晚明，这位身经百战的总设计师此刻怔忪不已，估摸他事先也不知情，而这消息又宣布得过于刺激。但孟星高才不想管那些和自己八竿子打不着的专家们怎么想，他甚至无暇深思傅晚明有什么好犹豫的。这可是北斗啊，每个中国航天人的梦，孟星高的心早已为北斗魂牵梦萦，才不关心这个任务有多艰巨，他的身上每一个细胞都在叫嚣，快同意，快同意，快同意。

许凤祥面对眼前各种精彩纷呈的表情，选择看破不说破，露出一个意味深长的微笑，起身带头鼓起掌来。在稀稀拉拉的掌声中，许凤祥又趁热打铁地说道："既然大家都无异议，那么我们直接进入今天会议的正题，北斗三号项目落地方案。"

"许主任，抱歉打断一下，我想了解一下这次的决定是基于怎样的考虑？目前的团队成员大多是北斗项目启动时就参与其中，大家知根知底，完全可以平滑过渡到三期工程。突然在原有的盘子里加入新的研发团队，中间的这个沟通协同成本恐怕会上升。"北方航天工业集团的卫星专家方卫东是傅晚明的校友，但他似乎没有打算留面子，直接就把拒绝写在脸上了。

许凤祥眼底一丝不悦闪过，"北斗项目是整个国家的项目，并不存在什么原有的盘子，英雄不问出处，凡是优秀的科技人才国家都考虑吸纳进北斗队伍发光发热。"

"许主任，卫东不是这个意思。我们在座的所有人都欢迎有生力量的加入，所谓众人拾柴火焰高，人多好办事。今天大家提出一些疑虑也是为了今后项目中少些波折，北斗是国之重器，举全国之力来建，您应该知道我们参与的专家都签过军令状，提着心干确保项目只许成功不许失败。未来卫星研究院过去有着辉煌的成绩，但型号几乎都是小型和微小型，应用集中在天气预测、水文观察等方面，这与导航卫星还是有很大区别的。而且北斗三号还是全球组网，比一号、二号攻坚难度升级不是一星半点，其中有任何的差错谁都没法向国家人民交代，还请各位领导慎重决策。"著名的卫星专家梁材说得比方卫东委婉，但对这个决定的质疑传达得却也不含糊，马上就得到了其他专家的声援。

"单颗卫星和组网卫星的区别十万八千里，我国没法像老美那样在全球设地面控制站，组网方式和GPS完全不一样，要撵着人家屁股走，又没人家那条件，咱这些老家伙还头疼呢，给新人练手有些过分了，实在为难小傅这帮孩儿们。"

在场的哪有什么新人，航天领域也没有一颗螺丝钉敢适合拿来练手。但说话的人是李庆祝，早期的卫星导航理论奠基人，北斗一号、二号的亲历者，在他面前别说孟星高，就算傅晚明也不过是个小字辈。更何况，未来卫星研究院的科研人员平均年龄不过三十五岁，一半以上是毕业不到十年的年轻人，在李庆祝看来跟幼儿园似的。

"是啊，不好这么揠苗助长的。"

"风险太大。"

……

有大声喧哗的，有窃窃私语的，你一言我一语，会议室变得异常热闹。每句话掉到孟星高耳中都如针扎般刺耳，问题是这种场面他个小透明说不上话，只好寄希望于许凤祥和傅晚明。按道理，决定是许凤祥宣布的，人是许凤祥邀请过来的，解释的工作应该许凤祥做。可许凤祥就是只管挖坑不管埋，一副置身事外的表情，听大家争论的间隙还不时用目光挑衅下角落里的傅晚明。

傅晚明毕竟不是初出茅庐的小子，不一会儿就没有开始时那么茫然了，一边沉思，一边用指头慢慢捻衣服上的毛球。和傅晚明相处经年的孟星高知道，这个下意识的小动作说明傅晚明已经按捺不住。他这个导师在业内有"另类"之名，敢在最怕风险的航天领域搞创新，对别人质疑向来置之不理。但如果质疑是来自他过去的"意难平"——北方航天工业集团，或许是个例外，孟星高觉得应该多少能召回傅晚明青年时代的叛逆。

在孟星高的期待中，傅晚明噌地一下从座位上站起来说道："感谢中国卫星管理办公室的信任，在这里我代表未来卫星研究院郑重承诺，一定会带领团队，竭尽全力，不辱使命。同时，也感谢各位前辈的建议，这让我想起了早年陈家鸿教授进行双星定位系统研究，那时候不仅没经费没人才，甚至资料都不足，陈老也就带着几个二十啷当的小伙子进行理论推演和专项试验。我记得当时会上有人比现在各位还慌，怀疑三五个人七八条枪，做出的东西怎么跟老美的比。陈老的回答是，如果我们是要复制 GPS 的技术，那么经验的缺乏是致命的，然而高尖端技术学不来，买不来，施舍不来，只有通过我们的创新来解决。当下所有的技术对所有人来说 100% 是新的，老人新人都没经验，何谈年轻人不行？这话我记了二十多年，放在今天也适用，既然北斗三号面临北斗一号、二号都没遇到的全新课题，所有人都是在同一条起跑线上，大家各凭本事，就不要替我们操心了。"

这是傅晚明第一次在公开场合提及恩师陈家鸿，科研领域大多论资排辈，师从何人，从业几年都决定着说话的分量。过去傅晚明避嫌，怕自己成绩不够，有辱师名，如今被质疑到这个分上，资历又比不过北航这帮专家们，只好把陈家鸿这样的泰山北斗搬出来了。

"说得好，当年基础薄弱都能做到，今天兵强马壮为何做不到？大家在担心什么？没人坏得了事。"

许凤祥作为背后"看不见的手"，最好的手段就是因势利导，眼见时机成熟，立马出手，把调定了。另外，陈家鸿的榜样效应明显，任何质疑都显得底气不足，大家无可奈何地默认了新成员的加入。这一瞬间，孟星高听到他悬在空中摇摆的心终于落到了实处。

"那么，两个科研机构如何分工，分别负责多少份额？"

"同一条起跑线上，大家各凭本事，拿出方案再做分配。"这可谓是个既能展现国家海纳百川的气度，又给各方都留有余地的回答。根据方案再分份额，一方面给了未来卫星研究院参与的机会，你气别人看不起你，那机会给你，拿不出方案就怪不着大家反对了。同时也让北方航天工业集团的专家们无话可说，你不是认为未来卫星研究院不行吗，那比方案有什么好怕的，再反对就是对自己的不自信了。

接下来就是正式的项目介绍，孟星高的目光从角落里越过人群，紧紧地盯着屏幕上每一个关于北斗的字，一幅宏大的蓝图在面前缓缓展开，孟星高已经想当然地把自己当作其中的一分子了。

第三章
老狐狸摆棋局

两小时后会议结束，与会者陆陆续续走出会议室，而这场会议的始作俑者许凤祥却没事人似的，把文件往胳肢窝一夹，端起搪瓷杯飘然离去。不到一分钟，会议室只剩两人，孟星高思绪纷飞，沉醉北斗梦不能自拔，傅晚明疑虑重重，深思这件事的前因后果。

"傅师，咱走吗？"

"走！"

傅晚明如梦初醒，催着孟星高赶紧走，结果两人根本没回上海找未来卫星研究院院长彭海商量，而是前脚撵后脚直接追到许凤祥的办公室。

没想到还是来晚了，许凤祥的办公室早已热闹非凡，一个接着一个的领导专家来拜访，有的开门见山，有的拐弯抹角，全部都想知道引入第二家科研机构打的是什么主意。可许凤祥的嘴跟粘了胶似的，会上没说，会后更是滴水不漏，一贯的礼貌热情打哈哈，顷刻之间访客啥都还没弄明白呢，就已经被送出了门。

照理说是许凤祥力排众议选了未来卫星研究院，这时候应该开开小灶，激励一番，可傅晚明和孟星高一进门，却发现时钟才刚指向六点，许凤祥就已经在收拾公文包，着急回家老婆孩子热炕头。

"许主任，您先别走啊，给我们指点一下迷津。"傅晚明知道再绕弯子人就走了，赶紧冲到许凤祥面前问道。

许凤祥抬头看到傅晚明手足无措的样子不禁有些好笑，不过手里收拾的动作倒是停下来了，然后戏谑道："我还以为我们傅总师泰山崩于前而面不改色，没想到也会紧张。好，既然你找过来了，那我们掏心窝子聊聊，先问你一个问题。"

"您讲。"

"你会上应承下北斗三号这差事是赌气还是真心想做？"

许凤祥的问题直接得让孟星高心惊，傅晚明的过去并不是个秘密。20世纪80年代，国家为了集中优势兵力突破技术瓶颈，结束散兵游勇的阶段，将国内数十家航天航空科研单位进行了整合，成立了北方航天工业集团。这样的地方，对学生有着致命的吸引力，傅晚明很难不把这儿当作自己梦想实现的地方。求职北方航天工业集团当天，傅晚明滔滔不绝，应对得宜，面试未完，三个面试官中的两人已经把傅晚明填到录取名单了。就在回答最后一个问题时，意外发生了，傅晚明和其中一个面试官争论了起来。此人不是一个豁达的人，发表观点时被人抢白很生气，最终写下"胆大妄为，年轻气盛"的八字评价后，把傅晚明从录取名单中划去了。

而那个把傅晚明名字划掉的面试官正是今天会上极力反对未来卫星研究院加入的李庆祝。旁人看傅晚明一身书卷气，气质温文尔雅，柔和的目光甚至有点老好人样。实际上在学术方面他极为倔强，就像弹簧，不压还好，越是用力挤压，弹得就越高。过去还是个毛头小子也就算了，如今傅晚明已经成为未来卫星研究院的技术当家人，李庆祝还是过去那副不堪大用的表情，傅晚明心里的反弹多大可想而知。

问题是，科研不是可以置气的角斗场，尤其在北斗三号这种国家重点项目面前，所有人都必须以大局为重，如果傅晚明的回答带上一星半点个人恩怨，可就没资格接这任务了。

"真心实意想做。"傅晚明笃定地说道。

"那你干北斗三号，是准备浅尝辄止，混个名气，还是扎根其中，搞出名堂？"

"我傅晚明做什么都绝不会只在大海边漫步一圈，沾沾水，湿湿鞋就溜。要么不干，要干就跃入大海，潜到海底，让自己全身湿透！"

"那不就结了，还追过来问啥。走咯，我下班了，大孙孙抓周，得回家主持大局。"

傅晚明和孟星高不敢阻挠天伦之乐的大局，许凤祥就此金蝉脱壳，两人不能鸠占鹊巢地待在领导的办公室，只好慢慢往外走。

"傅师，许主任不是开玩笑吧？会不会今天说给我们，过几天又说不给我们做了？"许凤祥用问题回答问题，孟星高心中患得患失。

"据我所知，许主任不是一个随便的人。"傅晚明若有所思地回答。

"但感觉好奇怪啊。"毕竟份额没有板上钉，孟星高心里还是不踏实。

"奇怪什么？"傅晚明问道。

"这么重大的决定，为什么不提前透个风？一上来就说结论，万一未来卫星研究院没有能力做或者意愿不强，你当场给拒绝了如何是好。"

"北斗的话，他知道我很难拒绝吧。"

孟星高一拍脑袋，觉得傻掉才会问这个问题，像全球导航卫星系统（Global Navigation Satellite System，缩写为GNSS）这样级别的项目能参与的国家和科研人员能有多少？四个，全球就四个大国，如果北斗三号建成，就会成为和美国GPS、俄罗斯GLONASS和欧盟GALILEO并立的。至于科研人员数量，排除外围支撑人员后，能接触大系统核心的研发人员不会超过千人。这样的机会百年难遇，像傅晚明这样有大抱负的科学家，花几天大概都想不到任何拒绝的理由，他今天会上犹豫的怕不是接不接，而是怎么接。

"傅师，我还是觉得很奇怪，在原有的科研机构没有出错的情况下，为什么不继续让原班人马采用风险最小的方案？"没有科研单位会拒绝，但孟星高却也想不出这种天大的好事为什么会落在未来卫星研究院身上。

这个问题本来傅晚明也有点不明白，但在刚才门口等着见许主任的时候，看来来往往的人铩羽而归，似乎明白了点什么。"按照航天领域的老传统，新技术的应用不能超过30%，如果超过，牺牲的是可靠性的降低。但你觉得今天许主任提的要求新技术的应用有可能不超过30%吗？"

孟星高摇摇头，他是仔细听了本次会议的，北斗三号追求三个最优，没有一个在现有模式下可以完成。首先性能最优，北斗三号除能够为全球用户提供定位、导航、授时、全球短报文通信、国际搜救服务等多种功能，还要为中国及周边地区的用户提供区域短报文通信、星基增强、精密单点定位等服务，并具备优于其他国家导航系统的高精基准、可靠应用、组网升级、安全运行等指标。其次，成本最优，要符合我国的国情国力。单星重量要低，减少载荷，降低发射成本。寿命也要久，大于十年，降低更换频率等等。最后，自研比例最优，核心部件国产化较北斗一号、二号有大幅提升，这是出于供应链安全的考虑，核心技术不能被发达国家卡脖子，坐地起价或是恶意断供，都会让系统的延续性受到挑战等等。另外，我们还面临很多欧美国家不用面临的问题，比如无法全球部署地面控制站，后发的抗干扰能力……

一言以蔽之，就是没钱，但是要做最好的全球导航卫星系统，所以，这要求之高让满屋子的专家都直皱眉头，不敢轻易答应。

"但这毕竟是北斗啊，关系国计民生，再难也要做出来不是。您不是说，无论是老专家，还是像我这样的年轻人，大家都在一条起跑线上，我看许主任也没有否定这一点。"孟星高说道。

"我倒觉得，他信不信不要紧，无非两种可能。第一种可能，未来卫星研究院想办法做到了，北斗三号就由两家科研机构送上天。第二种可能，未来卫星研究院做不到，倒逼原有研发团队创新的目的已经达到了，大不了北斗三号还由原班人马送上天，熟门熟路，出不了问题。"

"他当咱是鲇鱼啊？"孟星高恍然大悟。

"效果显著，今天会上难道你看不出来多少人炸毛了。"傅晚明说道。

"老狐狸！"孟星高狠狠地腹诽了一句后问道："但傅师您会尽力让第一种可能发生，对吧？"

"那当然。"傅晚明毫不迟疑地说道。

难得的高调谢幕后，两人悄无声息地回到了上海。孟星高离开不过两天，办公室里和临走时没两样，桌上的图纸还是二氧化碳监测卫星，生机盎然的绿萝也没来得及长出新叶子，连身边的钱宇依旧一副嬉皮笑脸的讨厌样。感觉一切都没变化，但又一切都变了，孟星高难以自抑地摩挲着在北京做的笔记，琢磨起北斗三号这摊子事来。虽然不知道未来卫星研究院能拿下多少份额，也不知道自己会处于项目组中什么位置，但他的思路不受控地从四面八方奔涌过来，关于系统、关于架构、关于发射，关于北斗三号的一切。

另一边，未来卫星研究院院长彭海风风火火闯进傅晚明的办公室，招呼不打就往沙发上重重一压，庞大的身躯立马深陷其中，压出道道褶皱。听完傅晚明险象环生的北京之旅，彭海已经满脸油光，黑框眼镜一个劲地往鼻头滑，索性顺手往茶几一丢。这下没有了镜片的遮挡，傅晚明才看清他镜片后掩饰不住的疲惫和愁容，原来焦虑的人不只自己一个。

"老傅，你有气我理解，但那通年轻人很行的演讲说说就行了，什么少年强则国强，少年富则国富都是大道理，实操层面还是老人靠谱，人家的质疑也不是没道理。"

"我可没想只是说说。"傅晚明回答得无比肯定。

"什么，你还打算执行，我可提醒你，别真搞一支童子军？"

说傅晚明听不进逆耳之言也好，说傅晚明缺乏应有敬畏也好，就在彭海提醒前，傅晚明的名单中已经出现了很多张年轻的脸，像曾经的自己，目光无所畏惧，对眼前高山般的困难视若无物，对铺天而来的否定予以否定。

见傅晚明不说话，彭海真急了，坐直身子喝道："傅晚明，这里不是过家家的地方。能干北斗三号的年轻人，指的是你这样比北方航天工业集团里面头发花白的老专家岁数小这么一丁点的人，不是你团队那帮三十岁不到的孩子。"

"他们不是孩子。"

"好了，好了，现在不是讨论谁是孩子的时候。你听我的，还是得搞精兵强将。咱不能从兄弟单位挖人，也可以盘点未来卫星研究院内部的人力资源，至少多弄几个资深的专家过来替换现有团队，集中优势兵力办大事。"

傅晚明还想说点啥，彭海已经起身把他桌上放了两天的剩茶叶倒进垃圾桶，"整理下心思，垃圾帮你扔了。"

彭海信奉兼听则明，平日是谁的意见都你好我好大家好，可一旦打定主意的事，彭海也有难得的强势。组织关系上说，彭海是一把手，提策略方针，从大局考虑无可厚非，于是傅晚明也不好多说，目送彭海一手提着垃圾，一手扶着往下滑的眼镜，挤着门口的鱼缸出去了。

傅晚明的目光最终停在鱼缸里的几尾草金鱼身上，它们在绿色的水草间穿行，悠然自得，好不快活。傅晚明成为总设计师后有了独立办公室，活动空间大了不少，却只给自己添置了这么个鱼缸。长期置身零和游戏之中，心里的弦总是高度紧张，每次心烦意乱，傅晚明就会看向这些绚丽多彩的小生灵，随着它们舒展摇曳的尾鳍，心情慢慢会得到松弛。可今天是怎么了，傅晚明的神经突突直跳，是从未有过的不安。

几天后，未来卫星研究院超过十年研发经验的员工收到了一封面试邀请函，有意参与北斗三号卫星导航系统的研发人员可以提交简历到院长彭海处，面试通过者即可申请调令，正式加入项目组。

第四章
求而不得

彭海以为北斗三号的名头犹如一支穿云箭，英雄豪杰来相见。没有想邀请函发出数天，响应者寥寥。为此，彭海亲自和几个看好的资深专家恳谈，得到的回复异口同声，先是佩服傅晚明的勇气，然后明确表示自己不行。

这背后的潜台词彭海想了半天才懂，北斗确实是航天人无法拒绝的项目，如果是去北方航天工业集团参与北斗，恐怕报名的门槛现在已经被踩破了。然而邀请函虽然白纸黑字写着报名北斗三号项目，实际上北斗三号项目是不是未来卫星研究院的还不知道，只是让未来卫星研究院去跟北方航天工业集团抢份额。实事求是地说，未来卫星研究院和北方航天工业集团差距非常全面，明眼人都不看好未来卫星研究院做北斗，觉得方案根本不可能通过。尤其是业内小有声望的专家，谁也不敢拿自己的科研生涯开玩笑，放着铁定能成功的项目不做，投入一个可能随时解散的项目组。

这边彭海苦口婆心地游说，那边傅晚明还不领情，倒不是未来卫星研究院十年以上资深专家能力不行，只是兵对兵，将对将，和人才济济的北方航天工业集团竞争根本没有胜算。傅晚明不喜欢打一场注定失败的战役，一个人伫立在办公室巨大的白板前，苦苦思索着答案。

这时，门外间隔均匀地响了三声，这么严谨的敲门法傅晚明不用猜，是孟星高来了。

这几天，未来卫星研究院关于北斗团队招募的事传得沸沸扬扬，孟星高的思绪在自己虚构的北斗三号团队中夙兴夜寐，过了好多天才从别人的邀请函中看到十年研发经验的硬性要求。

这会儿，孟星高进门瞥见白板上密密麻麻的大系统、分系统、子系统，猜傅晚明大概在想研发架构的问题，他的心突然剧烈跳动起来，那咚咚声仿佛在双耳鼓膜里敲打一样震耳欲聋，这不就是他这几天曾想到过的问题吗？实际上，孟星高在研究院最常担任的只是分系统负责人，他的角色根本无须考虑全局的问题，但他完全没想到职责边界，他只知道北斗两个字过去是他的救命稻草，现在是他魂牵梦萦想要接近的希望，所以有关这个项目的方方面面他都控制不住自己去思考，已经做好加入北斗三号的任何一个模块，哪里想到会一下子跌落在与我无关的悲情与失落中。

"坐吧。"傅晚明放下手中的马克笔说道。

"傅师，这个问题我略有思考。"孟星高说道。

傅晚明要是不打算培养孟星高，也不会带着人到处参会，结果把人兴致撩起来了，又不让人参与。傅晚明这事处理得自己都觉得过分，现在孟星高找上来，又怎会不知来意，心里愧疚没有想好怎么说，只好缓兵之计地说道："说说看。"

"按照目前各国传统的卫星模式，大系统、分系统、子系统，层层分级，每层都有一个小总体，林林总总算下来，包含载荷分系统、自主运行分系统、结构与机构分系统、热控分系统、姿轨控分系统、星务分系统、测控分系统、电源分系统、总体电路分系统、技术试验专项分系统共十个分系统。在这样的模式分兵作战，不仅消耗研发资源，单机数量多，功能密度低，总体成本高，不同设备中还会存在重复功能，出问题概率也高，这就是为什么北斗一号和二号需要像北方航天工业集团这样庞大的队伍来支撑。但我们未来卫星研究院过去的成功靠的是小而美的团队，效率高、成本低，显然这种大集团军作战的方式并不适合，也不可能在短时间内组建起一个军团来……"孟星高说道。

傅晚明本来想趁孟星高说话的时候想想怎么开导，没想到孟星高和自己想到一处了，放弃从人效上突破，从底层设计上解决问题。

"说得不错，你有什么好办法吗？"

"需要设计一个能让功能内聚，增强总体综合能力，减少系统层级，专业的人做专业的事，但具体怎么做我深入思考下再给您汇报。"孟星高看傅晚明有兴趣，心中升起一点微弱的希望，但他不习惯汇报没有论证过的内容，便收声没说下去，想等回去整理完再给傅晚明发个全面可靠的方案。

这个难题傅晚明多希望孟星高能继续思考下去，可在劝服彭海之前，他不允许自己这么残忍，让孟星高为他人作嫁衣裳，心里忍不住叹了口气，然后说道："星高，这事先不急，咱院不是只有北斗三号一个项目，二氧化碳监测科学实验卫星项目、创新一号数据采集传输试验卫星项目，还有神舟七号伴随卫星的收尾工作，哪个都不能马虎。星高，我现在分身乏术，你能不能帮我把北斗三号外的所有项目都带起来？你跟我这么多年，能力我都看在眼里，相信你一定可以的。"

孟星高眼中微弱的光慢慢消失，满脸悲愤地问道："傅师，是不是因为我太年轻，不够十年研发经验，所以你也认为我做不了北斗三号项目？"孟星高问道。

这个问题也是傅晚明这几天和彭海，和自己较劲的根因。他曾经因为年轻气盛被人否定，时移势易，当成为那个有权利评价别人的人，他破除常规，把机会送到年轻人手上。如今他却不得不扮演自己讨厌过的那类人，因为项目重要性升级而简单粗暴的论资排辈，用经验年限一刀切，不问缘由就否定了年轻人，对象还是自己最为器重的学生。这种给人希望，又从人手中把希望拿走的行为，性质比一开始就不给希望似乎还要恶劣。

可傅晚明又能怎么办，如今的团队不是他一个人能定下来，彭海才是未来卫星研究院在人事任免上能拍板的人。而且邀请函才发出去，立马又把不符合条件的孟星高收入麾下，打破规矩，也打了领导的脸，在这个需要齐心协力的当口，怎么都不合适。

"不是的，所有卫星的项目都很重要。但在这个时候，我不得不聚焦北斗三号，把基础打好，后面才不会出错。星高，你是我最信任的学生，给我点时间，先帮我把之前的项目盯好可以吗？尤其是创新一号，发射在即了。"

孟星高很想任性地说，我不要被这样安排，我唯一想做的就是北斗三号。可是孟星高从小就不是一个会哭着闹着要糖吃的小孩，心里知道如果傅晚明可以选择，一定不会搁置自己。何况此刻的傅晚明已经难掩焦灼的情绪，两鬓不知何时又添了些白发，孟星高无论如何也说不出添乱的话来。而且就事论事，二氧化碳监测科学实验卫星项目还好，尚在初期，即使交接给其他团队也不会有问题。创新一号就不一样了，只差临门一脚了，这个时候根本不可能假手于人。或许再等等看还有没有其他可能，孟星高自我安慰。

"傅师，我没问题，你放心吧。"最终，孟星高逼自己说出了和以往一样的回答。

"带着钱宇一起，他会是个好帮手的。"

"好的。"

从傅晚明办公室出来，孟星高心里堵得慌，他想要争取北斗争取不上，想要摆脱钱宇摆脱不了，心里生出造化弄人的感慨。

第五章
故人见面，分外眼红

大喜大悲之后，人最是脆弱，而疾病是最厉害的机会主义者，不出手则已，一出手必中。于是，好多年没进过医院的孟星高病了。

第二天早上，在生物钟叫醒孟星高之前，一股剧烈的疼痛从腹部直击脑门，彻彻底底地将他戳了个对穿。孟星高挣扎着想要爬起来，疼得发出一声闷哼，不偏不倚又倒回原来的位置。孟星高昨晚睡得不好，整夜沉浸在与北斗三号失之交臂的心痛之中，但和此刻的腹痛相比，他想郑重其事地告诉那些爱看肥皂剧的人，人类迟早是疾病的手下败将，最痛的从来不是心，而是身体。

在医院经历了冗长的挂号拍片之后，满头白发的老医生指着 X 线片腰子上几粒不明物体，对疼得面目扭曲的孟星高，如同烂泥扶不上墙的孙子般教育，"结石这么大，没辙了，不激光碎石排不出来，你们这些年轻人，到底有什么好忙的，喝水都没空吗？平时要是记得多喝水，压根就不用上医院。"

过去，孟星高很多次把卫星送入测试设备，让它在地面上就经受高温、低温、辐射等各种各样的考验，现在，当孟星高在手术台上与各种仪器相连，莫名和卫星产生了一种同病相怜的感觉。

现在的手术台跟生产线一样，病患如同计件生产的商品一样，推进来推出去之间几下标准操作，手起刀落，药到病除。在麻药的帮助下，疼痛感逐渐消失，手术的个把小时居然是孟星高最舒服的片刻。等麻药退场，疼痛感又回来了，孟星高甚至可以感觉到棱角分明的石子在与内脏壁咯吱咯吱地摩擦，摩擦的位置从上至下地变动，跟项目进度条似的提醒进展。按照医嘱，孟星高要如牛饮水，疏通河道，送这些渣滓离开后就可痊愈。

这个过程显然很痛苦，隔壁床的病人哪怕是位壮汉，也忍不住哼哼唧唧，每哼唧一会，陪床的女子就会心疼地安慰几句，每次安慰后，壮汉又能消停一会。孟星高离乡背井，找了个钟点陪护，能打扫能送饭，就是不能安慰。不过孟星高早习惯了，他不善交际，像机器一般精准地工作生活，身边也没有什么朋友。他甚至想，除了傅晚明，其他人根本发现不了他请假消失一周。

孟星高终于有了点排石的感觉，起身扶墙前往洗手间，每一步都牵动着神经，疼得头皮发麻。病人是最没精力讲卫生的，偏生这医院的墙就要涂成白色，时间一久到处大迹小印。这让孟星高浑身难受，只能拿张纸巾垫着手，结果一时没捏稳，纸巾翩然下落，孟星高弯腰想在落地前抓住，身形不稳直直朝前倒去。眼见就要和纸巾同时落地，一只大手挽住孟星高的腰，把他捞了起来。

"钱宇，你怎么来了？"孟星高忍着疼痛说道。

"一会再说，前辈先解决问题。"

这个问题，孟星高想独立解决，但钱宇不由分说，半扶半抱地把他带到洗手间。解决问题的过程注定艰难险阻，但钱宇说什么也要站在门口守候，站姿如同门神一般，也不知道防着谁。这让孟星高不得不打碎了牙往肚里咽，愣是不敢发出一点声音，生生把嘴唇咬出一个血口子。

回到床上，孟星高松了一口气，忍耐疼痛的办法居然是自虐般地经历一段更痛的过程，然后习惯稍微减轻的疼痛。钱宇给孟星高倒了满满一杯温水，又从包里拿出一瓶全英文标签的气泡饮料，不合时宜地和孟星高碰了个杯，自顾自地咕咚咕咚喝起来，然后满足地打了个响嗝。

"你过来干吗？给你的材料看完了吗？"嘴里淡而无味的孟星高没好气地说道。

钱宇早上来上班就发现比钟表准时的孟星高没来，问了周围的人都不知去向，吃午饭的时候遇上傅晚明才知道孟星高住院了。于是，下班赶到医院一看，除了脸色有点苍白，行动有点不便外，完全没有病人该有的脆弱感。

"放心，看完了，你病了过来看看你。"

钱宇和孟星高处了没几天，一眼就看出这人嘴硬心软，不是对人挑剔，只是对工作挑剔。所以，钱宇不怕热脸贴冷屁股，打开一个塑料袋，什么一次性内裤，一次性床单，一次性牙刷，大大小小摆了一堆，乱七八糟地照顾起孟星高。由于疼痛，孟星高无力收拾，只好死死按住内心的秩序感，让强迫症好得比肾结石好得快些。孟星高住院的日子，钱宇每天都来，每次都有东西带过来，每次也都要弄乱。孟星高无法对无偿照顾自己的人提要求，慢慢学会了眼不见为净，安慰自己都是一次性的，反正东西用完就干净整齐了。

几天后，因为医院床位紧张，孟星高身体稍有恢复就被赶出医院。回到办公室，孟星高一想到北斗三号项目跟自己没戏了，心好像还躺在病床上。

问题是，难过难过，再难也得过，没有其他办法，孟星高只好认命般辅导着钱宇。钱宇确实不是相关专业出身，所有关于卫星的知识都是从零开始学，孟星高手里有正经项目，事情本来就多得应接不暇，现在还要抽空对嗷嗷待哺的钱宇投喂基础知识，真是百上加斤。怪只怪孟星高的完美主义让他无法容忍面前有任何瑕疵，所有内容必定亲力亲为，每天累得回到家连指头都不想动，只能一个人默默地在心里给钱宇挑刺。

钱宇当然不知孟星高心里的各种百折千回，每天依旧激情四射地出现。别看钱宇平时一副公子哥做派，与周边研发同事的言行大相径庭，可他就是有与生俱来某种社交的天赋，不到一个星期，上到各位专家大拿，下到食堂阿姨，没有人不知道小卫星团队来了个多金的帅小伙。尤其是年轻人，一见钱宇出现，总是亲热地喊着"钱少，钱少"，仿佛叫唤哪个富贵人家的小少爷。

周五下班时间，办公室里到处都是欢腾的气氛。人类是可以在热爱科学的同时热爱假期，正如假期结束后的第一天，假期综合征一样无差别攻击所有上班族，不会因为是科学家、工程师就会手下留情。

"钱少，今晚你去哪里嗨？"有人学着浪荡公子哥的语气问道。

"我想看看纸醉金迷的世界什么样？"有人学着养在深闺的样子说道。

"带我们去开开眼界吧！"更多人是起哄。

"附议！"

"赞成！"

……

今天领导不在，大家肆无忌惮地开起玩笑来，声音大得要把房顶都掀了。这时，孟星高开会回来，听到大家不成体统地交谈，一脸鄙夷地说道："不像话。"

这个办公室的同事大多了解孟星高一板一眼的古旧风格，知道他不是开玩笑，于是欢乐戛然而止，各自窸窸窣窣地收拾起东西来。只有钱宇似乎读不懂空气，满脸不在乎地说道："工作一周辛苦了，我请大家去市区放松放松，说走就走,所有人集合,现在出发。"

大家又忍不住一片欢腾,结果孟星高打开电脑坐下,又扫兴地来一句:"我不去!"

办公室的大姐大陈墨看不下去了,两手叉腰刚要说句公道话,就见钱宇一米八的大高个,居高临下地对着陈墨喊了声"姐姐",声音甜得让陈墨立时哑火。然后钱宇又炮弹似的朝另外一个方向射过来,一下子扑在孟星高椅背上,长手长脚则趴在办公桌前,活像一只大蜘蛛,把孟星高困在里面动弹不得,然后带着点委屈地说道:"这段时间孟前辈辅导我太辛苦了,今晚无论如何我都要表示一下,你怎么能不去呢。"

"不去,不去。"孟星高无力地反抗道。

"去吧,去吧。"钱宇坚持不懈地纠缠。

"你们玩啥呢?"傅晚明路过,看办公室热闹得紧,冷不丁地走进来问一句。

"我请大家出去玩,孟前辈因为领导给的工作太多,就拒绝了我。"钱宇对着傅晚明一通抱怨。

"事是做不完的,年轻人要劳逸结合,星高,上次部门团建你都没参加,这次和钱宇出去,就当补上了。"傅晚明知道孟星高最近的沮丧,自己有心无力,有心让闹腾的钱宇帮忙分散下注意力。

"听到没有,领导说你必须去。"钱宇猛烈地摇晃孟星高的椅背,然后又对傅晚明撒娇:"傅师你也陪我们玩吧?"

"我就不去了,你们玩得开心。"傅晚明说完就离开了。

最终，孟星高沟通无效，被钱宇半推半就地带上了车，往市中心疾驰而去。

一路上，钱宇不停地打着电话安排地点，孟星高则懒洋洋地靠在椅背上。周末的夜晚给人一种前所未有的松弛感，夏日凉爽的风不断地灌进来，抚得脸痒酥酥的。车窗外的景色逐渐变得喧嚣璀璨，刚上车那会黑暗的夜空只有星光两三点，转眼世界就被满街的霓虹灯光映得如同白昼。

车辆在一家酒吧门口停下，钱宇把钥匙丢给门童，熟门熟路地引着大家穿越黑暗的甬道往里走，在尽头忽然门帘一掀，展开一个与现实隔离的世界。舞台上的乐队深情地唱着情歌，句句都是爱与不爱的纠结，五颜六色的灯光为身处其中的人都打上滤镜，任谁都比平日要朦胧美丽几分，在震天的音乐中，人人交头接耳，不管熟不熟都显得无比亲昵。所有的一切都是孟星高不喜欢的交浅言深和矫揉造作。

钱宇在二楼订下一个半圆卡座，起哄的时候人人附和，真出发时候一大半人都有事来不了，最后一起过来只有六个年轻人，大都没怎么来过酒吧，现在正对着酒单上一长串名字发呆。最后，还是钱宇一一询问大家口味推荐了相对应的鸡尾酒。

"前辈，你喝什么？"钱宇最后问孟星高。

"随便。"

"喜欢烈一点还是柔和一点的？"

"都行。"

"酸一点还是甜一点？"

"你定。"

孟星高如此敷衍,钱宇最后只好给他点了一杯名叫"Casual Day"的鸡尾酒,至少名字是符合要求的。

孟星高很少来市中心,郊区的物价和宁静能带来安全感,让他就待在自己的世界里安之若素。本来这个时候,他应该在自己的小屋煮一碗面,盖上绿油油的蔬菜和金灿灿的煎蛋,再来一杯冰啤酒,然后大快朵颐地吃完,舒服地倚靠在沙发上静静地看一本书。钱宇却像一个不讲道理的入侵者,违背他的意愿,把他丢到这样一个陌生的地方自生自灭。面对眼前这桌味道一般但价格高于便利店数倍的小食,看着其他人乐在其中的样子,孟星高实在不能理解。

夜渐渐深了,酒吧也迎来了狂欢的顶点,楼上楼下的位置全部坐满,舞池里更是接踵摩肩,俊男靓女挤在一起随旋律摇摆。孟星高兴奋不起来,只觉这空间的氧气都要被吸干了,而时间不多不少正好过去两个小时,已经达到一次团建的最短时间单位,于是起身打算悄然离去。

"孟星高?"

隔壁桌有个人不太确定地喊了一声。孟星高回头看见一个商务精英模样的男人,全身上下一丝不苟,卷到手肘的衣袖下,有意无意地露出一块灯光下闪闪发光的名牌腕表。

"马飞。"

孟星高认出了这个大学舍友,距离上一次见面已经是六七年前,只可惜对于双方都不是一次愉快的记忆。

那是大学毕业的最后几天,毕业生们在论文答辩会上谢过幕，在毕业照上扔过帽子，在告别宴上流过泪，甚至提前放生即将各奔东西的男女朋友，狂喜狂悲地把大学校园能做的所有事都做完，无所事事地等大学生活倒计时归零。

下午6点，孟星高所在的407男生宿舍热闹非凡。

"马飞，我们这一届就数你的工作单位财大气粗，真叫人羡慕，不愧是学院风云人物，从入学优秀到毕业。"同宿舍的陈晨说道。

"没有了啦，外企工资高压力也大，我倒是羡慕你的铁饭碗，国家单位又稳定又有前途。"马飞喜笑颜开地接受着同学的赞美，却不忘展现自己的合群。

"师兄，很多人都说我的专业是天坑，你是怎么找到专业不对口的工作呢？"低一届的学弟宋易澜千里迢迢从另一栋宿舍楼赶来为马飞庆贺，所谓人无远虑，必有近忧，先人一步从前辈处取经，前程似乎也能灿烂一些。

"还是要早做准备，我在大三的时候就开始关注各大企业的实习信息，另外就是面试的时候足够自信，让面试官相信即使你专业不对口也能用快速的学习能力弥补……"马飞耐心地为学弟解释。

"师兄，你真应该为我们学弟学妹开个讲座，指点迷津。"宋易澜感激地说道。

……

所有人都围着马飞七嘴八舌地说个不停，声浪高低起伏，活跃的气氛搅得空气都旋涡般运动起来。唯有右侧窗户的角落，时间仿佛静止了一般，孟星高在伏案看书，目光只在字里行间游移，手里的笔除了落下只言片语，还不时抬起拨开垂到眼前的细碎刘海。一抹金色的夕阳斜斜地射进来，不偏不倚披在孟星高身上，像一张网，一堵墙，将喧嚣与躁动隔离在外，

终于，陈晨注意到了这个和环境格格不入的舍友，走过去把手随意搭在孟星高的肩膀上。

"一声不吭地看什么呢？"

"没什么？随便看看。"孟星高头也没抬地回答。

但以陈晨在学习之外的明察秋毫，又怎么会看不见孟星高笔记本上的卡尔曼滤波、伪距和载波相位等字样，起哄地说道"我真的服了你了，这个时候居然在学习。"

"这个时候为什么不能学习？"孟星高手中的笔微微顿住，抬头满脸不解。

"哈哈哈，你别这么看我，我好害怕。"陈晨笑得震耳欲聋，盖过了另一头的谈话声，众人纷纷朝这边看过来。在交织如聚光灯的眼神中，陈晨获得了关注的力量，带上几分舞台的兴奋说道："考试完了复习就跟脱了裤子放屁一样，多此一举。"

说完，陈晨屁股一撅，口中发出一声绵长的噗。

众人被陈晨夸张滑稽的动作和惟妙惟肖的口技逗得哄堂大笑，只有孟星高一脸的难以置信。等笑声渐息，孟星高才幽幽地说道："毕业是去往更大的学校，学习是终身的事业，怎么会多此一举。"

陈晨厌恶孟星高这副好为人师的嘴脸，夹枪带棒地讽刺

回去:"啧啧,孟大才子活到老学到老啊,这么刻苦,也没见你年级第一,顶多是个奖学金里吊车尾的。你是不是看人家马飞拿到世界 500 强的 offer,自己还在待业就开启赶超模式,很遗憾,起点不同了,追不上的。"

马飞一看陈晨这个冒失鬼用自己去激发矛盾,赶紧出来缓和气氛,"哎呀,我只是碰巧运气好而已,孟星高等等肯定有更好的地方。"

"马飞,你看他一无是处,有什么好装的?"陈晨不依不饶。

"你少说几句。"马飞压低声音说道。

"是啊,是啊……"众人附和道。

哪晓得孟星高对马飞和稀泥的这一套素来鄙视,顺脚的台阶不下,反而一脚踢开,"你不是什么运气好,你本就不爱这个专业,来这只是根据高考分数做出的最优选择,成绩好也不过是为了拿奖学金为了找高薪工作,现在实现了,得偿所愿了,你就果断地抛弃了四年所学。"

"你……"马飞被孟星高说中了心思,面子上绷不住了。

"你真是怪咖,不会说话就别说话。"陈晨说道。

"就是,不说话会死啊。"

"马飞,别和他一般见识,他嘴白长了。"

……

回忆到此戛然而止,马飞身边的人也站起来了,正是记忆里口技出众的陈晨。

第六章
年轻人，想干嘛就干嘛

陈晨似乎有些喝多了，晃晃悠悠站起来，也斜着眼睛，看到孟星高的蓝色工装，挂起一丝讥诮的微笑。

"哟，我们终身学习的大才子现在混得风生水起啊。"

"陈晨没别的意思，老同学见面有点激动，毕业就没联系了，就关心下你在哪里高就呢？"

马飞好奇孟星高混得怎么样，有没有比自己更好，一看陈晨喝多了只顾着嘲讽，赶紧出来找补几句。

"在研究院呢。"陈晨那点心思孟星高不会看不出，只是此刻他就想结束话题尽快离开，对眼前这两位衣着光鲜老同学的任何方面，孟星高都没兴趣知晓，于是回答问题后又说道："抱歉，还有事先走了，以后有机会再聊。"

工作中被众星捧月惯了的两人对孟星高这种冷漠的态度很不适应，迟疑片刻，马飞选择侧身让道，而陈晨却一把拽住孟星高的手臂，喷着酒气大声吼道："现在科学家挣不老少吧？都敢来这里消费了。"

作为舍友，陈晨第一次见面就看得出孟星高家境不好，明里暗里没少叫他泥腿子，不过和孟星高锱铢必较的穷酸相比，陈晨更讨厌那股子莫名其妙的清高劲。不就是成绩还行，发过篇论文吗，有什么好目空一切的。出了社会，分数能换钱吗？论文能换钱吗？能吗？能吗？陈晨的世界就是这么度量单一，有钱才能看不起别人，没钱的清高是假清高，不能挣钱的能力是假能力。所以，陈晨过去对家境比自己殷实的马飞笑脸相迎，对家境贫寒的孟星高不屑一顾，可令陈晨没想到的是，孟星高毕业这么多年，依旧穷酸，也依旧看不起自己。

孟星高心里确实看不起陈晨，只是此刻更多的情绪是后悔，后悔跟着钱宇来这里了。酒吧果然是个什么人都能来的地方，灯光能掩盖人脸上的缺陷，却不能掩盖灵魂上的缺陷，因为一喘气一出声就会暴露他的浅薄与狭隘。

"钱没有你多，的确消费不起，以后不来了。"孟星高连挑衅的问题都回答得实事求是。

钱宇很快发现了那边的不对劲，起身走过来，这时陈晨正揉搓着孟星高的衣服说道："马飞，你看他的衣服质地好粗糙，跟抹布似的，这么多年过去了，我们的老同学还是一点都没变。你说他以前怎么敢追我们校花沈暮秋呢？"

这个名字让孟星高的表情起了些波澜，用力拽过衣角说道："你也一点都没变，一样的俗不可耐，一样的狗眼看人低。"

"你说谁是狗？"陈晨怒不可遏地喊出声。

"啧啧啧，我说这里禁止携带宠物，怎么还能听到汪汪汪呢。"钱宇一个眼神都没给陈晨，和孟星高随意聊天似的说道。

在研究院不少人都叫钱宇少爷，但钱宇低调涵养，对谁都是恭敬有礼，倒没人见过他真正的少爷脾气。如今他那劲头一上来，字字不留情面，拽得二五八万似的。陈晨立马被激得想动手，不过欺软怕硬的个性还是让他先按住怒气，将目光投向钱宇。只一眼，对金钱的敏感就让他大致算出钱宇的身价，气势陡然矮了半截，迟疑地问道："你是？"

"和孟前辈一样的科研人员，怎么，要摸摸我的衣服像不像抹布？"钱宇朝陈晨逼近一步说道。

马飞那桌有两人过来凑热闹，其中一人看到钱宇时顿时一怔，恭恭敬敬地喊了一声"钱少"后说道："平时约都约不出来，您怎么自个跑出来放松了，相请不如偶遇，今晚一定要尽兴，账都算我头上。"说完又尴尬地笑了两声。

看到同伴如此反应，马飞往后退了一步，用手肘碰碰另外一人，问道："谁啊？"

那人凑近马飞耳畔说道："你不是吧，咱公司最大的客户，国内数一数二的汽车制造商，广汇通集团控股有限公司董事长家的小儿子，听说在海外留学，最近才回来，大概率是要继承家里的产业……"

马飞听同伴嘀咕完，坦然地向前一步说道："钱少好，我是星高的大学同学马飞，在创享国际投资有限公司做投资总监，今天能在这里遇到真是太巧了。刚才听您说在和星高一起做科研，真是令人敬佩，我和星高同专业，又是舍友，朝夕相处，还一起发誓要为科研奋斗终身，后来因为家里的硬性安排没能坚持走这条路，真是终身遗憾啊。"

马飞不愧是朵交际花，待人进退得宜，接物面面俱到，必要时还能力挽狂澜，明明刚才还放任陈晨大放厥词，现在又义正词严地站在了献身科学的道路上，只是这一口一个星高的熟稔样，让孟星高像吃了苍蝇一样恶心。

"没有朝夕相处，没有一起发誓。"

孟星高拆台的能力一如既往地出色，也一如既往地让马飞难受，只不过马飞在社会上浸润多年，如今比在校园时更游刃有余了，丝毫没有半分尴尬，双手优雅地递上名片，笑着说道："哈哈哈，我的错，朝夕相处和一起发誓还是和女朋友一起比较好。钱少，这是我的名片，任何投资需要都可以联系我。"

钱宇微微侧头，插在兜里的双手动也没动，拒绝道："我只是一个普通的科研人员，并没有什么投资需要，今天和同事一起，就不多聊了，失陪。孟前辈，我们回自己卡座吧。"

"有点晚了，我想回家了。"孟星高感到倦意袭来。

"我送你。"

才这么一会，这场突如其来的舞台剧已经落幕，陈晨如跳梁小丑般退场，马飞独自咀嚼挫败感，把孟星高裹挟到这里的钱宇正将他带离。酒吧的玻璃门一开，一股清新的夜风扑面而来，和里面那个杂乱喧嚣的世界划开了界限，孟星高忍不住展开双臂伸了个懒腰。

"孟前辈，刚才那两人不是什么好货，你不要因为他们不高兴。"

孟星高转头看向钱宇，突然他意识到自己对钱宇的态度是多么古怪。钱宇，除了第一天上班睡着后几乎没有犯过错，领悟能力足够强，工作也足够尽心，作为一个刚来几天的新员工，实在没有太多地方值得挑剔。可孟星高的内心还是会下意识地排斥，原因就在于他厌恶马飞这样虚伪的富二代，钱宇不小心被他划成一类人。街角的霓虹在钱宇的瞳仁里闪了一下，他的目光澄净，还在等孟星高的回答。孟星高的脑海迅速闪回马飞那双藏有太多东西的眼睛，不，他们绝对不是一类人，孟星高无比确定。

"道不同，没什么好在意。倒是在你面前，马飞应该也算不上有钱人吧，你这种身价，还出面跟他们计较，何必呢？"

"他们用金钱亵渎科学，对前辈不礼貌，你不计较是你大度，我可是睚眦必报的。"说完钱宇还象征性地咬了咬后槽牙。

"我想冒昧问你个问题。"孟星高难得地笑了。

"前辈请讲。"

"你都这么有钱了，还来上班干什么？"

"前辈怎么糊涂了，这和钱没有关系，我年轻，所以想干嘛就干嘛，想上班就上班，想做科研就做科研。"

想干嘛就干嘛，好纯粹的理由，孟星高愣怔住，有的人不像自己瞻前顾后，做选择的原因往往很简单，只是因为他想而已。

一辆出租车停在两人面前，司机大叔伸出个头问："走不走？"

"走。"

孟星高挥手告别，拉开车门坐进去。车启动的瞬间，孟星高看到钱宇潇洒地撩了撩额前碎发，迈着张扬的步伐往里走，门口几个女孩子目光一直黏在他身上，直到玻璃门彻底合上。

"这家伙，在哪儿存在感都这么强啊。"孟星高嘀咕道。

钱宇回到酒吧，发现马飞那桌已经空了。

"怎么都走了？"

一起出来的余行健满脸狡黠，凑过来对钱宇说道："刚才，孟星高那个老同学，就狗嘴吐不出象牙那个，在搭讪人家漂亮小姑娘。正要交换联系方式的关键时刻，大姐头过去就是一句话，哟，老同学，好巧啊，不给公子哥儿跑腿啦？飞上枝头变凤凰啦？都学人家富二代来这里消费了。当时，那个场面可精彩了，小姑娘看狗嘴同学的眼神好像看诈骗犯，狠狠啐了一口，头也不回地走了。狗嘴同学气急败坏，正想对大姐头发难，就被他们桌的人拉走了，然后谁也没回来，都没让我看到大结局。"

"姐姐这么威风啊。"钱宇满目欣赏，由衷地感叹。

"谁说不是呢。"余行健还想补充点啥，就看到大姐头陈墨已经从外面回来，气势汹汹的，吓得赶紧收声。

"说我啥呢？"陈墨逼问道。

"没，没。"余行健举起酒杯挡住脸。

"他说姐姐你刚才踢馆成功了。"钱宇在女生身上嗅不到任何危险，不停地玩火。

"以金钱衡量他人的人，又被他人用金钱衡量，求仁得仁，报应不爽。"陈墨一副替天行道的样子。

"女人好毒，杀人诛心。"余行健感慨。

"你有胆再说一遍！"陈墨已经在卷袖子了。

"什么也没说，喝酒。"余行健躲到钱宇身后。

又是钱宇一声甜甜的"姐姐"，陈墨抬起的手立马失了力道，指了指余行健就放下了。

"酒单给我，不醉不归。"和谐的氛围下，钱宇知道怎么把多金换成尽兴。

第七章
永不熄灭的灯光

　　大姐大陈墨在外面能为同事大杀四方,但并不影响她在办公室里把同事杀得片甲不留,谁叫陈墨的身份是调度员。

　　调度员在所有航天项目中都是一个极为重要的角色,这个角色会把精密复杂的卫星项目的总目标拆解成一个个可执行的具体步骤,并分派给不同分系统部门,然后监督项目进展,直到最终目标的达成。就像一个古代的大管家,管理着显赫家族的大小事宜,虽然大管家不会插手任何具体工作,但能把家族里的厨师、园丁、账房、侍卫等所有工种安排得妥妥当当,尤其是遇到祭祀、宴请、红白喜事等大事,没有大管家的协调是万万不能的。

　　周一一早,陈墨过来找孟星高。陈墨徒有个大姐大虚名，实际只比孟星高大一岁，如果她静静地站在那里，弱不禁风的身材，含情脉脉的杏仁眼，一头乌黑靓丽的齐肩短发，活脱脱就是男生们校园时代的梦。错就错在她工作需要说话，要说很多话，而且比教导主任还要严厉，一开口就让梦破灭的那种，直接让陈墨的名字变得名不副实。

"孟星高，麻烦你关注一下创新一号的项目进展，按照今年初西昌卫星发射中心的排期，发射窗口定在11月20日20时。那么，现阶段，你应该进行最后一轮检测，然后安排运输，并至少提前一个月抵达发射中心进行异地测试。但今天我进行进度检查的时候，发现你们的测试计划并不完整，如果不及时补全，可能会造成项目延误。今天，我会在系统提交项目预警通知，等你提交完整计划后我再解除，如果你本周内不处理，我就会升级。"

陈墨说话时语速极快，像端着机关枪朝人扫射，让孟星高不得不集中精力应对。说完孟星高，陈墨又转向办公室的一边，顺着座位说过去，道："余行健，叫你早规划早报需求，非要踩着 deadline 提报。还有你，评审材料不完整，怎么决策……"就这样，偌大的办公室无人幸免，陈墨杀过，断肠人在天涯。

钱宇刚来，还没有正式进入项目，今天成为陈墨手下的漏网之鱼，但钱宇知道日后自己也是覆巢之下，难有完卵。等陈墨离开后，钱宇滑着办公椅靠近孟星高，压低声音说道："姐姐长相如此美丽，杀伤力却这么强，好一朵带刺的玫瑰。前辈你都应对不了，以后我可怎么办？"

"要不做好，要不挨揍，撒娇没用。好了，别贫嘴，回去干活！"

孟星高腾出一只手，把钱宇的椅背调转方向，然后用力一推，直接把人送走。孟星高心想，人的五官，虽然嘴比其他数量都少一个，但就杀伤力来说，毫无争议位居首位。

孟星高最近的工作进度多少被情绪影响了，被陈墨一警告，只能暂时忘记北斗三号，回归到创新一号项目中。这是一颗小型数据采集传输卫星，主要用于水利、水文、气象、电力及减灾等领域各类监测站点的数据采集和传输任务，现代社会，得数据者得天下，这颗卫星对国民经济的促进作用不言而喻。

距离发射不足三个月，整个项目已经进入到最后的测试阶段，孟星高今天打算带钱宇在车间待一整天。这可把钱宇高兴坏了，啃了个把月的文字资料，今天终于可以和卫星亲密接触了，这种感觉怎么说呢？就像是书信来往许久的情人，终于可以一睹芳容了，也许还能一亲芳泽，这种兴奋需要吼几嗓子来发泄。

钱宇环顾四周，显然在车间门口的静字下面，孟星高挑剔的眼神看起来不会允许钱宇发出丁点声音。钱宇小心翼翼按照孟星高的指引穿防尘服、套鞋套，戴帽子，包裹得严严实实后通过除静电通道，然后咣一声，门开了。偌大的车间两侧共放置4颗卫星，高大的天花板上方横亘着一架悬挂式吊车，整个厂房明亮整洁，纤尘不染，和钱宇想象中一模一样。

孟星高走向其中一颗小型卫星，两手空空却像捧着本教科书，介绍得结构断句严谨，语气毫无起伏，"一般来说，1000千克以下的卫星我们统称为微小卫星，进一步可细分为：小卫星，重100到1000千克；微卫星，重10到100千克；纳卫星，重1到10千克；皮卫星，重0.1到1千克；飞卫星，重0.1千克以下。微小卫星具有自主控制程度高、重量轻、体积小、功能密度高、研制周期短等优点。过去微小卫星主要作为大型卫星的补充，但随着微电子、现代通信、微机械、计算机技术、新材料和新能源的发展以及对空间环境的日益深入了解，卫星轻量化的趋势愈加明显，俨然已成为航天科技中的新领域，可运用的领域越来越广泛。我们的创新一号系列卫星就是属于微小卫星，具有微小卫星所有的一切优点，重量88千克，太阳同步轨道，轨道高度751千米，周期99.7分钟，回归周期为7天……"

这颗卫星四四方方，不过半人高，周身连接着各种五颜六色的数据线，帆板折叠放在两侧，像只蓄势待发的鹰隼。最令钱宇眼前一亮的是，它周身包裹着如金箔片般夺目的外衣。

"金光灿灿的，好贵气。"

孟星高不是很喜欢钱宇的描述，就立刻从卫星的角度给予纠正，"宇宙空间存在各种形态的物质，等离子体、各种能量的带电粒子、各种波长的电磁辐射等等，对空间飞行器会产生有害的影响，比如玻璃材料在严重辐射后变黑变暗，聚合物性能衰退老化，电介质的物理性能发生变化，太阳电池输出功率会降低。"

钱宇到底是材料结构方面出身，初涉卫星也能一点就透，"所以外面使用金属材料的屏蔽作用来降低复杂的宇宙环境对元器件的损害？""没错，这个多层组件属于热控，用于卫星保温的，多层隔热组件包覆于卫星外表面，占据了整星表面的 60% 以上，既是必要的热控组件，也是抑制空间强电磁环境源的重要载体。"孟星高满意地说道。

"那么，不同轨道的卫星是不是所处的环境不同？因而也会采用不同的材料？"

"是的，比如导航卫星轨道高能辐射环境的主要效应就是单粒子效应和总剂量效应，还有高能电子会造成卫星深层充电效应，特别是太阳活动高年，太阳质子事件将会是高能辐射效应的一个重要来源。还有就是……"孟星高发现自己下意识地扯到导航卫星上了，赶紧收住，怕自己又念想上了。

"孟前辈，怎么不说啦？"

"没啥，辐射晚点我再讲，今天咱是来做试验的。人有生老病死，卫星也不例外，更何况卫星上天后，软件能升级，硬件问题基本无法修，因此，发射前我们会进行多种类型的试验确保它的寿命和可靠性，比如力学实验、热试验、电磁兼容试验、老练试验等等，都是在模拟其在宇宙空间复杂的环境下如何运行。今天要去做的是热试验，这个试验大概会持续 20 多天。"

"这么久？"

"对，24小时不间断。"

两人说话间，工程部来了个一人，胸口的铭牌写着刘泠，他接着孟星高的话头说道："有的试验是日夜不停的，所以咱未来卫星研究院有的地方的灯是永不熄灭的。我第一天入职的时候打车过来，出租车师傅叫我再考虑考虑的，说这个单位的人天天不下班不睡觉。话说你们遇到过劝你们换工作的司机师傅吗？"

孟星高没有遇到过，但此刻莫名起了吓唬钱宇的心，露出个感同身受的表情说道："遇到过，这位师傅说得很有道理，来咱这单位就得不怕苦不怕累不怕没觉睡，对吧，钱少。"

上次酒吧钱宇替孟星高解围，让孟星高对他的印象大为改观，但他还是不习惯与有钱人相处，心里别扭得就想看看不差钱想干嘛就干嘛的小少爷吃瘪，结果钱宇一脸茫然地说道："呃，我没打过车。"

顿时，那辆鲜艳夺目的跑车从脑海中呼啸而过，尾气喷得孟星高灰头土脸，只好尴尬地说道："下次打打看。"

"好啊。"钱宇理解成工作任务，一派天真地答应。

"哈哈哈，果然那师傅天天在这片区晃悠，不知之前离职的员工是不是他劝退的。"刘泠大笑道。

"刘师傅，我们今天过来给创新一号做热试验的，麻烦安排下。"刘泠是个话痨，孟星高害怕没完没了了，赶紧打断关于出租车师傅的话题。

"好，小孟现在挑大梁了，傅总师好久没过来了，都交给你了。"刘泠说道。

"傅师有别的事忙，不聊了，咱快点开始吧。"孟星高心里又有点刺刺的。

"好，你们直接去热试验区等我，我一会安排人把创新一号弄过去。"刘泠说道。

热试验区比工厂大数倍，中间一个直径四五米的大罐子，用轨道与外部区域相连。孟星高做完登记手续后，又等了一会，一个长方形的金属盒子被许多根金属杆撑着，顺着轨道缓缓朝大罐子靠近。

"卫星已经在里面了吗？那些烧烤架是干什么用的？"钱宇指着金属杆问道。

"不是烧烤架，那是红外灯阵，它们主要模拟卫星在空间中太阳所提供的外热流。一个典型的卫星飞行过程大致要经历地面段、上升段、轨道段和返回段四个阶段。每个阶段的热环境和热状态都是不同的，热试验就是要测试温度变化时卫星运转的稳定性。以后等你自己负责一颗整星，也要亲自跟进这些过程的。"

孟星高说完，钱宇顿时眼睛一亮，问道："我要多久才能负责一颗整星？负责一颗整星是不是就可以去发射现场倒数五四三二一了？"

"唔，负责一颗整星你还早着呢，但去发射现场很简单，你想去吗？"

"谁不想去啊！"

"快了，测试完我们一起去西昌，把这颗创新一号送到天上去。"

　　钱宇激动得不知道怎么表达，想把刚才的两嗓子一起吼了，却又怕影响大家工作，全部憋在心里，象征性地在空气中挥舞了几下拳头。

　　等卫星顺利滑动到试验罐的预定位置，测试人员全部到位，热试验正式开始。孟星高带着钱宇去看监视平台，上面有各测试点的当前数据，上面有热回路电流、电压及对应温度点的变化曲线，五颜六色，起起伏伏。此刻它们对钱宇来说就如同华美的乐章，在心里无声地演绎，这气势恢宏大气，这节奏振奋人心，是《电闪雷鸣波尔卡》，是《命运交响曲》，钱宇恨不得立刻跳上舞台，跟着全团敲响阵阵大鼓。

第八章
科学家争地盘

孟星高言出必行，待到所有的试验完成后，就带着钱宇正式前往西昌卫星发射中心做卫星发射前的最后检查。西昌卫星发射中心位于距离市区 60 多千米的深山中，两人下了飞机又坐大巴，一路奔波，窗外的景色如电影般切换，钢铁的丛林转眼变成真正的丛林，是久困城市里的眼睛少有接触的山高林密，郁郁葱葱。

近年来，我国航天事业发展得如火如荼，西昌卫星发射中心的全年计划排得满满当当，各科研单位轮番上阵，小小的中心招待所房间供不应求。两人抵达时已经深夜，房间都是别人挑剩下的，留给两人的房间小得出奇，二十多年过去了依旧保持着最初的装饰风格，碎花纹的墙纸边角发黄，暗红色的木质床具不过 1 米宽，床与床之间的距离仅供一人侧身经过。

孟星高住过不止一两次，在深山老林有个容身之所已是满足。但钱宇平时衣食住行无一不精，孟星高听说钱宇连出去露营的帐篷都能躺五六个人，恐怕比这里要宽敞不少。就在孟星高担心钱宇会嫌弃的时候，钱宇已然扑向靠窗的一张床，双脚一甩，气垫篮球鞋飞出一道抛物线，然后整个人像条蛇一样在被子上舒服地蹭来蹭去。

好吧，比起之前大学时期的舍友，钱宇还算不错。可惜这个念头只持续了短暂的一会，等孟星高洗完澡出来发现房间早已面目全非，大箱子打开横在过道上，床上、桌上、地上全是他的服饰，连个下脚的地方都没有。钱宇本人躺在床上呼呼大睡，叫是叫不起来收拾了，这个烂摊子丢给孟星高了。

第二天一早，钱宇从干净整齐的房间醒来，完全没有察觉这是田螺姑娘孟星高的杰作，只顾着催促去接收运抵的卫星。招待所与技术区有不近的距离，两人坐着摆渡车在蜿蜒的林间小路穿行，左边有一条运送卫星火箭的铁轨，铁轨旁每隔一段距离就有一块大石头，上面用朱红颜料龙飞凤舞地写着一个个响当当的名字，东方红、亚洲、嫦娥……

"我们创新一号发射成功，也会有一块纪念石放在这里。"孟星高对着盯着石头的钱宇说道。

钱宇重重点了下头，又咦了一声问道："你看那块写的是北斗，北斗有三期，现在还没有建成就已经放好石头了，不是等北斗三号建成再放才保险吗？要是有个万一。"航天领域最是忌讳万一，钱宇赶紧收住话头。

"可能我们的前辈从来没有想过北斗会失败，早晚的问题，所以第一颗北斗卫星上天就放好了纪念石。"孟星高说道。

"最早的两颗北斗卫星是十年前发射的，那时候美国已经完成全球组网，而我国才刚刚将双星定位由理论变成实践，竟有这样的信心和魄力。"钱宇说道。

"老一辈科学家的胆色我们很难想象。"

确定一个用户的位置至少需要 4 颗卫星，其中 3 颗卫星通过三边定位理论来确定用户的三维位置信息，即经度、维度和海拔高度，剩下的 1 颗卫星解决时间漂移问题。20 世纪 90 年代，完成组网的美国全球导航系统 GPS 天上共有 24 颗卫星环绕，而当时我国的航天科学家还走在探索路上，距离全球组网不过万里长征第一步。每一颗卫星上天烧的是燃料，也是真金白银，以我国国力来估算，如此庞大的系统工程失败一次恐怕很难卷土重来，理性点或许不该在首星发射成功就夸下海口，万一有个万一呢？孟星高思及此，有点惊心又有点羡慕。如果时间真的回到过去，恰巧站在历史的关口的人是自己，面对时代浪潮不由分说地卷起滔天巨浪，裹挟着一切滚滚向前，自己敢不敢一跃而下，不顾一切朝最光明的未来前进？

引发孟星高思绪连篇的钱宇此刻脑中没有过去现在未来，除了好奇还是好奇，好奇完题字，又将目光转向技术区门口的雕塑，用他并不丰富的中国传统思维理解起来，"这持弓的人物雕塑是后羿吧？怎么弓上没箭，空摆姿势，是在提醒我们科研人员要有真本事不要假把式吗？"

说实话，孟星高不想聊这个雕塑，感觉和刚才留下名字的石头境界不同，但钱宇求知的眼神让他敷衍不过去："呃，倒也不是，原本是想学后羿征服自然的精神，但卫星好不容易飞上天，不好射下来，就把箭拿走了。"

"了不起，科学和神话传说竟然可以说到一起，前辈就是前辈，啥都没落下。"

钱宇总在一些奇奇怪怪的地方露出一脸真诚的佩服，车已经在门口停下，孟星高赶紧按下钱宇竖起的大拇指，前往今天的正题。

"走吧。"

西昌发射中心的总装测试厂房比未来卫星研究院大了不止数倍，除了能满足卫星的安装测试需求，还能进行运载火箭的起竖、对接、组装，并在垂直状态下完成各种测试。近百米的屋顶高悬上方，纵横交错着各式各样的吊车，地面上形态各异的钢铁巨兽或立或卧，身上连接着各式各样的线条和仪器，莹莹闪烁的光电似有源源不断的能量。

钱宇步入这里，仿佛刘姥姥进了大观园，眼睛都不知道往哪里看，左顾右盼，恨不得眼睛变成扫描仪把所有细节都复刻下来。

"别犯傻了，我们赶紧下去签收，场地工作人员等着我们了。"孟星高见钱宇没跟上来，回头催促道。

"这次发射,咱未来卫星研究院不会只来我们两个人吧?"钱宇加快步子问道。

"没,其他人这周会陆续到。"

"我听他们说卫星的押运和接收这种脏活累活都是新丁干,你不是项目负责人吗?"

孟星高动手敲了敲钱宇的脑袋,动作像敲个木鱼,"你才来几天,就挑拣工作了,对于每一颗卫星来说,所有人都是新丁。"

这次未来卫星研究院计划过来的测试人员有小二十人,按流程可以让分系统负责人先测试,孟星高作为负责人晚点到看数据即可。不同的项目负责人有不同的带队方法,有的凭借丰富资历服众,有的通过授权激发主动性,而孟星高这样年轻的负责人,是以更多的付出去感染团队成员。何况,创新一号项目是孟星高离开傅晚明的羽翼,第一次作为主导者挑大梁的出师之作,孟星高恨不得所有细节都参与,索性接下接收卫星的任务,第一批抵达卫星发射中心。

创新一号是一颗不到 100 千克的微小卫星,载荷不大,发射任务将由长征二号丁火箭采用一箭双星的方式执行,和创新一号同时发射的卫星海洋一号来自兄弟部门空间探测研究院。

孟星高办好手续不多时,装有创新一号卫星的柜机就朝一侧的分区域缓缓移动。这一片区域有两个空位置,面积并不平均,一大一小,钱宇一眼就看中了右边较大位置,见有十几个人杵在那里,赶紧上前驱赶。

"让一下，让一下。"

对方几人却一动不动，围成一圈在说着什么要紧事。钱宇上前看了看最前面一人的胸口名牌，很有礼貌地说道："解（jiě）杰，你好，能不能给我们的卫星挪个位置。"

话音未落，对方所有人都笑了，挂着解杰名牌的男工程师瞪了钱宇一眼，说道："什么姐姐，我是男的，我叫解杰，这个字念 xiè，不念 jiě，你中文不好呀？"

钱宇叫错人名字，很不好意思地说道："对不起，你能不能挪个位置，我们卫星到了。"

解杰指着旁边小的一片区域说道："你们用那边，这边我们占了。"

"先到先得，又不是小学生，咱不玩占位置行不行？"钱宇说道。

"我们人先到的。"解杰说道。

"我们卫星先到的。"钱宇说道。

孟星高跟着柜机过来，看到钱宇势单力薄地在跟一群人争地盘，赶紧把场地工作人员叫过来看看。

"我们不管这个，你们是一起发射的，这块区域就是留给你们的，自己分配吧。"

一箭双星发射的卫星基本都是同一个单位，工作人员通常就是划块区域，不负责内部分配。像这次两个研究院拼一个火箭的情况不多，工作人员也没什么经验。再说科研人员之间的矛盾无非就是斗斗嘴皮子，工作人员完全不担心有武斗的可能，丢下一句话就匆匆走了。

"我们后面有二十多个人，你们才十几个人，发扬下风格把大点位置给我们吧。"钱宇说道。

"我们后面还有人过来，你们现在才两人，还是你们发扬风格吧。"解杰说道。

孟星高当然想要那个位置，不仅大，距离仪器还近些，操作起来更顺手，但大家都是科学家，总不能像街头地痞流氓一样。

"算了，他们人多，我们就这边挤挤吧。"孟星高说道。

"前辈。"钱宇不满意地说道。

"我们又不是人多欺负人少，怎么还委屈上了。我们来比谁先完成测试，谁赢了以后退避三舍，都让对方先选位置。你们人少，我们卫星后到，够公平了吧。"解杰不顾队友的反对说道。

"好。"钱宇连测试流程都还没搞懂，就一副无知者无畏的样子。

"好什么好，安全第一，充分测试，比速度干吗。"孟星高教训道。

"那就比又快又好。"钱宇深刻理解孟星高的话后对解杰说道。

孟星高拉着钱宇就走，钱宇扭头一副不服气的表情对着对方喊："要比又快又好哦。"

第九章
告别仪式

孟星高把钱宇拉到一边，无奈地说道："唉，你啊，要跟人家比也要先弄清楚怎么比，好好学习。"

"是，前辈，我一定跟着你好好学，然后战胜他们。"钱宇尾音上扬，只顾着兴奋，都听不出孟星高话里批评的意味。

"哎，不是这个意思。"孟星高本想教育钱宇航天科技的地盘不在方寸之间的地面，而是广袤浩瀚的宇宙，好胜斗勇大可不必，但孟星高搞不懂哪里没说对，反而激发了钱宇的斗志，现在一副要大干一场的模样是怎么回事。

约莫过了1个多小时，空间探测研究院的海洋一号卫星运抵，对方率先忙碌起来。两天后，未来卫星研究院的其他测试人员陆陆续续到位，孟星高只字不提钱宇那儿戏的比拼，井井有条地安排起测试来。反倒是空间探测研究院的解杰，目光不时瞥向这侧，几次下来发现孟星高目不斜视，才讪讪收回目光。

卫星测试贯穿于发射前的各个阶段，主要包括电性能测试和环境性能测试，而这两类测试又会按照元件级、设备级、分系统、整系统四个层次进行，一环扣一环，层层递进。卫星在出发前，已经进行过方案原理测试、模样测试、正样测试等多轮测试，但为避免运输过程中出现问题，卫星运抵卫星发射中心后，工程师会在统一配电的条件下，对卫星规定的性能和功能做三次全面的检测，分别在技术区、大型环境试验场地、发射区三个不同地点进行，历时超过一个月。

这个月，孟星高神经里的弦绷得老紧，弦的一端在质量领域负责人手里。他时刻跟在孟星高的身后，对照质量清单，对每一个细节进行问询，得到孟星高的确认，就在后面的小框中逐一打钩签字，得不到确认，就用审视的目光监督孟星高的执行。话多的钱宇也被这种紧张的氛围影响，神情变得无比严肃。钱宇还在学习阶段，并没有被分配到任务，孟星高有空的时候，就给他讲解，没空的时候，他就在一旁仔细看，大气都不敢喘。

反复地测试、检查，整个过程如同和远行子女的告别，出发前的日子是父母能为其张罗的最后时刻，心里舍不得子女，脑海里设想着离开后的每一种可能，然后想尽办法在行囊中放入能带走的一切。

临近技术区测试的尾声，空间探测研究院所在的区域爆发出热烈的掌声。钱宇刚转头过去，就对上了解杰得意的目光，只见他双手插兜，得意扬扬地迈步走过来。

"你们还没完成吧？不过放心，一路同行，我们搞定了也会等你们的。"

钱宇看孟星高还在忙碌，只好撇撇嘴说："我们是慢工出细活，又快又好嘛。"

"我们虽然快，但也没有不好。"解杰说道。

"嗯，加油。"钱宇有点泄气地说道。

"会的，你们也是。"正当解杰转身要走的时候，孟星高的声音幽幽传过来："你是负责机构子系统的吧，我感觉你的帆板展开锁定时间不对，从火工品起爆到帆板铰链锁定的时间，一般地面试验 9 秒左右，在天上会快一点，6 到 7 秒，展开时间不对可能是厂房没关空调，最好再检查一下。"

解杰无暇深究孟星高为什么会知道这些细节，咦了一声，快步回去检查记录，果然发现了问题。巧的是，第二天空间探测研究院领导前来视察的时候，特别问及解杰帆板测试的问题，甚至连爆炸螺栓剩余批次的检测都一一检查，着实让解杰捏了一把汗。虽然航天器一般会有冗余备份系统，但爆炸螺栓这种火工品，没法提前测试检验，一旦出现问题，就没有补救措施了。历史上，就有国外的卫星因为爆炸螺栓出问题，帆板二次展开和通信天线展开未能完成，最终导致卫星沦为太空垃圾。

两家研究所的技术区测试几乎同时完成，往大型环境试验场地运送时，解杰突然蹿到孟星高的身后，神神秘秘地说道："多谢，哥们。"

"不用谢。"孟星高说道。

"你怎么知道锁定时间不对？"

"我刚好在休息的空当，看了看你们的帆板测试。"孟星高喜欢帆板展开时的那种规律的吧哒吧哒声，像是蓄力许久后的爆发，下一秒就能直冲云霄。

"这次算你们赢。"

"呃，这是你和钱宇的游戏，我并没有兴趣参加。"

"其实我的同事也觉得没必要，我就是无聊逗逗你那个张牙舞爪的小朋友。"

"没意义。"

"是没什么意义。"

这时，钱宇凑过来对解杰说："我们赢了。"

"对，你们赢了，但你的孟前辈说没意义。"解杰说道。

"为什么没意义？"钱宇问。

"再快也是要等发射窗口一起发射。"解杰说道。

"说是这么说，但……"钱宇还不习惯假想敌和自己称兄道弟。

"也不是完全没有意义。"孟星高说道。

"什么意义？"钱宇又问。

"激发你学习的动力。"孟星高说道。

忙碌的时间总是过得更快一些，卫星完成测试，整流罩一盖，最终的发射时刻终于到来。不似游客可以待在观景台，卫星技术人员大多会被要求撤离到距离较远的安全区，山高林密，安全区并不能看到火箭升空的全过程。

这是一个漫天星辰的夜晚，孟星高看着手表，默默在心中倒数十九八七六五四三二一，旋即听见一声轰天巨响，天地为之一颤，过了一会视野中出现一个光点徐徐上升。孟星高的目光避开树叶的遮挡一路追随，无限期待又恋恋不舍，像在机场火车站送别亲人。在过去的几年，孟星高曾好多次亲历这样的发射，在安全区、在卫星测控中心、在观景台，在任何地方，可每一次壮阔的场面在面前徐徐展开，孟星高都会难以抑制眼泪落下来的冲动。

过了一会，孟星高的手机叮了一声，是卫星进入预定轨道的喜讯传来。这时，才意识到钱宇应该一直跟在身边，怎么没声没息的。于是，孟星高收拾了下情绪，抹了把脸把眼泪带走，四下寻找，只见一个不起眼的角落，钱宇正蹲在树影之中双手合十，摇头晃脑。

孟星高走近才发现钱宇双目紧闭，口中念念有词："上帝、诸天神佛、各路神仙，一会咱的卫星就来看您几位了，来都来了，请你们千万笑纳，认准未来卫星研究院的金字招牌，务必保佑它顺顺利利，正常运转，一生好运……"

孟星高听不下去了，从后面拍了钱宇一下问道："你干吗呢？"

深山老林里突然被碰一下，钱宇直接被吓得坐到地上，睁眼看清是孟星高，没好气地回答道："祈祷！"

"一下求这么多神仙能有用？"孟星高嘴角抽搐地问道。

"心诚则灵，卫星要去神仙的地盘，总要先告知一下，礼多神不怪，对吧。"

钱宇一思考，事情走向就有点不对，孟星高永远跟不上钱宇的脑回路，笑笑不出来，感动感动不起来，只能自我安慰，钱宇和自己是同道中人，只是方式不同，千万别计较。

"今天完事了，走，回去庆祝下。"

"荒郊野外的怎么庆祝？"钱宇问道。

"待会儿就知道了。"孟星高说道。

回到招待所，孟星高从箱子里拿出一瓶被衣服紧紧包裹的矿泉水瓶，倒了一杯递给钱宇，然后两人站在阳台上向着漫天星辰对饮起来。

"试试，比你那花里胡哨的鸡尾酒带劲。"

钱宇喝了一口，辣得伸舌头，疑惑道："又苦又辣，你觉得这好喝？"

"多喝两口就回甘了。"

钱宇又仰着脖子喝了一口，还是觉得辣。

孟星高顺手撕开一包话梅，掰成几片丢在钱宇的杯子里摇了摇，"等一会再喝喝看。"

"这是个什么名堂？"

"三国演义里不是说曹操煮酒论英雄的时候，梅子配酒，酒香回甘。上次你带我去酒吧，我感觉那些贵得要命的鸡尾酒，其实就是普通酒里面丢点水果汁，不值得。"孟星高说道。

钱宇想解释说酒吧喝的是激情与荷尔蒙交织的氛围感，

但想起那天并没有什么好的氛围，点头称是："嗯，以后就喝前辈调的酒。"

"嗯。"

孟星高酒量浅，只是偶尔放松时喜欢来两口，喝了酒看什么都会变得美丽，正如此刻的钱宇，特别乖巧顺眼。

"钱宇，你现在比刚来的时候好太多了。"

"我刚来的时候怎么了？"钱宇一头雾水地问道。

"你在我讲项目的时候睡得打鼾，你是我带过最差的新人。"

"前辈，误会啊，其实报到日那天，我刚从欧洲回来，时差还没调过来。但我太激动了，飞机一落地就提前来研究院看看，结果前辈你说话语调没什么起伏，太催眠了，不小心睡着了。"

"是这样啊。"孟星高当时只当钱宇顽劣，少爷脾气犯了，没想到竟是这么个答案，只怪自己不多问一句就误会别人。

孟星高还在自责，钱宇完全没当回事，随口问道："孟前辈，你多大了？"

"快三十了。"

"那就是不到三十，最多比我大三四岁，怎么会这么像长辈，我的意思不是说你老，是你任何时候都像木头板上有眼，叫什么心像水不会动来着，从来不会冲动，不会出格……"

"是有板有眼，心如止水，谁说我没干过出格的事？"

孟星高红着脸说完，撸起袖子露出右臂内侧的文身，那是一个北斗七星的图案，从斗口到斗构，纤细的线将天枢、天璇、天玑、天权、玉衡、开阳和摇光连在一起，像一柄小小的勺子，孟星高将手伸向夜空，遥遥与北极星相对。

"文身在国外常见的，算不上出格，其实我原来也有文身，是我初恋女朋友的名字，后来分了只好洗了，真是冲动的惩罚。前辈，你文个北斗七星，莫不是你的女朋友叫小北？"

孟星高摇摇头，超负荷运作了一周，突然松弛下来，他竟然很想要倾诉，向这个不知烦恼为何物的小少爷倾诉。

"你在国外的时候听说过汶川大地震吗？"

两年前的5月12日，四川省汶川县发生里氏8.0级大地震，波及周边十余个县市，孟星高的家乡就位列其中。地震发生的时候，孟星高刚从上海辗转回到家乡。在镇口下车后，忽然天地为之色变，世界在剧烈的摇晃中轰然坍塌，孟星高一下栽倒在地，等一切恢复平静后，眼前只见满目疮痍，家中两层小楼夷为平地，父母不知去向。

当时余震不断，各种通信已经中断，整个世界仿佛只剩孟星高一人，死一般的寂静。孟星高跌跌撞撞地来到家门口，声音已经喊得嘶哑，手在废墟中刨得流血，依旧是叫天天不应，叫地地不灵。当救援黄金72小时即将过去之时，一个带着北斗终端机的救险人员发现了几乎虚脱的孟星高，当即通过编辑短报文上传定位呼唤救援，孟星高一家才得以获救。等孟星高意识恢复时，已经在病床上，救援人员不知去向，也没有留下名字，甚至面孔都是模糊的。后来，孟星高从新闻中知道了一切，那一瞬间，他对自己的未来从未如此清晰。

"你知道吗？我家里并不富裕，兄弟姐妹多，我是家中老大，有点什么都要紧着弟妹，小时候没有什么玩具玩，我就抬头盯着星空看。无论身处何地，哪怕是泥沼之中，无论有多少烦恼，多难解决，仰望星空的时候，看见头顶有这么一片干净纯粹的领域，我就能得以喘息，大事化小，小事化了，直至忘却。所以我大学选择了航天相关专业，可真正亲历那次地震后，我觉得我对未来思考得还是太浅，遥不可及的天空，不只可以探索与想象，也可以守候与期待，渺若尘埃的人，不只可以选择顺从，也可以选择挑战。"

孟星高说得很动情，没有数字，没有论证，就是纯粹的抒情，而钱宇高中就在国外，中文修养并不深厚，只能简单从字面意思去理解。

"这么说，北斗系统救了你们全家。这不巧了，研究院正在招募北斗三号的成员，前辈回去就去报名啊。"

"哎，也不是说非要做北斗，所有卫星都是关系国计民生的大事。现在就挺好的，普通的项目能做总负责人，北斗三号项目只能做个螺丝钉，再说资历也不够。"

孟星高像是回答钱宇，又像是自我安慰，语气越不在意，越能让钱宇听出其中拼命压抑着跟表情完全相反的在意。

"规矩是死的，人是活的，傅师不是你导师吗？你去争取啊，不然按照国家规划，等你资历够，北斗三号都建成了。"

孟星高也觉得酒有些苦涩了。白天还好，怕就怕午夜梦回之时，不甘还是会偶尔从心底浮出水面，仿佛拼命工作带来的疲惫并不能抹杀这个念想，反而越压抑越发变得强烈，一旦别人偶尔提到一二，全身心还是不由自主想要拥抱。

"规定就是规定，挑战规定不会有用的。"

"前辈你这个人，想要什么就要强烈地表达啊，你随口提一嘴，连个语气词都没有，看起来并没有很想要的样子。我跟你讲，我小时候，想要什么玩具，就哭就闹，一副不给买就过不下去的样子，然后就得到了。你要是不会闹，求你总会吧，就像我奶奶求神一样，求求你，求求你……"

孟星高摇摇晃晃倒在床上，耳边全是钱宇絮絮叨叨的话，一下子想同人不同命，自己小时候父母说得最多的就是你要懂事，一下子又想研究院是什么地方，还真能一哭二闹三上吊啊。

迷迷糊糊中，那些被残垣断壁掩埋的面孔又回来了。他们全部穿着干净的白衣服，白得像冬日里的雪，一尘不染。阳光透过树叶缝隙洒下来，撞碎在白衣服上，飞溅出金色的光，晃得孟星高睁不开眼。他们就在那里满眼含笑，挥手叫自己过来。

是不是记忆太过深刻，就会形、声、嗅、味、触五感俱全，环绕在孟星高的身上，不断地重历、重历、重历，直到折磨尽孟星高最后一丝力气。孟星高不堪重负，梦中抬手在眼前挥了挥，似乎要把这些记忆的碎片如青烟吹散。

只可惜一切只是徒劳，哎，孟星高忍不住唏嘘起来。

第十章
好心办坏事

  一大早起来，孟星高带着钱宇马不停蹄地赶往西安卫星测控中心，和提前一周抵达的飞控团队会合。离开大气层的创新一号卫星，在飞控大厅巨大的屏幕上徐徐绘制轨迹，在无声的寂静中，所有人在座位上坚守着数据细微的变化，以便确定卫星姿控、热控、能源、测控、计算机等系统运转正常和卫星有效载荷功能无误，直至三天的飞控测试顺利结束后，未来卫星研究院才正式宣布创新一号发射成功，研发人员可以有序从项目中撤离。

  返回上海后，孟星高又运行到另一个项目的轨道中。孟星高有个内网空间，里面为每一个发射任务建立了单独的文件夹，存放着所有的过程资料和最终复盘。这一次，钱宇完整地参与了创新一号的发射任务，回到研究院后就自告奋勇地申请写复盘总结。即使是科研工作者，写报告也不算什么讨人喜欢的工作，孟星高心里高兴钱宇的积极主动，顺手就把地址密码发了过去。

密密麻麻的项目文档就是个大宝藏，比教材还要详尽真实，钱宇像掉到米缸里的老鼠，看枯燥的文字资料都看出欲罢不能的瘾来。翻着翻着，钱宇进到了一个没有命名的文件夹，一个一个文档点开，全是关于北斗的资料，从理论设想到感悟心得到发射成功的新闻，不一而足。钱宇想起在西昌的那个夜晚，孟星高抱臂轻轻抚摸着文身的样子，心里有点心疼，又莫名其妙有点怒其不争，不理解孟星高为什么明明很想要，默默准备了这么多，却又拼命压抑自己，不去争不去抢。

钱宇扭头看向孟星高，还是穿着那件没有褶皱的工衣，还是挂着那张面无表情的脸，若是他不说，没有人能从上面读出情绪，遗憾、失落、不满统统没有，和过去的任何一天一样不喜不悲，专注在他的宇宙空间。钱宇心中轻叹，这样克制的一个人要他像自己一样去争抢确实困难，突然，他生出一个念头，决定出手帮孟星高一把。

周五的下午，傅晚明的邮箱里收到一封带超大附件的邮件，上面用极尽恳切的语言希望加入北斗项目，并表示目前的项目成员遴选规则是有问题的，工作年限并不能说明研究深度，请给予年轻人一个公平竞争的机会。附件中的文档，清清楚楚地列出了目前北斗三号所面临的挑战和建议，倒谈不上全部准确，但令傅晚明惊讶的是，上次自己随口一问的研发模式，上面条分缕析地写了数十页，能从科研的层面跳到产业的层面思考问题，对一个年轻人来说已经实属不易。

发送邮件的邮箱地址傅晚明以前没见过，落款写的是孟星高，但语言表达方式显然不像，多少有点来历不明。但傅晚明无意深究，直觉写信的人和当年的自己有点像，想要轰轰烈烈地大干一场，只是当年的自己当面与面试官争了个面红耳赤，现在的这个人选择用邮件吐露心声。傅晚明心里左右摇摆，一会儿想着如果是年轻的自己因为工作年限不够失去梦寐以求的机会又当如何，会不会召集起一群年轻人抗议，一会儿彭海的脸又适时地出现，嘴里骂骂咧咧地说着搞研发不是过家家。就这样过去的傅晚明和如今的傅晚明在脑海中斗争了许久，一时间竟拿不下一个主意。

钱宇发完这封邮件，自我感觉良好，仿佛化身那做好事不留名的雷锋，救市民不露脸的蜘蛛侠，整个人处于某种英雄主义情怀中难掩兴奋。这异常的反应怎么会瞒得过孟星高的明察秋毫，很快孟星高就发现钱宇把内网上的北斗资料导到电脑上，遂问了两句。钱宇也没打算隐瞒，一五一十地把发资料的事说了，然后像个考了高分的孩子满脸得意地等着家长的表扬。

"你怎么可以擅作主张！"

知道真相的孟星高现在很后悔，后悔酒入愁肠告诉钱宇这么多事，钱宇确实是个很好心的人，可是好心的人让人毫无防备，能说出更多错话，做出更多错事。

孟星高不知道邮件里写了多少关于自己经历的内容，只是希望越少越好，他从未将家里遭遇地震的经历告诉过傅晚明，一是因为事情已经过去，不想揭开伤疤；二是无论对北斗多么向往，他都不希望用怜悯去获取，傅晚明除了是自己的恩师，还是未来卫星研究院的总设计师，担负着未来卫星研究院的未来，他所做的任何决策，都应该是科学的、理性的，怎么能为任何人的夙愿而改变。

"可是，可是，你不是很想参与吗？你不好意思说，我替你说你还不高兴。"孟星高的反应和钱宇预想的不一样，钱宇完全不知道自己哪里做得不对。

"工作就是工作，喜欢的不喜欢的分到手上都要做。"

"你不说别人怎么知道你的想法，人又不是机器，做自己喜欢的事才能做好。"

又是喜欢，做什么事都是为了喜欢，孟星高曾经有过一瞬欣赏钱宇的纯粹，可惜钱宇是钱宇，孟星高是孟星高，不是所有人都像有钱人家的少爷，想做什么就做什么，想不做什么就不做什么。大部分的人，小时候要懂事，长大了要顾全大局，这才是芸芸众生的常态，才是普通人必须要接受的现实。

"我不需要别人知道我的想法，更不需要别人的同情怜悯。"

"我没有同情你，我只是想要帮你。"

"我谢谢你，请以后不要帮了，不是所有人都和你这样的少爷一样，全世界都为你修改规则。"

工作中的孟星高一贯冷静理性，他的严肃，他的认真，已经将他的喜怒压制得死死的，鲜少如此情绪化。此刻的他满眼通红，像一座熔岩暗涌的火山，随时准备喷发。

钱宇却不会给孟星高这样的机会，他被那句少爷刺痛了，虽然很多人叫他少爷，有巴结，有恭维，有嘲讽，有嫉妒，但孟星高的这句少爷，是在划清界限，将自己和其他的航天工作者区别开来，他们把航天当事业，而自己是来玩票的。

"你让我做的复盘做完了，人事部说我新员工培训一直没参加，下周最后期限了，就不来办公室了。还有，我分配的导师陈师也从国外回来了，我就直接过去了，这样你应该会开心吧。"

钱宇拎包起身，朝门口走去，刚到门口又回头说道："最后，还是要说一声对不起，但我没有把你的隐私告诉别人，对北斗三号项目成员招募的建议，就事论事而已，我工作的时候也很客观。"

门咣当一声关上了，把孟星高的心都砸出了一处空白，哪哪都不对了。

这是一个周五，孟星高这边闹了个不欢而散，甚至散了后大概率不会再聚，傅晚明那边在犹豫来犹豫去，差点错过晚上7点要参加女儿傅展眉的家长会。

等傅晚明慌慌张张从未来卫星研究院开车出来，又遇上高峰期大堵车，心里火急火燎，车却只能在高架桥上龟速移动。等傅晚明从后门溜进教室的时候，已经到了发布考试成绩的环节。临近高考，成绩成了学生的命根，班主任老师手里捏着的一沓成绩单已经不是简单数字，而是能将同一个教室学生的命运划出天壤之别的利剑。老师按照总分排名一个一个地喊名字，开始被喊到的学生都是雄赳赳气昂昂上台，从微笑的女老师手中拿过成绩单，而随着老师的脸色晴转多云，又转暴雨，上台的学生目光在老师家长之间游移，瑟瑟缩缩地从老师手中接过一个烫手山芋。

傅展眉的成绩又是第一，老师对优秀的孩子一贯宽容。以至于傅晚明两口子工作繁忙，从不参加学校活动，家长会不是缺席就是迟到，老师依旧语气温柔，笑脸相迎，还特别号召大家向傅晚明这样的家长学习，助力孩子在高考中取得好成绩。在众人的目光中，傅晚明笑得很尴尬，应老师的要求发表了几句自己什么都没做看似谦虚实则实情的话。这又引发了众家长的怀疑，要求不要藏着掖着地介绍学习经验，傅晚明心里纳闷学习自己什么呢，学习自己整日不着家，错过孩子的成长吗？但最终通过胡诌才让老师家长满意，勉强完成了分享。

学校离家不远，家长会结束，傅晚明和女儿踏着月光缓步回家。

"对不起啊，爸爸堵车，家长会迟到了。"傅晚明满脸歉疚地说。

"没事，老师这不是还夸你呢？"傅展眉说完做了个鬼脸。

"哎，这都是你自己努力的结果，我这是冒领功劳，我甚至不如差生的家长做得好，他们为孩子的成绩心急如焚，我看得出来。"

傅晚明从襁褓中初见女儿时，心中只有一个希望，一辈子开开心心，展眉解颐。旁的傅晚明没有想过，因此从来没有在学业上给过任何压力，自然也没有时间给出任何指导，每次家长会，自己没有任何付出就收获表扬，在女儿面前实在不好意思。

"其实，我觉得老师做得不对，一个班的所有人不管怎么努力，有第一名就有最后一名。可一个班上哪怕是最差的学生，从愿望上来讲都有一颗向好的心。老师现在用过去的知识储备教学生，对于老师见过的题型自然是老师厉害。你猜有没有一种情况，世上的难题千千万，有得是老师既有知识无法解决的问题，这类问题老师和同学处于同一起跑线，谁先解出来还未必呢，或许老师困在旧思维里，曾经的差生会脱颖而出呢。"

傅展眉的话无意中击中了傅晚明的内心。反正都是没有人实现过的命题，又何必困在经验里不能自拔，一个能创造奇迹的团队不应该是一眼看得到边的稳定，而是可开拓的无限可能。傅晚明问自己，女儿都懂的道理，自己敢不敢"赌"上前途，在可靠性要求第一的航天领域打破一次陈科旧律。

第十一章
有准备的人

　　那天后，钱宇搬去新导师的办公室，彻底地从孟星高的视野中消失了。曾经孟星高觉得钱宇像一个入侵者，在他的世界里喧哗吵闹，如今钱宇全面撤退，孟星高收复失地，本该暗自庆幸的时候，居然发现无法适应过于安静的世界。

　　就这样浑身难受地过了一周后，突然孟星高收到一封邮件，说北斗三号项目取消工作年限限制，欢迎研究院所有有志之士报名。孟星高脑子彻底混沌，他觉得在这一瞬间丧失了中文阅读能力，反复将邮件看了几遍竟感觉不到任何一点真实。他不明白，为什么自己当面去请求傅晚明没有结果，而钱宇只是没头没脑地发了一封邮件，就能改变整个研究院的决定。

孟星高想找钱宇问个清楚，可是想起那天亲口说的那些过分话，钱宇离开时的愤怒表情，孟星高心里后悔得快拧出血来，给自己几下都不足以解恨。但现在不是一个道歉的好时机，如果钱宇帮他争取到机会，他却没有抓住，才更是对对方好意的辜负。于是，他火速点击了报名，详读了后面的笔试和面试安排，开始沉下心来做准备。

考试时间就在一个月后，间隔时间不长也不仓促，可以看出傅晚明想考核既有报名者平时烧高香的积累，也有临时抱佛脚的爆发，前者看胜任程度，后者看参与的激情。

时间很快过去，笔试安排在周六的上午。孟星高到的时候，发现整个研究院如工作日般热闹，可见条件一变，具备报名资格的人数之多。孟星高找了一个人少的角落等着进考场，听到旁边几个年长一些的工程师在讨论这次笔试的原因。

"你不是说不想参加，怎么也来了？"

"彭院长找我好说歹说，不好不给面子。"

"这项目别看头衔大得吓人，实际上和北方航天工业集团竞争谈何容易，别干几天干不成项目组就撤了，原来好好的位置都不保了，我听说就没几个老人报名，把彭院长给急的。"

"不过这次取消年限要求是傅总师的意思，为此还和彭院长拍桌子吵了一天，声音都沙哑了，我来未来卫星研究院这么些年，就没见过好脾气的傅总师发过这么大火。这事我站傅总师这边，彭院长死要面子活受罪，就该借坡下驴，都没人来设这么多条件干吗。"

"这事说白了是两位大佬意见不统一,彭院长想用老人,傅总师想用年轻人,说到最后是傅总师说如果不给他选人的自主权,他就不干了,谁爱干谁干,不然彭院长宁愿去其他单位借调也不愿意降低标准。"

"莫不是傅总师有关系户?"

"这不可能,傅总师的为人有口皆碑,再说他为了避嫌,都退出面试官名单,让彭院长和几个专家代替他。"

"好了,别想那么多了,该走的过场还是要走。"

对方言之凿凿,孟星高不得不信,他震惊于居然还有人会拒绝北斗这种百年不遇、青史留名的机会,就因为不相信未来卫星研究院能做成吗?而那个一身书卷气,气质温文尔雅,甚至有点老好人样的总设计师也会有这么剑拔弩张的一面吗?是因为团队缺人,还是想要为自己这样的年轻人争取机会?突然,思绪被吱呀的开门声夹断,工作人员通知报名者入场了。

拿到试卷后,孟星高的不安烟消云散,那些集腋成裘的思考初见成效,那些日积月累的沉淀浮出水面。这张试卷就像孟星高久别重逢的朋友,所有的问题是他们对自己的关心与探寻,孟星高恨不得把这些年的经历一一倾诉,所有的答案不是在他曾经翻阅的书籍中,就是在他不断推演的图纸上。孟星高毫不迟疑,如有神助,提笔洋洋洒洒地书写,直到交卷铃声响起。

笔试一周后是面试,孟星高走进会议室,面试官里面果然没有傅晚明，顿时松了一口气。孟星高想要这个机会，可他想要堂堂正正地得到，而不是在傅晚明的关照下才得到。他要赢，还要赢得漂亮，让所有人挑不出毛病，特别是傅晚明的毛病。

坐在正中的彭海看是孟星高进来，神色微敛，颔首示意左右两位专家发问。

"相比于国外的全球导航卫星系统技术，北斗的优势和劣势是什么？赶超空间有哪些？"

"你认为北斗三号和一号二号相比，应该在哪些性能上进行升级？"

"从你现在的岗位出发，你认为你对北斗三号能发挥怎样的价值？"

……

听之前的面试者闲聊，孟星高大概知道面试官会先要求自我介绍，然后闲聊几句再由浅入深地切入正题，自己一上来连问都不问就丢出几个棘手问题，似乎被区别对待了。但孟星高很喜欢这样的区别对待，相比于专业问题，通过自我介绍去证明能力才更难。对于北斗三号的前世今生，孟星高信手拈来，对于北斗面临的未来挑战，孟星高在脑海中假设过，预演过。至于解决之道，此刻的孟星高灵感源源不断，过往积累的经验与知识在脑海中萌芽生长，现在融汇成一片金灿灿的麦田，上面沉甸甸的穗正等着孟星高随意采撷。考官提出的每一个问题，都不是孟星高一个人在回答，钱学森、孙家栋、陈芳允、沈荣骏就在他的脑海里答疑解惑。这些方案没有人实际操作过，但孟星高的回答告诉所有人，他不仅仅思考过，而且真的尝试去解决过。孟星高对人的面部表情并不敏感，但也明显地感觉到在中间正襟危坐的彭海慢慢变得松弛，在某些问题上甚至露出了一丝满意，心里愈发自信，回答愈发自如。

等孟星高结束面试走出未来卫星研究院大楼，已经是傍晚时分，夕阳在头顶上浓烈地炸开，红的、粉的、黄的、蓝的，五颜六色，如同焰火般璀璨，做好了庆祝一场胜利的准备。孟星高浑身有些无力，仿佛在这短短的时间内，突击似的把所有的力量都用完了。

北斗三号项目组的这场遴选持续了一个月，也被轰轰烈烈地讨论了一个月，未来卫星研究院的任何地方都有人在提及，可孟星高对此缄默不语。这种感觉有点像学生时代考试之后等待成绩公布，小考大家能轻松地对对答案，开开玩笑，大考反而不想提前知晓，怕结果太快到来，又怕结果太慢到来。

这天，孟星高一早上班打开电脑，一封邮件静静地躺在那里，一看标题是入选名单公示，顿时心跳加速，手不由自主地有些颤抖，等了半天才捏着汗地点开。名单是按拼音顺序排列的，孟星高缓缓下拉，马姓之后，孟星高赫然在列。

做到了，真的做到了，孟星高夙愿突然得偿，一时间甚至想不起去做点啥表达内心的激动，是到天台怒喊一声，还是去操场跑一圈。如果是钱宇的话，他一定等不及离开办公室，就已经开始大喊大叫了吧，这少爷哪里会在意他人目光。

孟星高又下意识地想到钱宇，之前好几次，孟星高想和钱宇私下谈谈，但钱宇身边总有人在和他有说有笑，甚至连眼神都没往自己身上瞥过，实在开不了口。现在，结果已经出来，孟星高不再迟疑，从椅子上弹起来就要出去找钱宇，结果门开得太猛，一下子撞到行政张亮身上。

"小张，对不起，撞疼你没有。"孟星高连连道歉。

"我没事，孟工，方向错了，北斗项目组动员会的会议室在反方向。"张亮看孟星高朝向，一把抓住他说道。

"启动会？"孟星高疑惑。

"我就知道你们可能看不到邮件里的会议消息，特别过来一个一个通知，时间差不多了，快去吧，225大会议室。"

第十二章
科研不是画延长线

等孟星高推开会议室的大门,里面已经济济一堂,放眼望去,前排坐着院里有名望的老专家,中后排全是清一色的小年轻,在北斗三号导航卫星项目动员大会的红色标语下,满脸泛着红光。只一眼,孟星高就看到了角落里,一身闪亮的皮夹克,正和陈墨眉飞色舞说话的钱宇,心中有些忐忑地走过去。

"前辈来了,快坐。"钱宇看到孟星高站在面前并不觉尴尬,神色如常地打着招呼,侧身让孟星高进来坐下。

钱宇如此自然,孟星高反而不知如何挑起话头。这时,一阵激昂的音乐响起,未来卫星研究院的院长彭海走上讲台,拿起话筒说道:"我就三两句话,北斗三号的重要性不用我多说，干咱这一行的都懂，成了必定青史留名。今天坐在这里的项目组成员是按照你们傅总师的规则遴选出来的，为此他不惜和我大吵一架，撂下狠话。话我说在这，大家千万不要辜负傅总师，让他的选择变成一个错误，把心系在裤腰带上，认认真真把北斗三号做成了。"

未来卫星研究院这样的科研单位，根据性质可以分为管理活动和技术活动两大工作范畴，因此在卫星系统工程研制过程中一般建立有两条指挥线，行政指挥线和技术指挥线。傅晚明作为总设计师，是技术指挥线的一级领导，然后从上到下设有副总设计师、主任设计师、主管设计师、设计师等，对项目的所有技术细节负责。而彭海作为未来卫星研究院的院长，通常会在重大项目中担任总指挥，是行政指挥线的一级领导，然后从上到下设有副总指挥、项目办主任、计划经理、项目主管等，主要负责资源调配、组织实施和指挥协同等工作。

科研项目技术实力说话，傅晚明的工作成果更容易被看到，存在感也更强。而彭海深居幕后，平日感觉不到强大的存在，但一个项目能不能成功，除了技术，还有资源，人财物缺一不可。恰恰彭海就是个统筹高手，他的管理艺术就是能两三个动作把团队凝聚起来，正如此刻，他寥寥数语就让傅晚明成为一面旗帜，引领着所有人朝一个方向使劲。

话音未落，所有人都将感激的目光投向傅晚明，孟星高心中更是如洪流冲过，激荡不已，自己的如愿以偿原来不是没有代价，自己的恩师背负了更多。其实，如果是按照彭海的意思组建团队，人员稳健不说，哪怕稍有瑕疵也是共同责任。而现在，傅晚明需要独立为一切结果负责，这压力可想而知。孟星高将手狠狠地按住那个北斗文身，郑重其事地发了个誓，自己无论如何，都断断不能让傅晚明为自己担责。

在众人的目光中，傅晚明起身走向讲台，挥了挥手说道："我先简单问两个问题，谁做过重量超过一吨的卫星，请举手？"

自从北方航天工业集团成立以来，几乎包了国内90%以上的重型卫星的研制，人手不足导致小型卫星的研制跟不上，满足不了市场的需求，未来卫星研究院从挂牌之日起主攻方向就是几百千克左右的微小卫星，甚至小于十千克的微纳卫星和立方星占比也不小。因此，未来卫星研究院做过超过一吨的大型卫星的研发人员寥寥无几，在座的诸位面面相觑，无人举手。

傅晚明又问："大家中做过高轨卫星的，请举手？"

众所周知，高轨卫星比中低轨卫星更难研制，距离地球远，面临更严重的空间辐射和复杂热环境，增大了星上电子元器件失效的风险。过去这种高风险的发射几乎也都由北方航天工业集团完成，这个问题同样没有人举手。

"全球导航卫星系统，别说你们，就是我经验也不多，这就是我们面临的困境。在其他科研领域，99加0等于99，而在航天领域，99加0等于0，高风险让所有人都如履薄冰。今天出现在这里的各位都是胆子大的，都是勇士，但没经验真的就没办法了吗？"傅晚明转身往白板上打了两个点，连成了一条直线，然后接着说："我们做研究真的就只能沿着前人的轨迹往前画延长线了吗？"

众人不知道如何回答，因为科学正是站在巨人的肩膀上往上攀登。自己有经验就总结经验，没有经验就借鉴别人经验，沿着前人的轨迹画延长线自然是更为稳妥的方法，可以避免很多前人踩过的坑。但傅晚明的问题众人大概能理解，因为现在的问题是未来卫星研究院没有前人蹚出的路，而北方航天工业集团的路人家不告诉你，想画延长线也没得画。

见没人回答，傅晚明在不远处打了个点，然后拿尺子将原点与之相连，彻底和原有的延长线分道扬镳，然后说道："不沿着前人的轨迹延伸，改朝目标延伸，遇山开山，遇水架桥，避免走前人的弯路。"

傅晚明的办法是前人的路看不清，但目标实实在在每个人都清楚，抛弃前人的经验，轻装上阵。话说才完，下面的窃窃私语蔓延开来，老专家只觉两眼一抹黑，而年轻工程师们显得格外兴奋。一个工牌上写着陈灿的年轻女孩子激动地跳出说，"傅总师说得对，我们抛弃历史的负担，反正我国以前没有人做过全球导航卫星系统，谁做都是头一遭，咱不比谁差，干就对了。"

年轻人不喜欢权衡利弊，胸中一腔热血寥寥数语就能激发，他们偶尔也会羡慕那些经验丰富的老专家，担心自己过于年轻做不好，但如果有人对他们流露出一点的信心，他们又会恢复那副天不怕地不怕的样子。于是，会议室响起热烈的掌声，孟星高和所有人一起站了起来，用最大的声响表达内心的坚定和对傅晚明的支持。

一次会议不可能把这么复杂的系统工程讲清楚，启动会的目的主要在鼓舞士气，在宣布项目组成立后，大家众志成城地宣誓一番后，会议就宣告结束了。正当钱宇披上皮夹克打算起身往外走的时候，孟星高伸手拦住了他："钱宇，下班了，我想请你吃顿饭。"

"为啥要请我吃饭？"钱宇不解地反问道。

"感谢你替我争取到加入北斗项目组的机会。"孟星高无比认真地说道。

"不用谢，我不也乘机混进来了。"钱宇说道。

"你以前请我吃过饭，这次轮到我请吃饭。"孟星高坚持道。

以前的钱宇很合群，谁呼朋唤友都少不了他，今天的钱宇端起了架子，非要孟星高三请四请。

散场人声嘈杂，两人旁的陈墨别的没听到，就听到请吃饭这句。孟星高这人工作没说的，就是不通人情世故，今儿个开天辟地头一朝，可算被陈墨逮到机会了，连忙推搡着两人说道："见者有份，难得孟铁公鸡拔毛，走走走。"

等坐上钱宇的跑车，孟星高已经做好和一个月工资说再见的准备，叫钱宇想吃哪家餐厅直接开过去就好，这下钱宇也不扭捏了，油门猛踩朝市区疾驰而去。一路上风驰电掣，穿越人流，钱宇最终漂亮地急停在夜市的路边摊旁，引得路人纷纷注目。

"这里？"连孟星高这样不讲究吃喝的人，都觉得请客吃路边摊有些过于怠慢敷衍了。

"没错,天上地下我独爱小龙虾。"钱宇把皮夹克往油腻腻的塑料凳上一扔,又把里面短袖撸到肩头,露出线条清晰的肱二头肌,然后熟稔地朝光着膀子颠勺的络腮胡老板打了个响指说道:"先来三斤麻辣,三斤蒜蓉,三斤五香,半打啤酒。"

两人被钱宇这套行云流水的操作惊呆了。孟星高哪里知道他这么能融得进这市井烟火气。陈墨则是抱着一顿吃回本的心态,打算狠狠宰孟星高一顿,这路边摊自己就算撑死也花不了几个钱,顿时有一种亏大了的感觉。

"你俩快坐啊,这片天老邱手艺最好,就是人懒,钱太多都不怎么出摊了,今天还是我好说歹说才开张的。"钱宇招呼道。

络腮胡大汉老邱把冰啤酒重重地放在桌上,和钱宇大力击了个掌,说道:"我这手艺都是为了伺候你这个少爷,嘴刁,神烦。"

夜市熙熙攘攘,用烟雾缭绕收留着胃里或心里空虚的男男女女,给了这片钢铁丛林增加了不少温度。孟星高喜欢这样的人间烟火,紧绷的神经很快在三大盘鲜艳夺目的小龙虾面前松弛了下来。老邱的手艺确实不负盛名,但美食当前,孟星高没有忘记此行的目的,酝酿再三后,他举起啤酒朝向钱宇,无比诚恳地说道:"钱宇,对不起,你是真心实意为我好,我不但不感激,还说了许多伤害你的话,我为之前的口不择言道歉,恳请你的原谅。"

钱宇举杯和孟星高碰了碰，无所谓地笑了笑，说道："我这人头脑简单，记性也不好，你说了啥早就不记得了，别放在心上。"

这种肤浅的笑容是钱宇最常挂着的表情，喜欢的人就说他有凡事不走心的随性洒脱，不喜欢的人就说他有富二代的玩世不恭。但钱宇不在乎，他只需要一种保护色，帮他融入周遭的圈子，帮他疏导太想证明自己的压力，以及失败了可以归咎于不用心的合理性。

"不，错了就是错了，错了就要道歉，不管对象是谁，我都必须道歉，对不起。"

人人道钱宇是含着金汤匙出生，无论他怎样努力，取得怎样的成绩，在父母的光环下面都不值一提。周遭的人可谓对他时时表现出全方位的认可，但钱宇知道这种认可是对家庭出身的认可，对他这个人心里大多不以为然，甚至会嗤之以鼻地说一句，如果我有个有钱的爹也行。面对这样的评价，钱宇当然不会高喊这都不是我想要的，我想要完全靠自己，他不至于这么幼稚，那么矫情，因为别人的几句酸话就把父母辛苦打拼下来的成果往外推。但孟星高的认可是不一样的，他是对钱宇所做事情的认可，甭管做事的人是何等身份，孟星高都是用一套标准去衡量。第一次感受到这样的真诚，钱宇感动之余又十分不知所措。

一直没说话的陈墨对两个大男人的对不起没关系毫无兴趣，她目光一直停在钱宇的手上，专心致志地看着他专业级的剥虾操作。只见钱宇用一根小小的牙签轻轻一挑，熟透的小龙虾立刻丢盔弃甲，露出鲜嫩多汁的肉，然后钱宇又往里一划一勾，黑色的虾线被整根挑出，嫩白的虾肉浑然一体。

"钱少，你不会是凭借手艺活被选入北斗三号项目组的吧。"陈墨指着钱宇排列整齐的虾壳说道。

"哈哈哈，傅总师何等人物，你们要相信他是不会为了吃虾而被我的雕虫小技所吸引的。"钱宇说道。

"那是为什么？"

问题是陈墨问的，但老实说孟星高在启动会上看到钱宇也是大吃一惊，不是小瞧了钱宇，而是他来未来卫星研究院只有个把月，工作连熟练都谈不上，是如何通过严格的笔试面试的？

"这个嘛，当是扬长避短，我知道所有人会在大考前查缺补漏，但我的短板是对卫星导航系统不熟，这不是三五天能补上的。与其在自己不擅长的领域和大家死磕，不如放弃短板，选择长板，把我最擅长的结构设计与卫星相结合，给面试官一点新鲜的答案。你们说呢？"实际当然没有钱宇说得那么唾手可得，他为了这场选拔熬了不知多少个夜晚，眼底的乌青还是借了老妈的粉底才勉强盖住。尽管，孟星高的真诚已经让钱宇意识到自己没必要故作轻松，但多年的习惯一时间改不过来。说话间，钱宇指尖微挑，又一块虾肉破壳而出，然后被一个优雅的姿势送入口中。

"厉害，厉害。"陈墨放下手中的小龙虾，就着一次性塑料手套啪啪鼓起掌来，也不知道赞美的是钱宇的剥虾技巧还是应试技巧。

"其实你不用道歉，我根本没有生气，我后来想过还是我的问题多一些，我看得出来你宁愿为难自己也不愿意为难别人。"钱宇说道。

孟星高两罐啤酒下肚，夜风一吹，囔囔叹道："一般人就算了，可傅师不一样……"念大学的时候，孟星高喜欢航天，相关的专业课名列前茅，其余则不管不顾，及格了事，两相抵消也就是个成绩中等偏上，踩着奖学金的末班车。但令人无法对孟星高忽视的是，他用四年时间打造出一篇关于卫星的学术论文，内容翔实，论证严谨，质量出奇的高，连续被多位行业大拿引用提及。大学毕业时，他想要继续保研深造，导师面试时候却犯了难。在一刀切的录取标准下，他的优秀没有成绩的支撑，没有论文数量的烘托，在众多熟悉规则的学生中显得平平无奇，几个研究生院面试都失败了。这时，傅晚明碰巧看到这篇论文，力排众议将他优先录取了，孟星高的科研道路才得以延续。

事后，傅晚明告诉了孟星高选择他的原因，寒门学子能吃苦，韧性强，可身上总带着一种改变命运的急迫感，对待未来没有耐心，容易短视。可孟星高不同，他是傅晚明见过的学生中最坐得住冷板凳的人，每天在实验室、图书馆待足十小时，为一篇论文就投入所有精力，从来不为生活贫困皱过眉，为外界纷扰分过神，是傅晚明想要用心培养的接班人。孟星高感激傅晚明的栽培，更感激傅晚明透过他普通的外在看到闪光的内在。跟随傅晚明七年之久后，两人的感情早已超越老师和学生，抑或上级和下属，所以北斗虽然是孟星高的梦，但他依然不愿意傅晚明为难。

"钱宇，这件事与你无关，确实是我个性的问题，对于没有分给我的东西，我非常恐惧去争取，我怕给别人带来负担和麻烦，越是在意的人这种情绪越失控，比如家人面前，比如傅总师面前，我无法像你一样坦然说出我想要。当我被很想要的情绪折磨的时候，我第一反应是与其被折磨不如放弃，所以只能不停地告诉自己，我根本不想要，我无所谓。"

第十三章
久别重逢

"你有没有想过,也许真实说出自己的渴望,不一定为难了别人,反而正好解决了难题。"钱宇说道。

孟星高从最近大家的反应中也发现了,并不是所有人看到大项目就往上凑,权衡利弊,分析投入产出比也是人之常情,尤其是对于业内小有名气的专家,没有必胜的把握不愿出手。钱宇或许是对的,自己歪打正着或许正帮了傅晚明,孟星高心中的负担立时土崩瓦解,再看钱宇剥得精光的虾壳,让强迫症严重的孟星高直呼身心舒服。

"钱宇,或许我们会成为气味相投的兄弟。"孟星高看着自己剥得稀烂的小龙虾,发自内心地说道。

"怎么,姐妹不要一个吗?"陈墨把啤酒重重地砸在桌上，故作生气地说道。

"要，谁不要姐姐我跟他急。"钱宇喷着酒气说道。

"他，你跟他急。"陈墨指着孟星高说道。

"你们别闹。"

三人彻底掐作一团。

"孟师兄，是你吗？"

一个熟悉的女声仿佛从记忆深处传来，让孟星高有种不真实的感觉。回头一看，烟雾中娉娉婷婷立着个白裙女子，夜风微微扬起她柔顺的发丝，人群从她身边穿行而过，竟不能从她星子般的双眸和微启的朱唇上夺走半分目光。

沈暮秋，不对，看错了，是叶筱悠，那个大大咧咧，假小子模样的女生怎么摇身一变成了恬静淑女了呢？

孟星高心里顿时起了波澜，脸上依旧面无表情，还是常在美人堆里混迹的钱宇最先反应过来，拉过一条塑料凳，从包里拿出一张湿巾仔细擦过后，招呼人过来坐。如果是以前，叶筱悠哪需要人招呼，直接飞奔而来，吃得比男生还多。突然变得这般矜持，搞得孟星高都不知道怎么相处了，才好说了声嗨，久别重逢立刻又变成了相对无言。

钱宇亲眼看着孟星高木头似的，顿时怒其不争，说道："前辈，不介绍一下吗？"

孟星高还没开口，叶筱悠回答道："我叫叶筱悠，是孟师兄低两届的学妹，汉语言文学专业，毕业后在海外孔子学院教汉语，今年期满回国到临海小学做老师。"

难道是为人师表的标准要求吗？孟星高心中泛起了嘀

咕。钱宇恨铁不成钢地看着孟星高，酸溜溜地说道："前辈这么高冷，还会搭讪学妹啊？"

"孟师兄是挺高冷的，是我主动去认识师兄的。"叶筱悠说道。

"你这样的大美人，还需要主动去认识男生啊？"钱宇听着这话着实奇怪，但看叶筱悠的认真和孟星高的坦然让他又无从怀疑。

孟星高在校时，男生公认的大美人可不是叶筱悠，而是沈暮秋。沈暮秋是那种从《红楼梦》中走出的古典女孩，眉眼雾气朦胧，红唇微微上翘，有点欲说还休，长发柔顺自然披着，就是和现在的叶筱悠一样的发型。而孟星高记忆中的叶筱悠面目模糊，只记得一头蓬松的卷发，张牙舞爪地到处扩散。两人的性格完全相反，一个动一个静，一个淑女一个假小子，却成了形影不离的朋友，说起来是种很有趣的缘分。

孟星高的大学生活，简单得如同白开水，会认识这两个女孩纯属巧合。那时，没有课的日子，孟星高一个人待在图书馆。那个二楼最深处的桌子，距离航天类书籍最近，来回走动的人最少，是孟星高每天在图书馆开门后径直走向的地方。孟星高在三点一线间徘徊，本不会起一点波澜，直到大三上学期，沈暮秋拉着叶筱悠开始每日不动声色地出现在孟星高的对面，孟星高才有了大学时光唯一的变数。

沈暮秋在校园无疑是一个众星捧月般的存在，所到之处目光追随，只有孟星高才会视若无睹。有男生按捺不住，找到孟星高想用高价买断这个位置，只是孟星高的脾气是不可能理会这些与学习无关的要求，但其他人又有什么办法呢，谁又能无论严寒酷暑比孟星高更早在图书馆门口排队，于是孟星高坐拥全校最炙手可热的地方，一无所知地被全校男生嫉妒着。

直到一日早上，孟星高破天荒地发烧了，在医务室打了退烧针下午才到图书馆学习，本以为熟悉的位置肯定没了，没想到人满为患的图书馆二楼，唯有那个位置空着。孟星高走近后，沈暮秋才伸手把桌上占位的文具盒拿走，朝孟星高笑了笑。

从那天起孟星高算是正式认识沈暮秋了，开始例行地说声你好和再见，也和天天与沈暮秋同时出现的叶筱悠混了个脸熟，直到毕业断了联系。

"暮秋现在在做什么呢？"

"我们好久没有联系了。"

孟星高想起两人是朋友，不过随口一问。不问还好，一问叶筱悠很不自然，语带尴尬地回答道："我们毕业就没有联系了。"

女生的情感比较复杂，两人之间可能发生了什么，孟星高意识到自己可能说错话了，一时不知怎么缓和气氛，好在叶筱悠很快面色如常，接着问道："师兄现在在哪里工作？"

"在中国未来卫星研究院做相关方面的研究。"

"真叫人羡慕。"

"谁羡慕？"

"我一个班 30 个孩子，一半以上都有过航天梦，都想像师兄一样成为航天科学家。"

"没有，没有，我们很普通的。"

"师兄，你现在什么状态？"

"状态？"这问题有点没头没脑，孟星高满脑子冒出来的都是卫星的运行状态，不知道叶筱悠问的是哪一个。

"他母胎单身，至今未婚。"听孟星高聊天，钱宇想呼救命，哪有在漂亮的女孩子面前一问一答的，连忙打断孟星高没有营养的对话，浮夸地夸赞起孟星高来，由表及里，由浅入深，从事业谈到生活，语气里的骄傲劲活像人民公园里替子女相亲的老母亲。

"孟前辈太谦虚了，我说的这些他从来不提，他本人除了是未来卫星研究院里数一数二的青年才俊，外表帅气不说，还特别喜欢小孩子，院里也会承接一些社会科普工作，大家都哭着喊着一定要孟前辈出马。"

"师兄，我可以请你到我们学校开讲座吗？"钱宇的话让叶筱悠眼睛一亮，马上捕捉到关键信息。

"当然可以，"孟星高还在想申请流程，钱宇已经应下了，"让下一代了解航天精神，孟前辈义不容辞。"

"师兄，那我们再联系，今天还有事我先走了。"

叶筱悠要了孟星高的电话后翩然离去了，一来一去不过十多分钟，就顺手将孟星高推进遥远的校园记忆里。他的大学生活除了学习，并没有多少值得回忆的部分，这两个女孩是其中的一抹亮色。记忆中的沈暮秋可能更加深刻一些，但匆匆一面，关于叶筱悠的回忆突然清晰起来，跟刚才出现的人完全重合。她离开象牙塔多年，竟然没有沾染社会的世俗气息，还是校园里那般简单纯粹的神态，仿佛时间对她也不知所措，无从下手。

"别发愣了，人都走了。"钱宇在孟星高眼前挥了挥手。

"你刚才说得好夸张，大家都更乐意搞研究，抛头露面的社会科普工作没几个人愿意去，才全部丢给了我。"孟星高对刚才钱宇浮夸的评论指正道。

"哪里夸张，结果不都是让你去吗？他们不哭不闹就得自己去了。"钱宇说道。

"唔。"孟星高感觉钱宇说的没毛病，但又似乎很容易让人误解。

"这姑娘真漂亮，一定是你的梦中情人吧。"陈墨直白地问道。

"我看样子，明明是人家姑娘喜欢孟前辈，而孟前辈不为所动，像个出家人。"钱宇说道。

"这样的姑娘都能不为所动，孟星高你果然天赋异禀啊，就不想去红尘打个滚。"陈墨问道。

"对前辈难度太大了吧。"钱宇说道。

"迎难而上是我们航天人与生俱来的天性，我们觉得他首先要改变形象，用帅气的外貌让女孩子产生危机感，忍不住一举拿下，所谓女追男隔层纱。"陈墨说道。

"姐姐，我倒是觉得男生应该更主动，掌握一些沟通技巧，比如如何哄女孩子开心，不要像现在这样随便就把天聊死。应该像我刚才那样了，每一次见面都为下一次见面埋下伏笔,这样有来有往,还怕没有下文?"钱宇说道。

"女孩子现在早就不吃花言巧语这一套了。"陈墨说道。

"不吃?姐姐你看看我。"钱宇说道。

……

两人并不关心孟星高的想法,擅自就帮孟星高完成了从恋爱到生儿育女的全过程。或许是北斗三号的夙愿以偿,或许是这场并不令人讨厌的久别重逢,虽然眼前的两人完全罔顾实际,不着四六,但孟星高第一次感到这样的关心居然很不错。

"孟前辈,你说我说得对吧?"钱宇说不过陈墨,来孟星高这里寻找赞同。

"太对了,小孩最好也是学航天,衣钵传承。"孟星高特别严肃地说道。

"是不是要问问小孩的意见。"钱宇想起自己当初并没有选择家里希望的财经专业,若有所思地说道。

"小孩?孟星高,你刚才居然有听我们说话!你对那女孩认真的?"陈墨一口酒差点喷出来,像看怪物一样打量着孟星高,她从来没见过孟星高对工作之外的事搭腔。

"开玩笑。"孟星高不咸不淡地说道。

"你,你会开玩笑?"陈墨更惊讶了。

"孟前辈以前不会开玩笑吗?"钱宇问道。

"你见过吗?"陈墨问道。

"那倒是没有。"钱宇说道。

"爱情真是太伟大了。"陈墨仰天长啸。

开玩笑太难了,孟星高终于听不下去了,起身结账。

第十四章
合并同类项

　　启动大会之后,北斗三号项目组就算正式成立了,彭海院长特别在办公楼辟出一块区域做北斗三号项目作战室,项目成员做完工作交接就可以陆陆续续搬到这里集中办公。搞科研的人崇尚务实,与研究无关的事向来敷衍,说是要给北斗三号项目前所未有的重视,但办公室还是和原来差不多的办公室,人还是那些人,唯一的变化恐怕只有门口小小的作战室铭牌和刻苦攻坚的红色大字横幅。

　　孟星高经历了大起大落才走进这里,心里那股隆重的仪式感并不是从一楼搬到二楼那么简单。他抬着一个纸箱走上来,在门口凝视铭牌上的北斗三号许久,才推开无甚差别的大门。同时间,一道光从门缝倾泻而出,沐浴在昏暗走廊里的孟星高身上,他就这样带着周身光芒进门,仿佛踩着红毯跨入人生的新阶段。

"来了?"早一步到来的傅晚明拎着豆浆油条,精神抖擞地和孟星高打着招呼。

"傅师早。"孟星高说道。

"进来随便聊两句。"

傅晚明转身进了总设计师的专属办公室,不着急吃早餐,捏了一小撮鱼食均匀地洒在鱼缸里,然后看着里面的小家伙们提速过来抢食。傅晚明有个习惯,如果是谈工作,他会停下手里的一切事,在办公位置上正襟危坐地,凝视着对方眼睛交流。如果是闲聊谈心,他就会离开座位,一边摆弄花草虫鱼,一边轻松地搭腔。北斗三号项目成员选拔期间,为了避嫌,孟星高没有单独找过傅晚明,甚至他的办公室都尽量离得远远的。现在孟星高看傅晚明优哉游哉的样子,估摸着是想和自己聊不大要紧的事。

"那封邮件是你写的?"

和钱宇冰释前嫌后,钱宇就把邮件转给孟星高看,那样张扬的语气和不太顺溜的行文说是孟星高写的没人信,但里面加入北斗三号项目的迫切心情传递得分毫不差,孟星高顿了顿回答道:"算是吧。"

"你是我的学生,我又怎会不知你的能力与心气。但我有我的难处,抱歉之前让你失望了,还好你没放弃。"

最终促成的人到底是傅晚明,确切地说应该是还好谁都没有放弃,但两人心照不宣,孟星高没有捅破钱宇写邮件的事,傅晚明也没有解释和彭海拉锯的细节,直接谈起了之前没聊完的研发模式问题。

"上次的问题有什么新的思路吗?"傅晚明坐回办公位。

项目才启动一天,背景都没介绍完就先抛出重大问题,仿佛开卷先来个压轴题,打算给考生来个下马威。可孟星高终究是孟星高,不是戳一下动一下的死鱼,无论是否加入北斗三号项目组,对北斗三号相关的问题孟星高根本控制不了自己去钻研,所以他不假思索地给出了一个答案。

"傅师,考不考虑合并同类项?"

大道至简,孟星高想了很多办法,最终还是想用合并同类项这样一个小学生都懂的简单办法来改进复杂航天技术的研发流程。就拿计算机模块来说,卫星的每个分系统都有单独的计算机,这样设计的原因是早期计算机能力弱,软件水平低,需要分散计算来降低计算机系统的复杂性。但现在随着电子学技术的发展,一个很小的计算机明明就可以负责整星的任务计算,而科研单位还在继续沿用多年前的分系统计算机的方案,哪怕单机再小,其实合起来的重量与费用都无法优化。计算机只是其中一个例子,卫星上功能相同的设备和终端还有很多,实际上可以合并同类项,通过将传统按分系统划分的做法重新从顶层进行梳理,尽可能去除不同设备中的重复功能,优化系统结构,减少系统内部的交互环节,把卫星上相同功能的设备终端集成在一起,既可以提高功率密度,减少单机数量;又可以降低成本,减少中间管理环节。

孟星高边写边讲,不多时,线框与文字就占满了整整一面白板。如果之前的波折是一种考验的话，孟星高用过硬的实力狠狠地碾碎对年轻的质疑，抓住了渺茫的希望。这也让傅晚明大为庆幸，还好没有在项目人选上妥协，否则不知要错过多少有潜力的年轻人。

"傅师，你觉得怎样？"孟星高看傅晚明没什么反馈，生怕思考错了方向。

"好处还说漏了一点，由于星上设备数量少，在星单机可靠性不变的情况下，整星的可靠性得到了提高。"

"所以，傅师你也认可这样的方案，只是它对过去的模式是一种颠覆，咱真的能干吗？"

在航天领域，每一个新人入行，被告诫最多的是继承，对于浩瀚的宇宙，新人要时刻保持敬畏之心，出发的脚印最好每一个都严丝合缝地踏在前人的足迹之上。但在颠覆与继承两者之间，孟星高打心里更喜欢颠覆。继承可能更安全，前人的知识和经验已经在前方画好道道，只要遵循规则，不行差踏错，几乎一眼就能看清未来的路。颠覆不一样，它充满了未知与挑战，却给了后来者机会去开辟一方新天地，从而不必屈居于前辈之下。

傅晚明看向他那群在鱼缸边缘徘徊，死活无法穿过玻璃的金鱼，意有所指地说道："看得清的前路未必走得过去，反正起点与目标之间的坑是无论如何也越不过去的，与其一直停在原地想，不如及早行动，就算失败，也要趁早，给改正留足时间。星高，你不如先想想自己想要加入哪个团队？"

从傅晚明办公室出来，孟星高满面春风，过去太多人对他说，不要异想天开，不要白日做梦，但他的导师傅晚明不同，他认可航天是一份充满创意的事业，允许他异想天开，允许他白日做梦，在这样的思路中工作真是如鱼得水，没有一点束手束脚的感觉。

"啧啧啧，高兴成这样，你的校园女神找你啦？"钱宇一脸欠揍地说道。

"上班呢，给我严肃点。"

孟星高刚说完，手机就提示有消息进来，正巧是钱宇口中的校园女神。

叶筱悠：今天一个小朋友问我，假如黑洞闯入地球，会发生什么？

孟星高：那会是灭顶之灾，黑洞的引力太过强大，它会直接剥夺走地球的大气层，地球表面所有的空气将会形成一个超级龙卷风，携带着巨大的能量全部涌入黑洞之中。

叶筱悠：啊，这样回答小朋友吓坏了怎么办？

孟星高：那你叫小朋友化身超人，推动地球偏离当前的轨道，躲得远远的，就不怕黑洞了。

叶筱悠：师兄真厉害，奖励一朵小红花。

在孟星高面前，叶筱悠总有种使不上劲的感觉。过去她是沈暮秋身边的点缀，和孟星高不过点头之交，毕业说断就断了。多年后重逢没有沈暮秋还是一样，她依旧不知道怎么靠近，一旦提不出更多问题，也就收不到多一条回答了。叶筱悠盯着没有动静的屏幕顿时感到沮丧，给表现优秀的小朋友送小红花还能收获感谢呢，给这个人，真像掉黑洞里了。

但叶筱悠不知道的是，今天不一样，孟星高刚收获一场胜利，内心在期待着褒扬。就是如此之巧，这时孟星高收到了一朵小红花，这朵小红花鲜艳无比，仿佛在高声夸赞你最棒。大抵男人都是期待鼓励的，孟星高不能免俗，最多脸上面无表情，心里早就开心得忘乎所以，不一会又激励变动力，忙别的事去了，连消息都没想得起回。

随着项目成员的汇聚至此，北斗三号正式开工，傅晚明还没有完成大目标分解，所有人就自然而然地在各领域专家的带领下运转了起来。这是未来卫星研究院在实践中形成的好传统，项目多而杂，时间等不起，多线运作，总体局部并行，不需要上级耳提面命，每一个成员都会朝自己领域的专家靠拢，然后先动起来。这让彭海更加坚信航天老兵的价值，能作战能带队，同时也对傅晚明的用人策略产生怀疑，打算再游说一些老兵过来弥补现有队伍经验不足的缺陷。

不过，令彭海完全没想到的是，面对北斗三号的苛刻目标，最先打退堂鼓的是自己信心满满的航天老兵。

"卫星管理办公室提的要求感觉就是拍脑袋，北方航天工业集团一听就直接拒绝了。"沈富生是院里首屈一指的结构资深专家，是院长彭海早年从北方航天工业集团三请四请过来的，工作了小二十年，人脉深远，行业内有点什么风吹草动他都一清二楚。

"要是人家不拒绝能轮到咱这？"刘亿达是沈富生的师弟，这些年一直在同一个组工作，两人持相同观点。

"要是不引进未来卫星研究院，北方航天工业集团都能倒逼卫星管理办公室修改目标。问题是人家都做不成，我们这半路出家凭啥能搞成，真是无知者无畏啊。"

"那能怎么办？傅总师一句话把咱院架在这里了，要不是彭院长好说歹说，真是不想接。"

下午上班时间还未到，沈富生和刘亿达靠着墙角窃窃私语，孟星高从洗手间回来正巧听到，心里气愤不已。长他人志气，灭自己威风就算了，怎么言语间还有点责怪傅晚明的意思，多少人求之不得的历史机遇，怎么在两人口中还成了甩不掉的陷阱。

"沈工，刘工，别人做不到，我们就做不到了吗？"

孟星高突然一步跨到面前，让背后议论领导的两人着实受惊不少。沈富生抬眼一看是个乳臭未干的小年轻，于是底气十足地说道："年轻人，说大话谁不会？搞科研不能脱离客观规律，这么激进的降本减重目标，做出来不怕出问题？"

"小伙子，工业上的减重无非就是两条路，减少部件数量和减少部件重量。先说减少数量，现在分系统里面都是已经验证过的部件，少了谁功能都会受影响，冗余配置更是必需，卫星一旦上了天，任何硬件坏了都不可维修，没有备份就没有稳定性。再说减少重量，无非就是采用新材料，但航天是零和游戏，新材料没有充分验证，需要更多冗余配置来提高稳定性，冗余配置不可能没重量吧，这不又陷入了死循环。你要能找到其他方法，给我们指条明路。"

科研人员之间的争强好胜着眼于观点，讲究个逻辑，铺陈出证据，沈富生和刘亿达是个中好手，两人一唱一和，先将己方观点定义为客观规律,再把对方逼到不切实际的死角,然后从各个角度给出不容置疑的论据,最后不战而屈人之兵,对方观点自然而然坍塌。

"不要被目标吓到了,或许还有别的路,我们其实可以从系统上创新,比如……"

孟星高的反击是跳出对方逻辑,给出新的线路,但听到创新一词,沈富生立刻打断孟星高的话,说道:"我一听你们把这个词挂嘴上就脑袋疼,创新是个好东西,在说它之前先弄清楚风险好吗?如果百利而无一害,为什么美国人没有做到,欧洲人没有做到,北方航天工业集团没有做到?别人做不到,咱凭什么做到,凭你的口气大吗?"

"你们在讨论降本减重吗,正好我想要和大家商量个事,把大家叫到会议室吧。"

傅晚明不知什么时候来到几人身旁,看几人还愣着,又催了声,然后往会议室走去了。

第十五章
所有问题都算我头上

"项目目标大家已经很清楚了,最近我收到了各个分系统的方案建议,大家都很尽力。但合起来看距离目标相去甚远,可见以往那种目标分解到分系统的模式在这一类项目中并不奏效,是时候做出一种改变了。"傅晚明将目光投向孟星高,然后说道:"孟星高,你上来讲讲最新的系统解决方案,请各位专家垂听指正。"

这下会议室里尽是难以置信的面孔,众人皆知孟星高是傅晚明的高徒,傅晚明平日也毫不掩饰对这位得意门生的喜爱,但越是重要的项目越求稳,一上来就让资历尚浅的孟星高来给这一屋子的资深专家讲方案会不会有些难以服众。

都说职场先做人后做事,后辈出头推辞谦虚儿个来回,给前辈留足三分情面大抵就没事了。可孟星高却从来有事没人，傅晚明叫他讲，他就敢讲，一点拐弯抹角都没有，直接起身走到讲台，在黑板上画了十六个三角形说道："我们卫星各分系统就像这些三角形，每个都有三条边，搭建时候用了四十八根火柴棍，花四十八份钱，有四十八份重量，但实际上仔细观察，我们大概率会发现各分系统里面很多部件可以共用的。"

孟星高又将十六个三角形，堆叠成四个大三角形，其中中间小三角形三条边都与其他的三角形共用边，这样的火柴游戏，一般人小时候玩过。火柴在孟星高手中重新组合共用后，至少节省了十二根火柴。孟星高表示卫星其实也一样，将部件重合度高的分系统进行重新划分，就可以得到四个大的功能链模块，分别是结构热、电子学、控制、载荷，这四个功能链一方面对卫星顶层设计，另一方面直接面对卫星的终端部件。第一，结构和热是为整星提供服务保障的，二者设计密切相关，其基础为计算机辅助设计、计算机辅助工程、热分析等机械工程为主的学科，将其划分为结构热功能链。第二，姿控，轨控和帆板控制是整星的控制功能，为载荷、能源、测控等正常工作提供合适的姿态、轨道和帆板指向。其学科基础为系统动力学、控制科学与工程等，将其划分成控制功能链。第三，卫星平台其他功能都是和电子学密切相关的，包括能源、测控、驱动、整星配电、星务管理、数据处理等，其学科基础为电子学、计算机、软件等，将其划分为电子学功能链。第四，载荷功能独立，单独划分为一个载荷功能链。这四个功能链完成了整星的全部功能，并在顶层进行功能内聚，合并同类项，提高功率密度，同时保证平台和载荷的独立，可以分开设计，既体现了平台的通用性，又可以围绕载荷任务进行平台设计，提高平台的可扩展能力，满足时代以及未来发展的需求。

化零为整，从全局去整合资源，就是孟星高和傅晚明多日以来想到的妙方，然而这个方案对过去的传统实在太过颠覆，当孟星高讲完想把讲台重新还给傅晚明时，刚才在门外和他争辩的沈富生早已按捺不住站了起来，满脸地不屑，想要用丰富的经验给后辈一点教训，"建议你下次汇报不要避重就轻，大家都懂的学科基础常识你讲那么多，重点反而一笔带过，我就问共用部件，一旦出现问题会同时影响几个分系统，稳定性和安全性如何保障？"

孟星高设计方案，怎么可能不考虑稳定性的问题，于是毫不迟疑地回答道："以计算机为例，以前每个分系统都需要一台计算机控制，加起来十几台，现在我用一台计算机控制所有分系统，再用两台做冗余备份，请问十几台其中一台出故障的概率大，还是三台同时出故障的概率大？"

"按照你的方案，一个卫星就四个功能链，一个部件几个分系统用，这个部件做好了功劳记在哪个分系统头上，出了问题哪个分系统承担责任？"

合并同类项这么简单的事难道别人想不到吗？想得到为什么做不到？沈富生嘴角上扬，年轻人考虑问题还是太肤浅，眼睛只看到事情表面，却看不到背后的人以及人构成的组织运作逻辑。卫星拆开不过十几个分系统，可承接的人却是成百上千，不将责任落在每个人的头上，做到一个萝卜一个坑，十有八九有了功劳众人抢，出了问题众人推。任务的功过都说不清，没有落到实处的赏罚牵引，凭什么让大家出工出力。

这个问题对孟星高有点超纲，过去他心里想的从来都是一门心思要把工作做好，没有想过成功了算谁的，失败了算谁的这种事，只是科研之外大有乾坤，人心也是一道不能遗漏的算术题。

"我负责，"傅晚明一步跨上台，无比笃定地说道："做好了，功劳算大家的，出了事，责任算我的，我是总设计师，卫星上的所有问题都是我傅晚明一个人的责任，大家不要有心理负担，放手做就对了。"

明明是句挑不出毛病的话，却彻底激怒了沈富生，他噌地站起来说道："傅总师，你今天空口白话地说出了问题你负责，无凭无据，到了真出问题时候，说句你不清楚，都是我们做的。我不是什么新丁，彭院长把我叫过来不是打酱油的，是要干实事，负实责的，你们这样乱来，我干不了，谁爱干谁干。"

说完沈富生起身离去，刘亿达左看看右看看也跟着离开了，留下一屋子人面面相觑。

"大家怎么看？"傅晚明问道。

没有人给出一个肯定的答案，开会前令人期待的一呼百应没有出现，不可知的未来又让几个资深专家离开了，整个团队蒙上了一层阴影。这时,孟星高才明白,那些历史上成功的航天项目,需要战胜的除了宇宙的未知,还有人心的计算。

等其他人走后,孟星高低垂着头,眉心紧蹙。这些天自己只顾拼命打磨方案细节,根本没有考虑如何说服执行方案的人。过去,孟星高无数次看傅晚明在项目中推陈出新,几乎无往不利。即使遇到质疑,傅晚明一句简简单单的"不试试怎么知道呢",就能轻易地让士气为之一振,所有人心服口服地行动起来。刚才,面对老专家的责难,孟星高脱口而出,赫然也是傅晚明常常说的这句"不试试怎么知道",但同样的情景,同样的话,怎么从自己口中出来效果却大相径庭呢?孟星高愧疚万分,也沮丧万分,他也是第一次在这么重要的项目会上发言,是因为自己的年轻让大家不以为然吗?如果今天台上的人换成傅晚明,孟星高百分之一百确定结局不会这样,至少不会人人避之唯恐不及。

傅晚明似看穿了孟星高的心思,椅子挪近一点安慰道:"接受一个新事物需要时间,同道中人就算现在不懂以后也一定会懂,离心的人就算能懂也不愿意懂,团队管理不能靠502胶水黏合,而是在实践中磨合出来的向心力,随他们去吧。"

"但傅师,几位都曾经是分系统的负责人,经验丰富,还是彭院长三顾茅庐请来的,你如何交代。"孟星高忧虑地说道。

"不是想用功能链的方案了吗?不用像过去一样需要这

么多分系统负责人。"

"可……"

"别想这么多。"

傅晚明看起来并不像孟星高那么焦虑，面上云淡风轻，仿佛写着句车到山前必有路，船到桥头自然直。明明傅晚明已经麻烦缠身，还在试图宽孟星高的心，询问孟星高后面的计划，千叮咛万嘱咐只要是有助于目标达成的想法都不要轻易否定。

临走前，孟星高还是忍不住问出心中疑惑，"傅师，为什么今天要我上去讲？如果是您的话，或许就没人反对了。"

"你以后要负责一个功能链，难道也要我替你讲解方案？你想出的方案就应该自己讲，不用事事躲在我的身后。"

不久前孟星高还不具备加入北斗三号项目的资格，心心念念不过是在项目中当一颗螺丝钉，转眼间傅晚明居然要让他负责整个功能链。一个天上一个地下，起落实在太大了，让孟星高产生了过山车般的眩晕感，脑子彻底被还原到了混沌状态，所有思绪搅和在一起无序运转。孟星高害怕在傅晚明面前失态，道别后加快脚步离开会议室，合上门的瞬间，他回眸看到傅晚明坐在那里沉思，脸上依旧平静得如一汪湖水，像什么也没有发生过。

几天后，老专家们的撤离到底还是引起了轩然大波。孟星高来办公室找傅晚明，远远听到里面有人在咆哮。

"傅晚明，你真是好本领，启动会才几天，我苦口婆心说服的老专家团就纷纷说什么能力不够胜任，恐耽误项目，特申请退出。他们都是多少年的专家,他们不胜任,未来卫星研究院还有什么人胜任,你喜欢用新人,也没必要把这些老人全部清退,外面人怎么说你,你知道吗?"

老专家的影响力是把双刃剑,能在项目中一呼百应,也能在受了委屈后引发众人打抱不平。这些天,彭海的耳朵就没有清净过。有人说傅晚明在未来卫星研究院玩山头主义,借北斗三号项目清除学术异己。有人说一朝天子一朝臣,傅晚明为了给自己后辈门生铺路,不惜把老前辈当垫脚石。更有甚者连着彭海一起骂,说他放任傅晚明卸磨杀驴,鸟尽弓藏。

风言风语傅晚明不是没听到,但他身正不怕影子斜,根本没当回事,"彭院长,我只是提出创新模式,有人支持有人反对很正常,是他们听说模式变革,都没有深入理解就扭头要走,我一句重话都没说,怎么能叫清退?"

"傅晚明你别飘了,卫星管理办公室只是说让我们参与,给多大份额还没有准信呢。北方航天工业集团可是兵强马壮,好不容易给你凑点人,你又搞成这样。"

"彭院长,我们的眼睛不能盯着北方航天工业集团,而应该瞄准卫星目标,研制出超越欧美发达国家的卫星导航系统。您相信我,成员的资历真的不是项目成功与否的关键因素,团队是凝聚而来的,不是凑出来的。经验可以通过传授积累来弥补,但观念和思维方式一旦固化,一时半会改不过来,那么不能打破惯例、达成目标的队员,再有经验有什么用?"

"你要搞清楚,达成目标的前提是成功发射,上不了天再多优点都是白搭。之前让步太多了,这次我不能再纵着你胡闹了。"

办公室门咣当一声,彭海满脸愠色地冲出来,看了一眼在外等候的孟星高,哼了一声扬长而去。

"傅师,这……"孟星高关好门怯怯说道。

"没事,天气热,脾气大,别管彭院长,我们先盘下目前的情况吧。"

第十六章
两只麻雀

傅晚明和孟星高两人在办公室整整讨论到深夜，才基本把新的研发模式变成一个可落地的组织结构。第二天一早，傅晚明正依据新研发方案开会重新划分分工界面时，彭海带着此前愤怒离去的老专家们回来了。

此刻的沈富生和昨天判若两人，脸上挂着不计前嫌的笑容，这里可不是他自己要回来的，是彭海三顾茅庐，说尽好话才勉强答应回来的。论岗位职称，沈富生比不得彭海，论项目组中职务，沈富生也比不过傅晚明。但若说论对未来卫星研究院的历史贡献，沈富生认第二，没人敢认第一。

这得从未来卫星研究院成立的原因开始说起，80年代初，由国内数十家航天航空科研单位整合而来的北方航天工业集团，在国内一枝独秀，承接几乎 90% 以上的国家重点航天项目。然而，这种模式有集中优势兵力突破航天科技瓶颈的优势，同时，也暴露出相应的弊端，比如资金雄厚的国家项目通常能保障研发资源，而小型、微小型卫星由于投资金额有限常常被忽视。过了千禧年，航天科技逐步从国用、军用走向民用、商用，全球呈现出卫星普及化的趋势，低成本高收益的小型商业卫星需求激增，为了弥补市场的空缺，未来卫星研究院正式获批成立。

航天领域讲究资历，一个新成立的小研究院吸引力不足，普通科研人员招聘不难，尖端人才却极度匮乏。为此，刚走马上任的彭海四处奔波，而后处处碰壁，费老大劲才把沈富生从北方航天工业集团挖到未来卫星研究院。彭海非要从知名大机构挖人，想的是鸟枪换炮，借鉴其成功经验和流程制度快速将未来卫星研究院带上正轨。而沈富生离开别人都不愿意离开的舒适区，加入别人都不愿意加入的未来卫星研究院，就图个宁为鸡头不为凤尾，想找张白纸证明自己。于是，他从北方航天工业集团嫌弃的商业小卫星做起，十年来以零失误的记录将几十颗卫星送上了天，为投资企业创造了巨额的经济收益，以至于在商业卫星领域，沈富生的名声如雷贯耳，几乎成了质量的代名词。

如今未来卫星研究院的地位今非昔比，从侧面证明了彭海礼贤下士用人策略正确。所以，每次沈富生超出职责范畴，对未来卫星研究院的各种规范流程指指点点，彭海都只有接受的份，毕竟沈富生的狂妄背后是有实力支撑的。

沈富生并不是一个没有责任感的人，这次闹这么一出，原因是像北斗三号这样规格的项目，领导都没说话，就让一个乳臭未干的小孩在自己面前指手画脚，沈富生面子上过不去。更何况，未来卫星研究院现行的研发模式，是自己经手反复验证过的，说改就改在沈富生眼中这就是妥妥的小机构做派，再不出来抵制更待何时。没错，按组织原则，项目组决策的确要听总设计师的，但自视甚高的沈富生自认不是只唯上不唯实的人。追求真理的道路上，沈富生不可能随意屈服，唯有表现出对专业见解近乎执着的坚持方见科学家的风骨。

当然，沈富生没有必要宁为玉碎，不为瓦全。彭海院长是他的伯乐，是这些年最欣赏他价值的人，所谓知音难觅，他不能不给彭海面子，一拍两散。其中的平衡，沈富生应对得游刃有余，立场问题脾气要硬，寸步不让，可当姿态摆够，台阶够大时，他又顾全大局地回到了这里。

老专家们的去而复返，众人完全不知所措，傅晚明会上提到的新规则还没完全理解，彭海带着沈富生的老传统又杀到，这情形俨然是要拉开架势打擂台。刚才激烈讨论的会议室里立时鸦雀无声，陷入了浓重的紧张气氛之中。

僵持了一会，彭海率先打破沉默说道："傅师，北斗三号项目组，你是方案的总设计师，技术方面我就是院长也不能指手画脚，不然就成了瞎指挥。但院里的人事安排和组织建设，我不得不管，现在是用人之际，更要坚持团结和吸纳一切人才，尤其是有丰富经验的人才。当然，科研不是一言堂，有争议才有进步，说句公道话，我认为沈工坚持自己的观点没有错，但开会擅自离席有点过了，所以我严肃批评后又把人给带回来了，希望大家继续齐心协力推动项目进展。"

彭海大事化小，小事化了，把争议分歧归咎于观点范畴，不把任何人置于过错方，三两句话就把之前的冲突翻篇了。沈富生心领神会，象征性地起身给傅晚明道个歉，然后贯彻起彭海的"有争议才有进步"，就着屏幕上的组织方案毫不留情地提出了反对意见，三句不离过去的成功经验和失败教训，表现姜还是老的辣。孟星高因为上次会议对沈富生有点犯怵，但他心里一直记着傅晚明教他的坚持做对的事，深吸一口气，果断地站起来逐条反驳，重申创新的必要性，非要长江后浪推前浪。两人各执一词，激烈辩论，让旁观的所有团队成员的思维更加混乱。

"现在意见有了分歧意见，讨论半天也没有人让步，那不如民主投票看看，相信大家都有自己的判断。"

彭海以退为进，没有直接表现出支持哪一方，反而引导团队成员自己选择。一边是院里小有名望的老专家团，深耕航天领域多年，资历深厚，一边是初出茅庐的新秀，虽有天赋的赞誉，但终究实践经验落人一截，彭海认为这个选择题对谁来说似乎都不难做。最终，投票结果以极其悬殊的比分出现了，沈富生完胜孟星高。

"我建议尊重民主意见，先通过传统的研发模式推进，小步快跑，遇到问题再改进。"彭海说道。

事情回到了原点，厚厚一摞方案设计书还在手上，还没讲完就要沦为无用功，孟星高无奈地看向傅晚明。

"彭院长，我有一个更好的提议。北斗三号是一个极具挑战性的项目，新旧两种研发模式各有利弊，但谁更适用我们不得而知。既然北斗项目国家都能纳入竞争机制，让两家研发机构参与，那么，我们为什么不能在初期采用内部竞争机制，谁的方案好就往下执行谁的方案。"傅晚明说道。

"我没问题。"沈富生底气十足地答道："团队成员大家自愿加入，不强制吧。"

刚才的投票结果已经说明大家更愿意加入成功概率更大的队伍，沈富生喜欢这样被拥护的感觉，几十年的兢兢业业不图金钱不图职位，就想成为一个领域的泰山北斗，换一块说一不二的金字招牌。在座的所有人谁又有他沈富生发射过的卫星更多呢，不加入他的团队，难道跟着一个毛头小子吗？当然，这个毛头小子可能只是傅晚明的传声筒，傅晚明也有权力强制将队伍均匀地一分为二。可他整天把强扭的瓜不甜挂在嘴上，尊重个人意愿，顺应个人发展，这样做无异于打自己脸。沈富生反而不怕傅晚明硬来，就怕他不硬来，否则怎么显得自己占理，怎么众望所归地主导起项目呢。

"但如果团队成员悬殊太大，也不公平吧。"傅晚明实际上心里没有像沈富生那样盘算太多，不从心底认可的方案，执行起来也容易变形，他也想用事实证明研发模式变更对效率的提升，只是如果队伍人数失衡，可能结论不准确，所以对规则本身产生了一些疑虑。

"傅师，我没问题的。"

大家的意向很明显，但傅晚明作为总设计师，总是展开羽翼保护孟星高反而对团队管理不利，孟星高想着如果人力悬殊还能打一场以少胜多的战役，不是正好说明新模式的先进性吗。一时嘴硬的后果是，孟星高眼睁睁看着一群人坚定地走向沈富生，自己的身后竟然一个人都没有，心底丝丝凉意袭来，会议室中央的圆桌像一条三八线，将世界划分成热带与寒带。

唔，还是太勉强了吗？孟星高有心理准备加入自己团队的人很少，没想到竟然会一个人都没有，正懊恼自己的自大时，钱宇的一只手落在他的肩膀上。

"孟前辈，你有我就够了。"

"不是吧，你俩需要一个厉害的调度。"陈墨也走了过来。

"还有我。"陈灿、莫启贤、余行健几人异口同声。

有了几人的身先士卒，尚在摇摆之中的成员考虑到风险越大收益越大，在人少的团队更有机会选择到想要的位置，于是又有几个人走到孟星高的身后。

团队分组完毕后，傅晚明被这么一搅局也没了心情继续研讨，匆匆结束了会议。

离开会议室前，沈富生看着孟星高可怜的团队，得意洋洋地说道："呵，麻雀虽小，五脏俱全，看好你哦。"

"不劳担心。"

孟星高维持着不堪一击的尊严，心里却一个劲地打鼓，沈富生甚至有点高估了自己，这人丁稀少的，哪来的五脏俱全，接下来完全不知道怎么办才好。

然而，傅晚明没时间手把手教孟星高接下来怎么做，他手上还有一件更重要的事，那就是研发经费。一般情况，航天领域都是先有项目经费再立项，这北斗三号项目在其中又有些不同，未来卫星研究院作为新引入的单位，能力尚在考察中，有没有能力做还是未知之数，得先拿方案再确定承接数量和范畴，最后才会划拨相匹配的预算。现在，北斗三号项目组的基础费用和人力成本还挂在未来卫星研究院各部门，但俗话说县官不如现管，都已经分出去的人和任务，哪个部门会开绿灯？实际工作中，傅晚明少不得和各部门主管摩擦，工作开展起来效率低下，经费不解决，项目组运作就处处掣肘。

第二天一早，傅晚明出差了，临上飞机前给孟星高打了个电话，有事联系不到自己可以去找一名叫刘建设的老专家求助。

果然，孟星高很快就联系不上傅晚明了，可他不敢等等等，撇开与沈富生的团队竞争不说，卫星管理办公室给的时间并不充裕，导航卫星频段是要争夺的，卫星发射是有时间窗的，早一天开始就有早一天的时间优势。

孟星高只好硬着头皮来找傅晚明留给他的老专家刘建设，这个老专家以前孟星高完全没有接触过，私下打听过几回，有人说他恃才傲物，脾气古怪，一手好牌打出事故，也有人说他醉心理论研究，论文发表无数，心里门清看破不说破，是个扫地僧一般的角色。

院里关于刘建设的传闻不少，刘建设人在哪里却不好找，孟星高走遍办公区都没找到刘建设的名牌，曲里拐弯问了不少老员工才知道刘建设根本不坐在办公区。

孟星高离开办公楼，根据知情人士的指引，在测试厂房的背后找到一栋小楼，走近一看，生锈的门牌上隐约可见专业资料库五个字。这些年科研单位推行无纸化办公，基本所有资料都已扫描上传，在网络上任人检索，早就没人翻阅实体资料。若不是为了找刘建设，孟星高都不知道未来卫星研究院还有这么个人迹罕至的地方。

资料室的小楼看起来有些年头了，外墙覆盖了一层厚厚的爬山虎，爬藤已经深入到灰白的墙体之中，深深浅浅像一道道裂痕。现在正值炎炎夏日，两边树木郁郁葱葱，一派生机，门口却散落满地的落叶，满目萧瑟，都不知道是哪一年秋天掉的。孟星高环视四周没看到人，只好上前敲了敲锈迹斑斑的门。

咚咚咚，有规律的三声，孟星高等了一会没有人应答，于是伸手往里推了推，门吱呀一声开了。

孟星高往里走，这道门仿佛是两个世界的结界，和门外的破烂不堪形成鲜明对比，室内是种令洁癖都舒服的干净整齐。一排排书架间距统一，发黄的书本从小到大，有序排列，手可以触及的地方纤尘不染，是日日打扫才有的可能。

孟星高边走边找，终于在最里面角落的书桌边，看到一个干瘦男人正在书堆后埋头看资料，短袖衬衣纽扣打开，里面白色背心汗衫若隐若现，桌子下面左脚打着节拍，右脚颠着只老式黑布鞋。一旁的老旧风扇开到最大，呼啦作响地摇着头，吹得他稀疏的头发左右摇摆，吹得他爬满皱纹的脸悠闲自在，活脱脱就是一个公园纳凉的大爷。

刘建设的样子，孟星高看不出有什么过人之处，甚至看不出是个科研工作者，但他坚信傅晚明是不会看错人的，于是走上前去恭敬地说道："刘老师，您好，我是孟星高，傅总师要我来找你。"

刘建设没料到会有人找，完全没准备，赶紧把衬衣纽扣扣好，又扯了几把衣角，如果不看桌下面的大裤衩，也算勉强能会客了。

"哦，小傅，小傅，对吧，知道知道，想要老夫做什么就说吧。"

刘建设的停顿让孟星高都有点怀疑他到底认不认识傅晚明，现在也顾不得那么多了，孟星高病急乱投医，一五一十把当下的困境说了。

刚才还和和气气的刘建设听完跟川剧变脸似的，小眼睛瞪得似乎挣扎着要从眼眶里蹦出来，嘴角两撇小胡子也抖得厉害，嘴上骂骂咧咧起来。

"这群家伙，脑子怎么跟被电焊焊死了一样，就会老一套，调研国内外发展情况，找出差距，然后跟在人家屁股后面攻关，然后缩短差距。问能不能超越，就会说哎呀，美国没做肯定有原因的，他们做不了，那我们现阶段肯定也做不了。也不想想，沿着对方的路走，永远就是在后面追赶。小傅的方法没问题，我之前建议过别总是老二思维，跟在老大屁股后面，超过去啊，怕什么呢，有什么好怕的……"

听到刘建设站在傅晚明这边，孟星高顿生好感，但一直抱怨也解决不了什么问题，于是赶紧打断回归正题，请教他功能链的新研发模式能不能解决问题。没想到刘建设一听乐了，这不是他几年前就提过的思路吗？

"分系统理念其实更偏向管理逻辑，而不是研发逻辑。我给你讲讲历史，卫星是一个非常复杂的系统，涉及非常多学科，不同学科背景的人在一起合作，就需要互相赋能，沟通的成本就比较高。于是就像生产流水线一样，让每个人像螺丝钉一样只做擅长的事，配料的配料，生产的生产，包装的包装，所谓术业有专攻。好处就是一个环节一个负责人，哪个环节有问题，责任人明确，推卸不了。带来的问题你知道，就是每个分系统一定会有重复的地方，资源浪费。你们这一创新，合并同类项，减少卫星重量与成本，也减少了负责人的岗位，你说人不反对你反对谁，就是小傅上去讲，结果也一样。"

这些门道，连刘建设都明白得太晚，年轻的孟星高怎么可能一点就透。傅晚明会后稍稍提及了一些，结果孟星高理解成老专家走了也没关系的安慰，压根没上心。现在刘建设详细解释一番，孟星高才恍然大悟，但同时又担心起来，"这么说，即使比拼成功，也推行不下去啊。"

刘建设看眼前的年轻人心思纯净，对科研之外的门门道道一窍不通，只会干着急，可爱得紧，忍不住哈哈大笑。刘建设的眼睛不比绿豆大，一笑见牙不见眼，更像个小老头，"那倒是未必，看小傅怎么用人组队了，一加一有时候大于二，有时候小于二。"

孟星高首秀失败就知道这项目远比想象中复杂，不是自己能够胜任的，听刘建设的语气成竹在胸，赶紧说道："刘工，傅总师出差了，叫我先把工作开展起来，我想您经验丰富，不如您主导团队，我从旁协助。"

刘建设刚才脸上的激动消失了，露出一丝惊恐，像个首次被推上舞台的小朋友，连连摆手说道："别别别，老夫做不来沟通工作的，还是你主导吧，我在后面给你出出主意就好。"

"这不合规矩吧。"

"合规矩小傅能让你来找我？"

孟星高心里又不安起来，刘建设躲在后面是不是不想担责，但转念一想，内部比拼要是失败，能不能留在项目组都是个问题，到时候想担责未必有机会。也行吧，虽然找不到人接手当前的难题，好歹又多一个人分担了，孟星高那种独木难支的感觉缓和了一点。

孟星高怕煮熟的鸭子飞了，提出让刘建设搬到北斗三号项目组这边一起办公。刘建设有点发愁，说东西太多怕没位置放。孟星高心想就桌子上这方寸之间能有多少东西，直接应承说搬位置的事全部交给他。

第十七章
走马上任

两个团队一划分，北斗三号项目作战室里的比拼气氛就浓郁起来了。

沈富生以方便讨论为由，让团队成员调整座位，朝自己的核心区域靠拢，硬生生把完整一片的办公室弄出楚河汉界来。当然这种划分和棋盘差别很大，沈富生的团队人多势众，占了四分之三的区域。孟星高只有屈指可数的几个人，调着调着就被赶到了办公室大门附近，最尴尬的当数钱宇，坐到了正对门的位置，人来人往都从这过，看起来像个迎宾的前台。钱宇什么身份大家都知道，好几个人替他委屈，孟星高更是主动提出跟他换，但钱宇本人却丝毫不介意，他把坐门口理解为项目组门面，每天衣着光鲜，闪亮登场，让每一个进出办公室的人都能欣赏到他的时尚装扮。

几天后,团队的另一名重磅成员刘建设的调动申请通过了。说是调动申请,不过走个流程,刘建设的存在就像那栋古旧的小楼,早已被人遗忘,审批上级盯着名字想了半天,才想起来部门确实有刘建设这么一个人。

离开那天,孟星高空手过来帮忙,他想无非就是带走些办公用品,能有多麻烦。结果刘建设把座位后面帘子一下拉开,居然露出一个小型的储物间,里面一排排到顶的架子上堆满发黄的资料和书籍。

"都要搬吗?这些可以搬到办公区吗?"孟星高疑惑地问。

"这些都是我的手抄笔记,不是未来卫星研究院的资产。"

孟星高一看这架势,回去又是借拖车,又是叫人,五六个大小伙子,来来回回折腾好几趟。刘建设更是毫不客气,监工模样在旁边吆五喝六地指挥装箱,生怕颠着震着他的宝贝。

东西如数搬走,刘建设缓缓走出小楼,抬头仰望上方,这时头顶上的阳光被层层叠叠的树荫撕碎,星星点点地洒在身上,像极了他第一次走进这里的那个午后。他当初项目失败使性子申请提前退休,领导屡劝不听,就给了他这个无人的角落冷静。他想也好,于是躲进小楼成一统,管它春夏与秋冬。一晃眼好多年过去了,曾经在未来卫星研究院声名远播的名字,很快被时间淹没,变得寂寂无闻。

几天前,傅晚明打电话过来问刘建设能不能出来帮帮白己的关门弟子孟星高，当时，刘建设的心立马乱了。他感谢傅晚明这么多年一直记着他，时时上门拜访，让他记得自己还是一名航天科学家。这么多年虽然没有参与项目，但刘建设不敢忘记自己应该做什么，理论研究没有一天停下过。现在，傅晚明处理北斗三号这样关系重大的项目，依然相信他的能力，向他发出邀请，那一瞬间他差点不经大脑思考就答应了。

他问傅晚明，如果答应是不是说明他在逃避中荒废了，既然要重操旧业，为什么要停下来这么久，为什么不在前行路中反思，这些年，他得到了什么，又失去了什么？

傅晚明回答是，你已经用了这么长时间反思过去的错误，现在又开始反思为什么要用五年时间反思，你到底还要反思多久？对啊，外面的世界天翻地覆，自己却在这里逃避，不投入轰轰烈烈的巨变之中，却把时光垒在流沙之上，留不下一点痕迹。

刘建设折磨了自己两天，最后选择遵从内心，重启人生的下半场。

"我又出来了。"

刘建设对着陪伴五年的小楼喃喃说道，这语气，这表情，像"我胡汉三又回来了"的卷土重来，又像关了许久从某个地方放出来的死灰复燃，听得孟星高几人瑟瑟发抖。

不管怎样，孟星高总算有了助力。刘建设的适应能力是惊人的，在小楼里孤零零的岁月，并没有让他内里潜藏的话痨特质沉寂，和孟星高这群小年轻待在一起不过几天，就已经前簇后拥俨然一副老大模样。

午饭后，一群人紧密围绕在刘建设身边听得津津有味，刘建设先翻出各种发黄的重点刊物给大家秀了一把自己的论文质量和研究成果，随后又提及当初在海外参与天体物理研究，想回国遭遇围追堵截惊心动魄的经历，描述的语气好似美国大片，让所有人好生捏了一把汗，哄得钱宇更是一口一个大师地叫着。

刘建设不是那种沉醉于过去辉煌的人，享受了会儿一下小年轻的崇拜，又扯到北斗三号上来。要说现在未来卫星研究院最着急的就是，如何做出满足国家要求的导航卫星方案，然后拿下份额和经费，进入正常的研发轨道。按照原来的做方案逻辑和流程，就是把大任务分解到十几个分系统团队，各自出分系统方案，然后拼凑到一起组成整星方案。可难就难在，现在孟星高有整体系统的思路，却没有做分系统的人才把方案继续细化。

这样的情形恰恰适合"不一般"的研发专家刘建设，与其被拉到对手的优势赛道，不如出奇兵，"其实卫星管理办公室给出的三个目标，性能最优、成本最优、自研比例最优，如果按照现有的这种从部件到整体逐层优化的方式，根本达不成。一个分系统性能最优，合起来整星就最优了吗？一个分系统能怎么降成本，减少几颗螺丝钉吗？所以，我们没有全部分系统的成员问题也不大，现在正是跳出细节，从整体来考虑问题的时候，大家不要泄气，我们赢面很大。"

如果沈富生此刻听到几人的讨论，一定会忍不住笑出声来，究竟是狂妄到什么地步才说得出这样的话。但把赢面很大直接想成必胜的几个人，没有一个质疑刘建设的论断，全部陷入如何实现的思考中。

"刘老师你看我说得对不对，三个目标中，自研比例最高我们可以先放一放，因为这是部件选型时候才涉及，性能最优需要部件和系统整体一起看，成本最优则需要从整体统筹，其中以卫星的载荷最影响成本，所以之前我想的就是从合并同类项开始。"孟星高看时候差不多了，重提当初的思路。

"按照这个思路，星高，你现在就可以带着大家寻找同类项。"

孟星高的团队成员很年轻，还没来得及扎根进入某个细分领域。但卫星的整体结构是基本功，不可能不熟，尤其是陈墨，调度若是对哪个流程不熟，怎么跟进都不知道，再加上陈墨为了在催促进展时不被对方搪塞，凡事都是刨根问底，钻研一番，于是便被孟星高安排成寻找同类项这一环节的第一责任人。

当同类项被逐一找出后，功能相同的设备和终端是否可以集成在一起，就需要进行互通互联的可行性分析，这与电子学密切相关，有计算机和软件背景的余行健和莫启贤成了不二之选，旋即接下了任务。

等精简后的设备数量确定后，就需要以一个合理的结构进行承载，而这个结构更是决定着设备是否安全，是否能够采用一箭多星更低成本的发射方式。结构是钱宇的强项，大胆的他更是提出一种全新的框架，理由孟星高听不出什么明显的毛病。

"美国的MMS平台与模块化思想紧密相关，采用桁架式结构，好处就是扩展性和适应性强，但资源利用率低。北方航天工业集团使用承力筒板式结构，刚度高、质量轻、承载能力大，易于布置大贮箱，但对中小微型适应性不好，不能满足现在降本的需求。如果未来卫星研究院用框架面板式结构，可以轻量化卫星，空间利用率高，也更容易扩展，对我国之前的卫星也有所改善。"钱宇飞机头，皮夹克，像港片里的赌神，抓着一手A顺搭个大概给孟星高看。

"挺有想法的，就是卫星和你以前处理的汽车还有点不一样，必须有足够的强度和刚度，不然承受不了火箭发射，主动段以及和星箭分离时传递到卫星上的力学载荷，另外还要留足设备仪器所需的安装空间，方便总测时候的装卸、操作和维护。"

孟星高听得出钱宇方案的妙处，就是太多颠覆的设计他也拿不准，于是把大家叫过来一起看看，一一补充完细节后发现确实有太多考虑不周的地方。孟星高深知这个时候选择和自己组队需要莫大的勇气，一改往日简单粗暴的风格，学会了先扬后抑，生怕打击到钱宇的积极性。不过，孟星高后来发现自己有点多虑，钱宇看起来实在太没心没肺，哪怕是偶有成员激烈地提出否定看法，钱宇也不会有任何沮丧，甚至还很高兴，认真记录下所有人的意见，又猫到座位去修改方案了。

大家的状态挺让孟星高欣慰，但不可否认的是，自己的团队和沈富生的团队差距还是显而易见的。孟星高的研发模式逻辑上挺有章法，可执行终究还是靠人，具体到细节时就暴露出不少问题，认知盲区太多，经验的缺乏让大家不得不一边查资料，一边试错，而实践缺乏带来的后果就是考虑不周，丢三落四，不停地返工。

折腾了好几周的时间，钱宇的结构方案终于在众人眼中挑不出刺了，可以进入力学试验和安装测试的环节了。只是，测试意味着需要做模具，做模具需要经费，负责去要申请经费的傅晚明出差还没有回来。一分钱难倒英雄汉，孟星高对此也没啥办法，集思广益了几天，点子不是拿着这个没有证实过可行性的方案去找彭海，就是打电话丢给傅晚明解决，没有一个行得通，着实叫人无奈。

而那一边，沈富生是闺女回娘家，熟门熟路，才花了不到一周时间，就已经完成了分组分任务，然后多头并举，定期复盘，整体顺利得沈富生都有空闲时间闲庭信步过来，关心下孟星高的进展了。

"怎么样，进展还顺利吗？"

"挺好的，谢谢沈工。"孟星高礼貌地回答。

孟星高的团队内部干得起劲，沈富生只觉好笑。一个快退休年纪的老头和一群刚毕业的小孩组成的团队，不就是传说中的"老弱病残"吗？即使作为对手陪跑，沈富生都觉得以大欺小，有点丢面子，如果在比拼中获胜，那一定是上天想要开一个天大的玩笑。

沈富生脑袋凑到孟星高的电脑前看，毫不避嫌。孟星高不习惯靠人太近，下意识把头歪了歪，让出更大空间给沈富生看。一旁的钱宇担心坏了，扑过来用身体挡住电脑，对沈富生生气地说道："这是我们组的机密，看什么？"

沈富生笑得差点喷口水，说道："我这人嘴淡，不好说吃过的盐比你们吃过的米多，但就你们这材料，错误的地方比我吃过的米都多。放心，我不会抄袭。"

"这不是定稿，还要完善的。"钱宇说道。

沈富生注意风度，尽情地展示着自己的大方，"时间不多了，看你们整天加班，真辛苦，我就很闲，要不要给你帮帮忙？"

"不用不用，谢谢沈工。"孟星高客气道。

沈富生又看了一眼旁边的刘建设，这人还是老样子，没个正形，脚颠着鞋，目不斜视地翻本发黄的书。有没有扫地僧的武功他不清楚，形象倒是挺适合扫地，沈富生不由得流露出嫌弃的表情。

"客气啥，看不上我也行，这边还有不少富裕人力。你看你，连刘老头都拉过来，也不看看人多大年纪了，一个人能让你们团队的平均年龄超过我。"

听完这句话刘建设抬头不友善地瞪向沈富生，嘴唇抽搐着，愣是憋不出一个字。沈富生下意识地退后了一步，他是老人，虽然没有共事过，但大概知道刘建设的事，据说以前很受重用，出了一次事故后情绪崩溃，性情大变。现在看刘建设这样子，可见传言非虚，搞不懂傅晚明为什么要把这号人挖出来，是黔驴技穷，无人可用了吗？还是要标新立异，放着成熟专家不用，成熟的道路不走，非要打造这样一个团队让自己难堪？赢了也胜之不武。

想到这，沈富生有些生气，想看看刘建设能把自己怎么样，于是故意说："刘老头，你说你，一个老人家，跟着掺和什么，一边画图玩去。"

第十八章
回去画图

"画图？"

刘建设重复了一遍，旋即手舞足蹈起来。沈富生彻底被吓了一跳，刘建设不会真的有什么毛病吧，他最好别没事找事，造成不可挽回的损失，于是赶紧回到自己的位置。

刘建设看沈富生落荒而逃，打了胜仗般得意，笑着把孟星高拽过来说道："星高，我们可以画图啊。"

"对啊，我们可以画图。"孟星高一拍大腿，恍然大悟。

"什么画图？"众人不解。

孟星高也不解释，目光转向钱宇问道："我记得你以前说过，欧洲的汽车厂商会用三维绘图软件分析汽车的质量特性。"

"对啊，这种方式可以提前过滤掉一些不符合质量要求的设计，节约时间和开支，通过软件分析的设计才会进入实物测试阶段。"钱宇说道。

"那我们模拟分析，先用软件验证一次新设计的质量特性，然后有了数据不就可以申请预算经费了。"孟星高说道。

钱宇手比脑子快，说话间已经打开了软件，孟星高随即翻出图纸指着一个单机，让钱宇按照真实数据建立模型，一顿操作下来，还原度居然很高，孟星高顿时大喜。接下来的日子，钱宇在熟悉各分系统的成员指点下，为所有单机一一建模，并赋予每个单机各自材料的质量和属性，最后把加热片、热控多层、热管质量均布在单机安装板上，电缆质量分布在单机和单机安装板上。

众人将沈富生无聊的嘲讽抛到九霄云外去了，重新回归到事物的本质，就像以前傅晚明常说，有疑问就解决疑问，不是去解决有疑问的人；有假设就证明假设，不是去消灭提出假设的人，不管这个人多么令人讨厌。

周五傍晚，夕阳西下，未来卫星研究院内的香樟树亭亭如盖，翠绿的树叶被染成暖色，微风吹过，树叶晃动，发出孩童般快乐的拍手声。办公室巨大的落地窗没有拉上窗帘，金光不打招呼就闯进来，给忙碌的众人也披上了一身金色的铠甲。

"屏幕侧一点，有点反光。"

孟星高扭头才发现身后已经围了一圈人，焦急地等待结果的审判。

"啥时候能搞定？"刘建设问道。

"就是现在。"孟星高狠狠地敲了下键盘。

一张表单完整地跳了出来，上面密密麻麻的数字展现着卫星导航卫星的质量特性，后面的脑袋齐齐靠近，砰地碰在了孟星高的后脑勺。

"横向质心偏差最大 2.45 mm，绕 z 轴的转动惯量最大，最大惯性积为惯量的 0.91%，完全满足卫星姿轨控和运载的约束条件。"孟星高揉着磕到的脑袋说道。

"那就是说这个设计绝对可行！"钱宇扯着嗓子喊。

航天领域哪有绝对一说，只有有限的预测和无限的不可预知，所有的努力无非就是将扑朔迷离的世界扯开小小的一角而已。尽管这个结果孟星高还算满意的，但不得不实话实说，距离成功还有一个很长的道路，"现在我们只是证实了质量具备条件，但力学特性参数其实还没有做，如果只是拿这个数据去证明可行性，较真的人还是会提出疑问，如果傅总师支持的话，他本人就需要承担较大风险。"

道理众人都懂，失落依旧难免。这时，刘建设想起来，其实未来卫星研究院是有力学分析软件的。几年前刘建设在国外交流的时候，有外国专家使用通用大型有限元软件分析力学特性，当时刘建设觉得很不错，大家一合计就按流程引入了。开始使用频率还是挺高的，只是后来设计的卫星结构变动不大，每次模拟分析都是通过的，大家就渐渐忘记使用了。刘建设一提这事，众人像抓住了根救命稻草。

"刘工，那事不宜迟，咱马上试试。"孟星高说道。

"让我一起弄吧。"

"我们都可以帮忙。"

……

咳咳咳，刘建设几声不合时宜的咳嗽声中断了大家的斗志昂扬，今天是他的结婚纪念日，虽然老太太再也不会抱怨，可他自己不想也不能再缺席。

"那个，年轻人就是热情，周末了，要不好好调整下，下周一再启动吧。"说话的瞬间，刘建设已经将茶叶倒掉，鞋子穿好，连人都面朝大门，似乎发令枪一响，他将第一个冲出起跑线。

孟星高对刘建设有很多疑问，刘建设年纪摆在那，平时的精力和年轻人无异，加起班来没日没夜，如果只是这样，孟星高可以理解为是老航天人的奉献精神。奇怪的是，年轻人在意的各种爱情相关的节日，情人节、圣诞节、七夕什么的，他同样趋之若鹜，一下班就跟着年轻人往外冲。

看着刘建设匆匆的身影，孟星高只能猜今天莫不是什么重要日子？其他人不提还好，一提大家都有些累了，正常人谁会拒绝一个周末，科学家也不行。更何况，老专家带头冲锋，大家还不一哄而散，紧赶慢赶地逃到一个远离工作的地方。

月色如水，孟星高疲惫却不想回家，鬼使神差地跳上一辆驶过来公交车，靠窗坐下，在晃晃悠悠中闭上了眼，发生过的一幕幕在眼前闪回。以前，孟星高的人生就像陈墨给自己的项目进度表，无论快慢每天都会往前迈进一点。最近的日子却仿佛按了加速器，快是快，但方向却不总是朝向目标。因为需要一条鲇鱼，成立不足十年的未来卫星研究院得以参与北斗三号。因为一封邮件，本来没有资格的孟星高加入了梦寐以求的北斗三号项目组。因为新研发模式的颠覆性，孟星高遭到了众人的反对，之前的一切设想也有可能付诸东流。因为傅晚明的坚持，孟星高组建了自己的团队参与竞争，但方案如果没有通过，孟星高又将何去何从。短短的一年，孟星高随着北斗三号这辆快速列车，进进退退，大起大落数次。

未来卫星研究院有人带着点看笑话的心态，私下里说彭海和傅晚明搞起了内斗。可孟星高却不这么认为，彭海和傅晚明两人都是做实事的人，根本不热衷跑马圈地，两个团队的冲突不能简单定义为老专家和新一代科研人员的话语权之争。孟星高的团队，傅晚明邀请了年过半百的刘建设，沈富生的团队里，彭海面试通过了不少年轻人，不同年龄的科研人员早就打散重新组合在一起，并不像传言中那样是东风压倒西风，或是一代新人换旧人。透过现象看本质，两个团队不可调和的实际上是非此即彼的道路选择，是沿袭过去踩着前人的脚印走一条可靠但完不成目标的路，还是披荆斩棘朝目标踏出一条全新却有风险的道路来。

想到这孟星高又否定了自己，不对，谁说创新就一定不可靠，如果是的话，不断进步的技术岂不是将人类不断置于危险的境地？是什么赋予了老技术极高的可靠性，是成熟的工艺、实践的检验和不断地优化，那么新技术如果保持统一标准，是否也将具有良好的可靠性。

外面的路灯在移动中变得更加璀璨，孟星高的思绪在夜风中乱飞，问题不少，答案不多。孟星高想完项目又想到自己近期的改变，过去跟在傅晚明屁股后面学这个学那个，现在突然一下被推到前台，有种小学毕业直接上大学的感觉，太多知识盲区，太难了，也不知道最后是一朝功成万事了，还是出师未捷身先死。

孟星高本来打算看看风景，放松下疲惫的神经，结果却神经越来越紧绷，太阳穴突突直跳。不能再想这些了，再想这些自己不能左右的事，心里的弦要断了，孟星高强迫自己看向窗外。这时，天空一轮明月破云而出，路灯挨个亮起，街道人流穿梭，前方尾灯闪烁的汽车排到道路的尽头，公交车只得跟随着走走停停。咦，这里为何如此熟悉，前方的建筑不正是母校吗？

"有人下车吗？"司机一个急刹停下，急不可耐地朝后喊道。

"有！"孟星高愣怔几秒马上一溜烟下了车，跟随着年轻的学生们走入了校园，右转后左转，用旧的校园卡刷进了图书馆，一套动作行云流水，像是肌肉记忆，等到开始想要做什么的时候，孟星高已经站在了他曾经熟悉的位置前。

重点大学永远不缺勤奋的学生，哪怕是周末的夜晚，图书馆也坐得满满当当，孟星高过去常坐的位置上现在是个俏丽短发的女生，而对面是个文质彬彬的男生，两人不声不响，专心地盯着书本上的内容，偶尔抬头触碰到彼此目光，浅浅以笑容示之，显得格外亲昵。

此情此景，孟星高突然解开了一个谜团，那时候沈暮秋坐在自己对面相对无言，可天长日久，一颦一笑，在别人眼中何尝不是一种亲密关系，怪不得以前总有人会误会自己和沈暮秋之间的关系，自己既没想法也没行动，奈何怎么解释都没人信。

突然，孟星高的肩膀被轻轻抚了两下，回头一看，叶筱悠出现在面前。

"师兄，出去走走。"

孟星高嗯了一声，跟着叶筱悠来到足球场绕圈散步。晚风拂面，送走夏日闷热，带来丝丝花香，遇到叶筱悠的瞬间，时间的节奏都慢了下来。

两人边走，边有一搭没一搭地回忆过去，平时在人群中隐形的孟星高，今天因为身边多了个长发飘飘的叶筱悠，吸引了不少艳羡的目光。

叶筱悠的变化让孟星高无法适应，以前他经常在操场上看到叶筱悠顶着一头乱发跟男生抢球，大家叶子哥，叶子哥地吼着。那时候孟星高当她是男孩子，除了不能勾肩搭背，同行自然极了，哪会像现在，被路人盯着，走得手不是手，脚不是脚的。

更不自然的是，叶筱悠在盯着他看，明明两个人好好地走着，突然叶筱悠冲到孟星高前面，挡住他的去路，然后抬起一双乌溜溜亮晶晶的眸子盯着他看。如果这是一个对比实验，把现在的叶筱悠作为自变量加入后，孟星高这个因变量立马发生了剧烈的化学反应,他感到心在以两倍甚至三倍速度跳动,体温在升高,血液在沸腾,以至于他不照镜子也知道脸在慢慢变红,这个变量着实猛烈。

"师兄,大学时候你记忆最深刻的事情有哪些?"

很显然,实验没有结束之前的孟星高思考能力受到了影响,平时一丝不苟的他回答得毫无逻辑,颠三倒四,一下说知识如何浩瀚,一下说岁月如何匆匆,一下又说自己还不够努力,辜负了老师的期望。

"没有我吗?"叶筱悠问道。

有没有呢?孟星高不知该如何回答,若说没有好像不对,叶筱悠是他在大学能够说话的两个女生之一。可若说有好像更不对,两人之间不过是图书馆的静默相处而已,身份和校园里的任何人一样,同学而已。

"师兄,怎么不说话,这个问题很难吗?"

"我只是在想,过去我们没有一起在足球场散过步。"

"所以,如果我不主动出现,师兄从来没想过要和我联系?"

今天的叶筱悠有点出乎孟星高的意料,那么多假设性问题。在科研领域,假设性问题可以论证,可以实验。在生活中,时间是说一不二的判官,过了就是过了,哪有什么如果。问题是面对这样一个漂亮姑娘,任何人都很难回避,孟星高也不能。

"不是的。"

孟星高含糊其词,也不知道是回答以前还是现在。叶筱悠也没有深究，提起下周五给学校做航天科普讲座的事。这让孟星高自如许多，谈到航天的事，无论对象是谁，孟星高都能轻松应对，立刻从支支吾吾变得滔滔不绝，很快就把内容敲定了下来。

夜色已深，孟星高将叶筱悠送上出租车，她突然探出头来说道："师兄，那次你生病，是我为你占的座。"

不知是不是错觉，车开走的瞬间，孟星高感到叶筱悠的灼灼目光，带着一种悔不当初的情绪。

第十九章
定制服务

没想到去学校做航天科普讲座的事，钱宇比孟星高还上心，得知孟星高精心准备的不是自己，而是演讲材料时，钱宇心里几番地为烧烤摊上的小美人惋惜，怎么就喜欢一个榆木疙瘩呢。和孟星高熟悉以后的钱宇变得没大没小，以前前辈前辈地喊着，现在一脚油门开到了孟星高家落下，电话过去一句下来，通话两秒，就不由分说地把孟星高拽出了家门，直接开到了市中心的商场。

不得不说，这是孟星高生平第一次步入如此豪华的商场。明明是周末下午，都市男女倾巢而出的时间，隔壁美食街卖烤鱿鱼卖手抓饼的小吃摊能把人挤出两斤臭汗来，这个商场却是店员比顾客多，空荡荡的店里只挂着屈指可数的几件服装，仿佛这些服装得了社交恐惧症似的，必须与同类间距一米以上。

店员和这个商场的空调一样高冷，客人进了店也不来迎接，自顾自地拿着挂烫机对着面前的西服呲呲地喷热气。孟星高就近进了一家店，随手翻开一件衣服的标签，上面的数字让他直接打了一个激灵。老实说，孟星高最怕的地方中商场排第一，他清楚卫星上每个部件的作用，大致能根据自主生产的难度和技术材料的稀缺性判断每个部件订购价格几何。唯独对于衣服，他看不出同样能蔽体保暖的物件，穿在身上大同小异，不过摆设的地方不同，价格竟能从几十块飙升到上万不等。孟星高过去曾抽出过极少时间思考过这个问题，然后从大学同学马飞和陈晨身上得到一些启示，是不是正是像他们这样以貌取人、以衣度人的行为存在，才让其他人多一事不如少一事，节衣缩食也要把自己用名牌包裹，免得招来不必要的异样眼光。显而易见的逻辑错误，也能让人人被这个世界的物欲横流绑架，孟星高才不会惯着这种狗屁规则，索性不在衣装这事上花时间了。

孟星高进门就翻看价格，被店员一眼就看出是个买不起的，于是，放下手里的熨斗走过来，硬生生地问道："别摸，穿什么码告诉我就好？"

孟星高的拒绝还没出口，身后跟进来的钱宇冷冷从鼻孔里哼了一声，目光越过店员把店里所有服装扫了一圈，走向目测最贵的衣服，翻了翻价格，然后在店员面前晃了晃手中的贵宾卡，不屑地说道："这样的服务，确实没必要办储值十万的黑卡。"

说完在店员悔不当初的目光中,两人离开了商场。孟星高轻舒一口气,仿佛退出了一个不属于自己的世界。钱宇骂骂咧咧,不由分说地带着孟星高走了几个路口,来到对面旧巷子的一家裁缝店。

和大商场的服装店相比,这家裁缝店显得十分质朴。外面连个招牌都没有,若不是橱窗里挂着几套板正西装,谁知道这能做衣服。生意人在意的门面完全没有体现,木门窄得仅容一个人通过,胖点都能卡在中间,也不知是不是一种挑客的手段。钱宇摇了摇入口的铜铃,引着孟星高推门而入,喊了几声老爷子,半天才从一堆布料背后走出来一个银发老头,年纪至少六十往上走,精神头看起来比年轻的上班族还要好,一身剪裁得体的格子西装,脖子上挂了根软尺,指头捏了块画粉,看到钱宇浑身亮片的潮流打扮,不忍直视地把头撇朝一边。

"老爷子,别一脸怨念,是我朋友要做衣服,不是我。"钱宇说道。

孟星高上一次进裁缝店还是在小学,那时候的父母,过年前都会带着孩子去选料子做衣服,然后在大年三十那天换上,焕然一新地过个年。若是其他人,逛完气派的大商场再进这家局促的小裁缝店心里多少会有点落差,孟星高正好相反,这里舒服多了,没有那种金钱带来的压迫感,还多了童年时代的愉悦回忆。反正,今天要是不捯饬出个样子,钱宇一定不会善罢甘休,孟星高认命,那就这里吧。

银发老头上上下下将孟星高打量了一番，对身材很是满意，从架子上小心翼翼地拿出几块布料在他身上比了比，然后定了一款深色暗条纹的料子。整个过程根本没有问客人的意见，一脸不容置疑。孟星高第一次看到钱宇这般乖顺，而他自己则是非专业的事更是大气也不敢出，任人摆布。银发老头对两人的表现露出满意的神情，喊出一个年轻小伙子带孟星高进去量尺寸。

"老爷子，一会你收他500块就好，其他用我的面子还。"钱宇一脸乖相地凑到银发老头耳边说道。

"哼，你这小子脸真大，你以前带女孩不是只逛商场吗，从来没带过人来我这，这么隆重是喜事？"银发老头探询问道。

钱宇知道银发老头在国外待久了，思路过于奔放，赶紧解释道："别乱想，研究院的前辈，靠这身衣服和女孩约会呢，老爷子可得用心做哦。"

"废话，经我手的有次品吗？"

孟星高记得小时候量尺寸不过就是腰围肩宽什么的，这家店似乎秉承精益求精的航天精神，要把他的身体当模具复制一个分毫不差的出来，量了又量，比了又比，把他翻来覆去整整折腾了半小时。孟星高量好尺寸走出来的时候，钱宇靠在沙发上舒舒服服地跷着二郎腿，和银发老头在喝咖啡，自在地像在家里。

付了钱，孟星高把记录有领取时间的红色单子折成豆腐块放进钱包里，500块有点小贵，但刚才那块布料摸起来好舒服，想来绝对物超所值。等两人离去后，银发老头默默在钱宇账目名下记了个"陪下20次象棋"。

　　周末一晃就过，周一一早，孟星高的团队已经兴奋起来了，原来上周分析软件账号一申请到手，几个人根本等不及，分分工就开始建立有限元模型，一个周末下来已经大概搭了个基础。

　　建模的过程耗时较长，孟星高让钱宇在一旁学习，自己则找了个会议室继续完善方案。如果说可靠性是新方案的痛点，那么如何在保证创新的同时保证可靠性。传统的系统工程多用短板理论，长板放任不理，集中精力死磕薄弱环节，试图通过局部修改让短板尽可能接近长板，从而提升整个系统的整体实力。但对于长寿命高可靠的卫星，是不是可以试试长板理论。在系统设计时，不对短板小修小补，反而让长板尽情发展，长板是团队擅长的事，做擅长的事效率更高，这样虽然短时间内会显得系统不优化，但在技术日新月异的今天，性能提升主要通过迭代，与其在现有基础上不停修改，不如直接进入下一版本的研发，一旦短板部分实现技术突破，直接更换一块短板就可以大幅度提高系统总体性能。

　　孟星高计较完长短，又对方案进行了一番调整，不知过了多久，对建模最熟悉的陈灿过来，问了孟星高一个俗套的问题。

　　"一个好消息，一个坏消息，你想先听哪一个？"

　　"坏消息吧。"孟星高了解陈灿，这个女孩子100分的事情做到120分才会拿出来说，大概率说坏消息坏不到哪里去。

"不算太成功,你看这里,正弦振动加速度响应及动位移图显示,在 20 Hz、30 Hz、77 Hz 附近,结构有明显的共振,且响应的幅度较大。分析后发现,纵向最大放大系数为 14,横向最大放大系数为 23,放大系数较大。在侧板的中心位置响应值比较大,鼓皮效应比较严重,平台舱 $\pm Y$ 侧板响应也比较大,鼓皮效应也很严重,不满足要求。"陈灿说道。

"那好消息是什么?"孟星高又问。

"卫星的主框架是主要承力件,跨声速和最大动压状态、助推器分离前两种工况输入条件后,主框架应力最大 31.8 MPa,最大位移 1.18 mm,底板最大应力 36.2 MPa,最大位移 2.11 mm,说明整星,尤其是主框架结构,具有较大的强度裕度。"陈灿说道。

"那就是说明,这个结构设计是可行的,但是细节需要改进。"孟星高脸上露出欣喜的神色。

"我们几个也是这么认为的。"陈灿说道。

孟星高仔细地看着屏幕上的图表,像是侦探在从每一个细微的变动中寻找蛛丝马迹,半响才说道:"结构设计的一个原则就是以刚度和强度设计为主,兼顾响应及稳定性要求。咱这个框架面板式设计,横向尺寸对整星刚度的影响较大,为了提高整星的横向刚度,最便捷就是增加横向尺寸。但横向尺寸的增加会带来蜂窝板的跨度加大,所以这里才会有鼓皮现象,对卫星局部响应较大。我们得有一个平衡,要不让结构的老师们再看看，把横向尺寸控制在一定范围，或者加强筋，比如侧板中心位这里，如果我们内埋加强筋，加强筋的走向与热管保持一致，也许会有一些用。"

说完，孟星高召集众人又进行了多轮讨论，提出了更多的假设，也发现了更多的问题。孟星高的团队年轻，一路本科硕士博士念过来，离开校园还没有多少年，学生气浓，自然不会像沈富生那样要面子摆架子，不懂就问，到处在院里寻求外援。未来卫星研究院是产学研一体的机构，大部分资深科研人员的另一个身份是教授，对于求道的年轻人多少有些偏爱，如果问题正好遇上自己的领域，知无不言，言无不尽，恨不得倾囊相授。这样一来，别看孟星高的团队人少，背后是整个未来卫星研究院各路人才的集思广益。

两周过后，调整过的模型又呈现在屏幕上，测试计算的进度条在缓慢移动，3%、5%、15%，孟星高的所有团队成员都在屏气凝神地等待着结果。

计算进度条高频出现在科研人员的工作中，界面是寻常的黑色，数字是寻常的蓝色，在色彩心理学都是能让人冷静的颜色，但此刻盯着他看的人就是能感受到心跳跟着加速，仿佛眼前升高的不是数字，而是心率和血压。他们在默默祈祷，一定要成功啊，成功了就是导航卫星系统中的首个框架面板式设计，"首个"这个词对航天人来说实在是太有诱惑力了，代表着一个新纪录的诞生，一个新赛道的出现，一个新领域的开辟，以及一群年轻开拓者的登台亮相。

进度条走到了99%，1分钟过去了还是99%，2分钟过去了还是99%，最后的100%迟迟不肯露相，像是故意捉弄这群急不可耐的年轻人。

"通过"，屏幕上终于出现了最令人期待的两个字。嗷，有人忍不住喊出了声，刚才的几分钟真是大气都不敢出，生怕呼吸打扰到计算，所有人都是憋着一口气，死攥着拳头压抑心中的紧张。"通过"两个字就像一个开关，把所有人的情绪一下释放出来，一瞬间喷薄而出，难以自抑。

孟星高的手握成拳头随之松开，却依旧忍不住颤抖，他扭头瞥见傅晚明办公室透明鱼缸里的金鱼，在灯光照耀下一片光明，却完全找不到出路，在原地兜兜转转，而自己虽然在黑暗中四处摸索，现在总算撕出一丝光亮，隐约看到些许眉目了。

钱宇心中有股气流到处乱窜，需要做点什么来消解一下，激动让他对自己的体形一无所知，一下子扑到瘦小的刘建设怀里，连人带屁股下的办公椅一起撞向远处。

刘建设好好地在椅子上抖腿，突然就天旋地转起来，等停下来已经出现在沈富生面前，然后对着满脸惊讶的沈富生说道："老了老了，你看我没有白出来这一趟。"

陈墨此刻眼睛红红的，好像要哭了，她把头搭陈灿的肩膀上蹭，像只软糯的猫咪。陈灿用手摸摸陈墨的脑袋，并给了她一个拥抱，这也是陈灿第一次见凶巴巴的陈墨如此感性的一面，但她可以理解，这是大家从零到一构建的全新方案，不是从别人手中接过的半成品，从幕后走向台前的感觉一点都不真实，陈灿问："这真的出自我们的双手吗？"

如此激动的场面让另一头沈富生的团队也为之动容，不少人向这边投来羡慕的眼光。羡慕什么呢？可能他们自己也不知道，他们看不到孟星高的进展，也不觉得孟星高几个人最终能一举打败自己这边，但他们就是很羡慕。沈富生的统筹无疑是专业的，清晰的分工，明确的人物，每个人像机器上的齿轮，转好自己的半圈就好，不用管别人的半圈。可看孟星高的团队，他们中的每个人在人才济济的未来卫星研究院看不出有什么过人之处，但却可以操心整个项目，没有分工界限，自然也没有任务上限，似乎每天来这就是为了把满腔的热情发泄完。可能就是这样，孟星高团队的所有人能感知到项目的任何进展，也能对每个人的成就感感同身受。

这种切身的参与感真令人羡慕，如果没有沈富生那句吵死了，应该是多么和谐的场面。

第二十章
人财两得

一个小小的进展让孟星高的团队士气为之一振。

之前，对孟星高的团队成员说，如果说是因为看好他才选择加入这一组的，孟星高打死也不信。钱宇和陈墨几个是因为跟孟星高关系好，看不得沈富生倚老卖老才加入的；刘建设是因为傅晚明的面子，也是因为想找个地方发光发热才加入的；而其他和孟星高了解不多的年轻人，或许是担心在人多的一组找不到合适的发挥空间才加入的。

但是现在，只是一个结构设想的小小进展，就让大家开始相信团队，苛刻的目标是可以实现的，相信自己，白纸一张发挥的空间更大。如此一来，整个团队的精气神便显得不同，每天都处于一种既愉悦又兴奋的工作状态。

就在这时，傅晚明回来了，步伐轻快，满面春风地和大家打着招呼。

孟星高过去询问傅晚明是否有空，得到肯定的答案后跟随进了办公室，把近期进展向傅晚明进行了汇报。为了比拼的公正性，傅晚明没有给出特别具体的指点，只是告诉孟星高，两个团队做同一个项目的状态不会持续太久，最终还是像彭海说的那样集中资源办大事。预计不久后就会组织一次方案评审，当即定下选用哪个方案。傅晚明叫孟星高放宽心，决策者既不是他也不是彭海，会是一个完全中立的第三方，一切只用方案实力说话。孟星高眉头紧锁，略一思忖最后比拼的场景，顿时觉得前几天取得的那点小小进展显得有些不够看。

"虽然我不能亲自帮你，但我给你找了个帮手。"傅晚明说道。

话音刚落，孟星高就在办公室门口看到了一个久违了的面孔。

"解杰！你怎么来了。"孟星高说着过去有力地晃了晃解杰的右手。

"你们认识啊？"傅晚明有些惊讶。

"何止是认识，还真刀真枪比拼过一次呢。"解杰说道。

"哈哈哈。"两人相视一笑。

原来傅晚明这次出差解决了两个心腹大患，一是经费问题，他先到北京找许凤祥主任吐苦水，先立项再拨经费的模式不公平，资金不充裕的未来卫星研究院无法像北方航天工业集团那样自筹资金搞项目，做起事来捉襟见肘。许凤祥主任想到如果未来卫星研究院加入，可能将卫星的发射成本大幅降低，于是当即拍板，预支了一部分研发费用给未来卫星研究院。二是人才问题，孟星高团队的问题傅晚明看在眼里，在不方便直接调配项目成员的情况下，他避开和彭海院长在用人方面的冲突，让人事同事开启了招聘，解杰就是傅晚明从空间探测研究院引入的计算机学专家，人一到位就让其助孟星高一臂之力。

傅晚明看两人相谈甚欢，就去忙自己的事了。下班后，孟星高拉上钱宇为解杰接风洗尘。

"解（jiě），解（xiè）杰，你来了！"钱宇得知解杰的加入很吃惊，一下班就飞奔过来了。

"总算念对了，别姐姐，姐姐的。"解杰说道。

"你发射中心比输了，跑到我们大本营寻仇来了？"钱宇还记仇之前在发射中心和解杰抢地盘的事。

"哪能呢，打不过当然选择加入。"解杰说道。

"识时务者为解杰。"钱宇最近中文水平突飞猛进，都能活学活用了。

洗尘宴安排在市区的老字号火锅城，钱宇开车一路在高楼大厦之间疾驰，最后停在一栋颇有气势的木质古建筑前，飞檐斗栱，雕栏画栋，成为这繁华市区的另一方天地。老板有些复古情结，着意做旧了木漆，此时在斑驳的夕照下映照出古老的痕迹，大门口还像模像样地招展着面半旧的招牌幌了，两个古代小二装扮的年轻人就在下面迎来送往。这时正值饭点，客似云来，三人跟着人流踏过门槛，立马浸润在浓郁辣椒味的空气里，吸一口都能麻了嗓子。

地点是钱宇选的，出身商人世家的钱宇深谙待人接物之道，照顾解杰重庆人的口味，环境雅致不高冷，让不算熟识的三人无话时不至于尴尬。只是解杰不是一般人，冷场的担心完全多余，环境的热闹完全盖不住他的喧嚣。解杰一边感动于钱宇的用心，一边兴致勃勃和钱宇作对。

钱宇一个上海人完全不能吃辣，连闻都是一种折磨，鼻子里插着两坨纸，看起来跟长了象牙似的，负隅顽抗沸腾飞升的火辣气味。解杰非要在红油里起起落落脸大的毛肚，然后碗里又加两勺辣椒，展现骇人的吃辣能力的同时不忘挑衅钱宇。钱宇看不得解杰的嘚瑟，要是比别的他就硬着头皮上了，唯独吃辣且不说赢不了，就算能赢也是杀敌一千自损八百，只好在火锅中央小小的清汤区涮肉，可怜兮兮。

吃辣比不过，钱宇在其他地方还击。天生处不来的人，三句话里就有一句能吵起来。钱宇说解杰英文不标准，解杰嘲笑钱宇中文像译制腔，钱宇说解杰肌肉发达，解杰反击钱宇四体不勤，从生活方式到工作领域，无论多么鸡毛蒜皮的小事，钱宇和解杰都能迅速忽视共同，找到差异，你来我往地攻伐。孟星高从进门就没说话，如同摆设，直到钱宇不小心用错蘸辣的筷子，中途休战去找服务员要冷饮。

"说真的，你怎么会选择过来未来卫星研究院？"孟星高终于问出坐下来的第一句话。

"之前的工作做疲了，早就有心思想换，于是试着投了投简历，面上了两家，一家就是未来卫星研究院，傅总师亲自面试的我，就说咱这实力，对吧。"解杰嬉皮笑脸地回答，鼓鼓胳膊给孟星高秀了秀小麦色的肱二头肌。

"不是面上了两家吗？"孟星高问道。

"你猜另一家是谁？"

孟星高从解杰得意的笑容判断，另一家大概率是个众人趋之若鹜的所在。

"不会是北方航天工业集团吧？那你选未来卫星研究院？"只要傅晚明在未来卫星研究院，面对同样的选择，孟星高会毫不犹豫地选择未来卫星研究院。但孟星高不会天真地以为，所有人都会这样，毕竟未来卫星研究院和北方航天工业集团在体量和实力上不在一个水平线，单从个人履历的含金量来说，北方航天工业集团毫无疑问是国内首选。

"对，傅总师问我这么年轻，股票和基金选哪个，北方航天工业集团是基金，按部就班，工作稳定，收益有保障，未来卫星研究院是股票，风险大，收益大，可能性大。我有什么好怕的，当然是选择收益大的。"

解杰轻描淡写，好似一开始就瞄准未来卫星研究院而来，但实际上解杰内心不知道纠结了多久，作为一个目标明确，极其务实的成年人，他对自己的职业有着清晰的规划，每一个选择都是权衡利弊之后才做出的。选择未来卫星研究院，最终说服他的与其说是傅晚明，不如说是未来卫星研究院所带来的个人成长。

那天，在得知解杰也收到了北方航天工业集团的邀请后，傅晚明约解杰见面。

在咖啡厅轻松的氛围中，傅晚明问解杰考虑得怎么样，解杰直言不讳地告诉傅晚明自己偏好北方航天工业集团，未来卫星研究院的劣势太明显了。解杰的偏好并不坚定，内心还在纠结，但这样说是想看看傅晚明的肚量。

傅晚明听了没有生气，抿了口咖啡，以一个置身事外的长辈身份，为解杰分析起职业发展来。傅晚明说去北方航天工业集团平台大、流程规范、工作稳定，不确定性因素少。它有完整的新人培训体系，跟个有模具似的，前面的路一步步都给规划好了，按部就班地跟着组织发展，等着资历的增加收获相应的回报。个人其实不用想太多，这对一般科研工作者都是一个好的选择。

解杰很难不对号入座，他恰恰是个想得太多的人，也恰恰不想当"一般"的科研工作者。否则，在原单位顺风顺水，费劲挪地方做什么，科研单位又不像私企，主要靠跳槽涨工资。

傅晚明接着说道，在北方航天工业集团想太多没用，什么都有规章制度，什么资历能干什么事都列得清清楚楚，而未来卫星研究院没有这么多历史沉淀，也没有历史包袱，大家就是坐在一起创新想办法，没有论资排辈，就看谁想得远冲得快。

解杰接着问傅晚明冲得快的人有什么收益呢？过去的传统，科研机构多倡导为国为民，牺牲奉献，对个人得失几乎闭口不谈，即使大家都在意，明面上也要做出一副淡泊名利的样子，更不必提宣之于口。解杰偏偏不吃这一套，直接说出来，将傅晚明一军。若论经济利益，未来卫星研究院给不出比其他科研机构更高的待遇，还因为行业经验不足需要摸着石头过河，也就是经常加班加点。这一点业内人人清楚，傅晚明就是想掩饰也掩饰不了。

　　但话都说到这里了，先抑后扬也到了尾声，是时候抛出有诱惑力的条件了。傅晚明说在北方航天工业集团升个主任工程师可能需要八到十年，在未来卫星研究院有破格提拔的惯例，不拘一格降人才，曾经有个三十不到的小伙子，因为一个项目做成功当年就胜任主任工程师。眼前，全国有什么航天项目比北斗三号更为重磅，傅晚明按照时间窗数给解杰听，距离首星发射不到 5 年，距离建成不过 8 年，这个时候加入正当时，项目结束甚至是阶段性进展都充满机遇。傅晚明反问解杰能不能看出个人在其中有多大的可能性？

　　可能性，道尽了解杰毕生的追求，解杰怎么可能不喜欢呢？解杰离开空间探测研究院正是因为缺乏可能性，学习前辈的经验，以前辈的标准完成工作；学习欧美的经验，追赶欧美的差距。所有的可能性都在纯粹的学习与追赶过程中耗尽了，一眼就看得到底的职业生涯有什么意思。巧就巧在傅晚明把一个没有边界的个人空间摆在面前，解杰当真向往极了，除了点头没有别的选择了。至于傅晚明提及孟星高团队的困境，希望他加入帮忙，要其他人听了可能会有掉坑里的感觉，加入一个较弱的研究院就算了，还要加入一个弱研究院的弱团队，弱上加弱。解杰非但没有失望，没有担心，反而想象着扮猪吃老虎，将来让所有人都大跌眼镜的精彩画面，整个血液都兴奋起来了。

"傅总师什么时候学会基金股票了，老实说他讲得不对，基金的风险也很大啊，我们要不要提醒傅总师一下。"钱宇吸着一杯冰柠檬水回来，就听到个股票基金。

"唔，解杰只是打个比方。"

孟星高确定傅晚明基本对理财一窍不通，这种话十有八九是解杰自己的发挥。好在钱宇也没有纠结基金股票的问题，否则能当场开一个财富讲座。

"说正事，傅总师有没有安排你负责哪一块？"孟星高问道。

"现阶段让我先看你的需要，就我个人来说，想负责整体的星务管理。"解杰说道。

"太好了，我正缺乏这几个分系统的成员。"如果是正经地给项目成员定岗，孟星高是应该从教育背景到工作经历细细了解，但想想他自己人数稀疏的项目组，哪有资格挑剔，只能先解决有无问题。

之前解杰在空间探测研究院明明负责帆板驱动控制超过三年，整星数据管理也烂熟于心，领导却以实践经验不足迟迟不同意拓展外延，要把自己当作螺丝钉焊死在固定岗位上。解杰不甘啊，而现在，居然一句话就轻易地解决了，和神灯许愿也没啥差别了。

解杰举起啤酒杯,重重地和两人碰杯。锅里沸腾的油红彤彤的,店里一排排的灯笼红彤彤的,就连几杯下肚后孟星高和钱宇的脸也是红彤彤,此刻解杰眼里看到的世界,哪哪都在为他远大的前景而张灯结彩。

第二十一章
不是约会的约会

　　傅晚明从与解杰的沟通中得到启示，现在的年轻人虽然经济意识比老一辈人强，但并非唯金钱论，相反他们比老一辈人更加看重金钱之外的东西，比如自己的成长与未来，他们不愿意亦步亦趋地跟在前辈的身后，想要冲到前辈前面，轰轰烈烈地闯出一片天来。于是，傅晚明让人事部立马修改招聘简介，把升职升级的机会明晃晃地写在上面。
　　这一直白举动在航天科研领域也算首次，引起了不少争议，在思想传统的老专家眼中，搞科研就应该有牺牲奉献的精神，开口要职称要地位都是有辱斯文。但年轻科研人员尤其是海归群体却不这么认为，付出为什么不能要回报，追求升职升级是上进的表现，求职者把自己的背景能力白纸黑字写在简历上,招聘单位也不应该藏着掖着,把单位能提供的机会落在招聘简介上,相互承诺,更见诚意。

这让未来卫星研究院一度在招聘市场上成了热门,风头力压其他研究所,一时间简历多得让傅晚明挑花了眼。接下来的日子,又有几个不错的新面孔加入孟星高的团队,把之前缺失的岗位填补上,让孟星高这只小麻雀真正实现了五脏俱全。

周五下午三点,孟星高还在座位上忙碌,钱宇却坐不住了,他上周就已经替孟星高把定制的西装拿回来了,现在钱宇平均每五分钟提醒一次孟星高该整理整理仪容换衣服,出门去做航天科普讲座了。哪知孟星高磨磨蹭蹭,开了一个短会,看完一份材料,才起身准备出门,这下刚才催得不行的钱宇又叫孟星高慢着。

"催我快点的人也是你,叫我慢着的人也是你,又快又慢,你到底要怎样?"孟星高无奈地说道。

"你完全没有听我的前半句话,整理整理仪容。"钱宇说道。

"我的仪容没问题啊。"孟星高起身的时候甚至把衣服上的褶皱都抚平了。

钱宇不知道孟星高真傻还是装傻,那天自己大老远带他去找老爷子,这可是他家出席隆重场合专用的手工定制礼服店,做的衣服不是让孟星高上班穿,而是在女孩面前一展风采的。

衣服做好那天,孟星高就穿上试了试,镜子前他很吃惊，里面那个肩宽腿长，气质出众的男人是谁？孟星高生平第一次穿如此正式的西装，才知西装是男人的铠甲这句话所言非虚，确实能让人的气场和体态全都有所改变，举手投足之间突然就有了仪式。正因为这样，孟星高反而担心起来，如此隆重地去见叶筱悠会不会让她感到压力，从而怀疑他做航天科普行动的诚意，误会他别有居心，另有所图，衣着还是不要和平时有差别才好。

孟星高的这些心理活动如果被妇女之友钱宇知道，钱宇一定会忍不住敲他的脑袋，问一句，脑袋脑袋告诉我，里面装的到底是什么？拜托，人家女孩就是希望你别有居心，另有所图，你一副心无旁骛的样子是想气死谁？

钱宇不能用现在这点宝贵的时间传授男女相处之道，赶紧把衣服递给孟星高，可孟星高还是摆手说："太隆重了留着参加正式商务谈判的时候穿好点，去学校就不必了吧！"

"请一定要顾及我们未来卫星研究院的脸面。"钱宇郑重其事地说道。

"好吧。"

孟星高在这种事上拗不过钱宇，如果不答应，钱宇能直接按住他给他穿衣服。于是，孟星高不情不愿地拿过外套直接套在身上，然后扬长而去。钱宇手里剩了条裤子，对孟星高工装外套西装的搭配一脸难以置信。

等孟星高抵达的时候，叶筱悠已经在学校门口等待了一会，她一身简约的黑色连衣裙，多戴了一条珍珠项链，显得更加娴静典雅，连说话都平添几分为人师表的端庄。叶筱悠没有见过穿西装的孟星高，眼中惊讶一闪而过。但孟星高掐着时间来的，没有太多时间留给全新形象的两人再次认识，穿过操场到达教室，孟星高面对三十多个小豆丁开始他今天的演讲。

"小朋友们好，我是一个年轻的航天科学家，很高兴和大家见面。"

话音未落，一个小朋友高高举起手，奶声奶气地说道："电视里的航天科学家不是穿这样的，老师他可能是假的。"

原本坐得端正的小朋友，一个个开始起哄，眼见就要闹成一片。孟星高果断把身上的西装外套一脱，指着航天工装上面的国旗和未来卫星研究院字样给小朋友们看。

"大家别吵了，他是航天员，我都听不清他说什么了。"

带头起哄的小朋友又带头让所有人安静下来，孟星高这才得以继续。在孩子面前，孟星高暂时地抛弃了平时严肃的形象，化身亲切的大哥哥，把复杂的航天知识说得栩栩如生，一下子将卫星比作能够抵御热魔法、冷魔法和真空魔法攻击的宇宙超人，一下子将卫星储存太阳能比作太空烧烤摊，描绘出一桌漂浮在浩瀚宇宙中的美味佳肴。

小朋友的崇拜之情发自内心，写在脸上，毫不掩饰，让孟星高心里感到无比的满足。而在三十多双发光的眼睛中，也有叶筱悠的一双，她就站在教室最后面看着孟星高的一举一动，像是在欣赏一件伟大的杰作。这一刻，孟星高无暇去思考这目光背后的深意，但有一点他很确定，叶筱悠的目光和小朋友的一样纯粹。

孩子判断一个人的价值，还没有掺杂世俗的标准，发现他在某一领域出色，就会表现出欣赏和认可。而不像部分成年人，在单一的评价体系里浸润太久，对万事万物只能通过金钱衡量，一旦不能转化为数字，无价之宝也是没有价值的。这就是为什么孟星高不愿意和这样的人解释航天科技的价值，当两个人的度量衡不同的时候，谁也没有办法说服谁。

　　这样看来，叶筱悠的确是个特别的女人，孟星高从来没有和她讲过自己的理想与信仰，为什么她就是一副我都懂的样子呢，有时候，近在咫尺的女人也并不比远在天边的宇宙更好了解啊。

　　讲座结束后，叶筱悠提议请孟星高吃饭，孟星高推拒不成，最终还是跟随叶筱悠来到一家私房菜。在这寸土寸金的市中心地界，竟有这样一方世外桃源，整家店很大，角落设有四个包厢，中间散落数张桌椅，摆放稀疏，其余大部分空间让位给了潺潺流水，精致石桥，紫竹松柏，偶有屏风阻挡视线，也只是为美景增色，欲说还休。一墙之外是这个城市最繁华的地界，而在这里听不到车马喧闹，隐隐传来丝竹之声。

　　两人选了个临水的位置，叶筱悠的电话铃声响起，接起来听了两句话叶筱悠就小脸薄红，眉眼尽是紧张神色，然后她跟孟星高指了指门外，也顾不上穿着高跟鞋，踮着脚噔噔噔出去了。这样幽静的所在正和孟星高的性子，一个人不觉无聊，独自品茗欣赏眼前美景。正处在身心放松之际，一个不和谐的声音从后面传来。

"我当是谁呢？原来是我们的科学家啊，啧啧啧不得了，自从傍上富二代，整个人都嘚瑟起来了。"

孟星高有点搞不懂，与世无争却总能遇上煞风景的人，如此美不胜收的画面里偏偏就冒出个陈晨。

"我和朋友来吃饭，没空和你多聊。"孟星高没有情绪地说道。

没空和自己聊这样的话，陈晨自从和孟星高成为同学就听得耳朵起茧子了，没空，孟星高，你是继承皇位了吗？有这么忙吗，天天日理万机的？还是讽刺自己不够格和他说话，完全是浪费时间。陈晨看向孟星高，这人说话很礼貌，很客气，但就是很气人。

陈晨今天一个人，有的是时间，于是有点不依不饶的意味，不仅没走，反而一屁股坐到刚才叶筱悠的位置上。

"别啊，久别重逢，上次那地儿太吵没有聊成，这里安静，我们好好叙叙旧吧。"陈晨拿起桌上的一杯茶一饮而尽，然后挑衅地看向孟星高。

"你想说什么快说，我还有事。"孟星高不想叶筱悠被陈晨恶心到，不得已应付到。

陈晨笑了笑，露出一口黄牙齿接着说道："哥们，你就跟我说说呗，咱学校有钱的、帅的男生多的是，为啥沈暮秋就围着你一个人转，难道那时她就想找个老实人嫁了。"

孟星高可以忍受陈晨之流嘲弄自己，道不同不相为谋，不理会就是了，可他见不惯一个男人用这样恶意的语气评价女孩子。孟星高怒了，起身目光凶狠地说道："你嘴巴给我放尊重一点。"

孟星高虽然是科研人员，但平时有运动的习惯，手上的劲不小，几乎要把人拎起来了，陈晨挣扎了好几下才挣脱。

"别动手，你急什么，还是说你根本没有追到，只是个舔狗。"陈晨怕孟星高又来抓自己，退开了一段距离，喘着气继续说道："就是嘛，你说你啥也没有，沈暮秋不仅漂亮，家世更是了得，这样的千金大小姐连马飞那样优秀的人物都看不上，怎么看得上你？"

孟星高这才明白为什么当初在宿舍处处被针对，开始还以为是自己的生活习惯和其他几人不同，原来是有人爱而不得迁怒于人，让自己平白受了些冤枉气。

陈晨看孟星高不说话，以为被说中了心事，还想火上浇油几句，就看到一个满脸横肉的男人走过来叫陈晨离开。

"凭什么让我离开。"陈晨很不满地叫嚣。

只见叶筱悠从旁边走过来，不屑地说道："就凭你素质低，就凭你胡言乱语，就凭你丢人现眼。"

叶筱悠目光犀利，话语中有种不容置疑的气势。陈晨呆愣了一会，才将以前的假小子和眼前的美女重合，对孟星高的艳福更是不爽。但他突然想到叶筱悠是沈暮秋的密友，话传出去就不好了，再加上一旁的男人开始卷袖子了，形势已经容不得陈晨再多说什么了，赶紧起身灰溜溜离开了。

只见叶筱悠在陈晨走后，整个人像卸下了战袍，一秒恢复了温婉可人的模样。满脸横肉的男人变脸速度也着实不慢，堆着笑揉了揉叶筱悠的脑袋说道："你这样好吓人，刚才的样子还正常点。"

别说，孟星高心里早就认同这位壮士的话，他不知道叶筱悠发生了什么，在截然不同的两个角色里反复横跳，但他显然不敢说出口。广告里不是说现代女性更注重取悦自己，而不是取悦男人，孟星高更喜欢和大大咧咧的叶筱悠相处，但这不重要，叶筱悠喜欢淑女的自己，那就喜欢好了。

"表哥，叫你在外面不要像摸狗一样揉我的头发。"叶筱悠嗔怪道。

"你好，你好，我叫孟星高，筱悠的大学同学。"孟星高自我介绍道。

"知道知道，我们全家都认识你。"男人说道。

"认识我？"孟星高更奇怪了。

"没有，没有，不认识。"

叶筱悠用手肘撞了撞身边的男人，暗示他不要乱说话。但越暗示，男人越叛逆，从只言片语之中，孟星高判断自己在叶筱悠家里可以说是无人不知，无人不晓，学校或是工作的各种事迹，叶筱悠的家人都很清楚。只有一种可能，叶筱悠过去经常在家人面前提起自己。接下来事情的发展更令孟星高措手不及，坐回饭桌后，叶筱悠有点坐立不安，而孟星高总觉得有人在看自己，两人都下意识地左顾右盼，最后还是叶筱悠没忍住，走过去对墙角喊了声"都出来吧。"

于是，刚才叶筱悠才告辞的表哥从墙角一侧走出来，后面跟着一个保养得宜的中年女人，一身青绿旗袍，眉眼之间叶筱悠和她有七分相像，叶筱悠无奈地又向孟星高介绍自己的母亲。

"孟星高，久闻大名。"叶母说道。

"妈，你别乱说话。"叶筱悠说道。

"好好好，你看都认识了，干脆一起吃顿饭吧。"叶母提议道。

此刻，孟星高已经震惊得不知说什么好了，就这么一晃神的工夫，两人桌换成四人桌，各色菜肴上了桌，盛饭夹菜，推杯换盏，孟星高和叶筱悠的家人毫无准备地吃了一顿饭。这样的情节走向如同量子力学无法预测，让他那个能计算各种天体运行模型的脑袋彻底变成了一团糨糊。席间，孟星高只记得叶筱悠的母亲和表哥极度热情，不停地夸赞自己，而自己带着怎样的表情，说了些什么话回应，结束晚饭后，他仿佛失忆般通通想不起来，等回过神来，叶筱悠已经将他送到门外。

"师兄，不好意思，我家人太热情了。"

"没有没有，伯母真和蔼可亲。"

和叶筱悠挥手告别后，孟星高错愕了很久，看着那个窈窕的身影在月色中逐渐消失，内心像是被海啸掠过。孟星高作为一个尊重内心秩序的人，他拒绝一切没有准备的会议，没有预约的应酬，没有安排的旅行，工作中已经有太多变数应接不暇，一成不变的生活方式能带来安全感，任何一点变数都能让他烦躁不已。可是最近，叶筱悠就像日本动漫，美少女换了个形象，就毫无征兆地闯进孟星高的心里，悄无声息地将他的秩序打乱又重建。可怕的是现在孟星高居然能够接受突如其来的变数,甚至开始享受这种变数,并从中能体会到那么一点点不可捉摸的刺激和兴奋。

　　这实在太可怕了!难道是灵魂被什么东西替换了?

第二十二章
比拼

两个团队最终方案的比拼日在一个月后到来。

孟星高的团队日夜赶工，终于在会议开始前一个小时把方案基本做完。时间已经走到这里了，纵然团队还有使不完的劲也必须告一个段落，把所有希望都交付给孟星高一个人。

孟星高的心理素质在同龄人中算好的，真站到讲台上也能镇定自若，反而是站上去之前心里发慌，脊背发凉，这感觉类似坐过山车，最害怕的时刻是上车前，准备再充分也挡不住自己吓唬自己。孟星高慌，但不能让团队成员慌，硬着头皮给予大家小心翼翼的鼓励一个信心满满的回应，又将材料在桌上磕几下对齐，咚咚敲响上场前的战鼓，然后头也不回地出了门。

会议室在走廊的尽头,正值午后,斜斜射入的光线将笔直的甬道切成明暗不一的几段,一路走过去像在不同的时空穿梭,孟星高目不斜视往前走,突然身后传来一个怯生生的声音。

"孟前辈,能不能单独和你聊两句?"

孟星高循声望去,墙角站着年轻的一男一女,孟星高依稀记得男生叫罗一鸣,女生叫何书琴,两人都是沈富生团队的成员。距离开会还有充足时间,孟星高点头同意,跟着两人走到一侧的角落。

"前辈,我们俩能不能加入你的团队?"罗一鸣说道。

孟星高第一反应便是无法理解两人的请求,方案比拼还没有开始,最终未来卫星研究院会选用哪个团队的方向尚未可知,这个时候申请换团队,押对了宝还好,押错了可能回不到原来的团队了。更何况,按照正常的逻辑,拥有更多人手的沈富生团队胜算更大,孟星高团队基本属于陪跑,用于证伪正确道路之外的歧路。

"你们是不是应该等方案确定后再考虑换团队?"

这么一问,何书琴的眼眶一下子就红了。

"等前辈的团队赢得方案比拼,想要加入的队员就太多了,怎么会轮到我们?"

原来,罗一鸣和何书琴加入未来卫星研究院不足三年,属于资历较浅的员工,本来就是抱着学习的态度加入沈富生的团队,想要得到专家们的指点。但由于两个团队的竞争和比拼在即，沈富生更倾向于用熟练的专家亲自操刀，尽快把方案做出来，这个过程中根本无暇培育新人。所以，罗一鸣和何书琴一直游离在团队之外，做一些打杂的任务，想要出力找不到方向，有疑问也得不到解答。同在一个办公室中，与此形成鲜明对比的是，孟星高的团队成员看起来和两人年龄相差不大，承担的却是最核心的任务，尽管过程中比沈富生的团队问题不知多多少，但每个成员都有机会出谋划策，共同解决，叫两人好生羡慕。

"前辈，我们俩在卫星储能方面有不少建议，等你有空可以看看，相信对目标的达成会有一些用。"

距离开会只有五分钟了，五分钟不足以让孟星高做一个决定，只好委婉地说道："这事还是要和沈工商量，要不这样，等开完会我再想想。"

"不用和我商量，小孟缺人你们就直接过去帮忙好了。"

而罗一鸣和何书琴听到沈富生的声音，直接吓得缩回墙角的黑暗里。沈富生却没有看两人，对着孟星高露出一个成人之美的微笑。这个微笑发自内心，并无深意，沈富生误会了这两人，他完全没想到两人是因为没有项目参与感才申请调动，以为两人就是年轻，连显而易见的胜负态势都看不清，为了保险起见做起了墙头草，明面上做着自己的任务，私底下又去讨好孟星高，左右逢源，谁胜谁负都能保住项目位置。这样的话，沈富生确实没有什么好生气的，他甚至还想要感谢孟星高帮自己识别人心呢。

只是，会不会太晚了，沈富生接着说道："我就是担心今天方案确定后，你们还会有什么需要做的事情吗？"

"你不用担心，谢谢。"多说无益，孟星高瞥了一眼手表，赶紧前往会议室。

402号会议室是院长彭海接待贵宾的专用会议室，宽敞明亮，设备齐全，足足可以容纳三四十人。但印证了职场的那句潜规则，人多的会议不重要，重要的会议人不多。孟星高和沈富生一同走进会议室的时候，里面仅仅坐着彭海、傅晚明和一个从未见过的生面孔，显得整个会议室空空荡荡。三人神色凝重，正襟危坐，言语和目光都没有任何交流，更是加重了空气中剑拔弩张的气氛。才一会，孟星高就感到汗流浃背，他忍不住瞥了一眼墙上的空调显示屏，发现早已被人贴心地调到了20摄氏度。

墙上的时钟将将走到2点，彭海踩着秒针说道："人齐了，你们谁先来？"

"那我先来吧。"

话音未落，沈富生已经站到了台上，自信一挥手中的投影笔，开始了他的介绍。展现在屏幕上的内容十分翔实，一百多页的材料涵盖了导航卫星几乎全部颗粒度的内容，层层抽丝剥茧，用小总体将子系统到分系统到大系统管理得井井有条，并配以合理的时间规划和组织人员，整个计划什么时间完成什么进度一目了然。不得不说沈富生确实是一名航天老兵，在无数大场合讲解过方案的他有着其他人没有的松弛与自信，对于每一个环节的熟悉让他讲得行云流水，鲜有停顿。

孟星高扪心自问，如此淋漓尽致地展现，自己就是过十年也未必做得到。此刻，沈富生正总结到精彩之处，对上孟星高不经意间流露出的艳羡目光，心里自信地开出了一朵花，结尾时临场发挥了一段感慨的话。

"我沈富生在未来卫星研究院初创之际加入，十年间兢兢业业，每天如履薄冰，心里永远绷紧了一根弦，生怕一朝不慎就毁了未来卫星研究院的金字招牌。今天的这个方案所有的一切都是围绕着成功来设计，坚决不留一点隐患，坚决消灭一切不确定。虽说世事无绝对，但这次，我本人可以拍着胸脯，赌上姓名地发誓，100%保证北斗三号圆满上天。"

100%的保证，孟星高挺惊讶，整天把没有绝对的真理挂在嘴上的沈富生会夸下如此海口。孟星高不知道评委信不信，反正自己是信了，于是孟星高转移目光去求证，然后他就发现房间里的三位手握决策大权的评委，皆是眉头紧锁，没有露出丝毫满意的神色。果然是国家重点项目啊，标准不知道水涨船高到了什么地步，孟星高不由得心中一紧，不知道一会儿自己上去讲的时候会怎么样。

"以上就是我们团队的全部内容，请各位领导指正。"沈富生讲完依旧留在台上，等待着提问。

"方案很翔实，但恕我直言，这个方案我似曾相识，没有新鲜感。"坐在最正中的生面孔说道。

沈富生一听这话，脸上的从容淡定立马消失不见，掩饰着怒气地说道："这个方案的每一个字都是我们团队亲自完成的，我以我的人品和职业道德发誓，我们没有抄袭。"

沈富生发了今天第二个誓言,生面孔却不以为然地说道;"你误会了,我不是说你们抄袭。我的意思是,这样方案和北方航天工业集团原有的设计如出一辙,这样的话,项目要求的降本、增效、纯国产的三大目标,想必也不能实现了?"

"领导,这个方案确实无法完全满足目标,但我们可以尽可能地接近目标,并最大限度确保项目的发射成功。"说话如此直接,沈富生断定此人一定非同寻常,因此说话也变得稍微谨慎了些,把 100% 变成最大限度。

"如果两家的方案完全一样,国家又何必引入一家新的科研机构呢?"生面孔说道。

彭海料定沈富生回答不了这个层面的问题,赶紧补位说道:"领导放心,这只是初稿,优化的空间很大,我们在保成功的基础上争取全面达成目标。"

方案是沈富生亲自参与的,他心里门清根本不可能完全达成目标。降本、增效、纯国产的三大目标背后的逻辑就是完美主义,既要、又要、还要,没有什么好处是不要的,没有什么坏处是允许的。怎么可能呢?这事不能让步,如果沈富生现在过度承诺了,等于判个缓期执行,到最后还是死路一条。

于是,沈富生固执己见地说道:"领导,我有数据证明这三个目标设计得不合理,可否再给我五分钟证明。"

"先看下一个方案吧。"生面孔流露出一丝不耐烦的神色。

目睹全程的孟星高浑身发毛,还没讲就觉得自己哪哪都做错了。他将目光求助般地投向傅晚明，他发现傅晚明也正好看向他，坚定且饱含鼓励，好像在说一句他平时常说的话，做好自己。

孟星高心里稍定，走向屏幕，打开文件的时候突然听到生面孔问他。

"你的方案与刚才的那个雷同吗？"

"完全不同。"这一点，孟星高无比确定，要是雷同，一个小小的未来卫星研究院就不用搞出两支队伍了。

孟星高开始了他的演讲，相比于沈富生全面的论述，孟星高的材料很简单，没有花里胡哨装饰，甚至有些简陋。呈现方式更为直接，目标是1、2、3、4，相应的实现方法是1、2、3、4，这种设计是在什么基础上想出来的，创新点在哪里，方案的可靠性多少，还能怎么改进，改进后如何匹配目标。

孟星高一开始还磕巴了两下，后面越讲越流利。他很庆幸自己的演讲没有被打断，而是按照之前演练的情形，一路顺利地从头讲到了尾。不管最后方案能不能被采纳，孟星高此刻只剩下一个念头，就是抓紧时间将团队成员这些日子的努力尽情展示。

在这过程中，刚才对沈富生方案一言难尽的生面孔慢慢舒展，尤其是在听到孟星高提及长板理论时，露出一丝不易察觉的笑容。

"为了达成降本目标，我们团队采用了轻量化的框架面板设计，可以把原来需要3吨以上的卫星有可能降低到1吨左右，具备一箭双星的方式发射入轨，节省发射费用；另外一方面，让卫星具备自主故障诊断和恢复能力，除成熟软件固件外，其他软件都具备在轨重构的能力，降低故障率，增加卫星的服务寿命……我们的团队成员很年轻，很多离开校园没多久，由于时间关系，我们没有完成所有设计的验证，这部分，还有这部分的设计验证进度为45%，后面可能有较大改进的空间。不过请各位领导放心，如果方案通过，我们有信心可以完成……以上就是我的全部内容，请各位领导拨冗指正。"

"虽然有很多地方不成熟，但整体方案是围绕项目目标来设计的，严格遵守了目标是什么，怎么实现目标的工作方法，态度值得肯定，而不是撇开目标，本末倒置，直接讲述现在可以实现什么，目标应该怎么设。我有一个问题，你的方案中有如此多的新设想，你打算通过什么方法保证可靠性？"

对于生面孔本末倒置的论断，沈富生不以为然，脸上并没有什么情绪变化，他料定生面孔在玩打一棒给个甜枣的游戏，下马威他在过去见得多了，无非就是要摆摆评委的谱，让他意识到整个项目的重要性。生面孔是真的完全认同孟星高的方案吗？沈富生也不觉得，否则不会抛出了制约创新的可靠性问题。航天这样的高投入产业，可靠性和创新性两者之间，沈富生很确定可靠性更重要，而单论可靠性未来卫星研究院里谁又能比他沈富生做得更好呢？

好在孟星高的回答没有叫沈富生看了笑话，他不是为创新而创新，在抛弃不匹配的研发模式的同时借鉴了老一辈的成功经验，用成熟的制造工艺来实现创新的设计。同时，航天卫星工程以成败论英雄，但可靠性的提高不是保证卫星不出问题，而是采用底线思维，为任何故障留有出口，确保地面人员有机会处理，使备份发挥作用。

最后孟星高说道："此外，各位评委，刚才沈工详细阐述了未来卫星研究院保证卫星可靠性的流程、手段及方法，这些同样适用于我们组的这个方案，虽然我们在方案中运用了很多新思路，但本着大胆设想，小心论证的工作方法，我们会运用一切手段来保证项目成功，以及目标的最终实现。希望我的回答能让各位满意。"

沈富生实在太生气了，孟星高最后的致敬还玩起了以子之矛，攻子之盾，这比直接骂自己还难受。

可万万没想到，这样的回答让生面孔感到满意，"真是自古英雄出少年，很幸运这次替许主任拜访未来卫星研究院，能看到这么精彩的一次呈现，回去我一定让许主任放心，说他要求的目标未来卫星研究院有机会达成，期待你们最终的方案。好了，时间差不多了，我就不继续叨扰了。"

生面孔说完推门离去，但所有人都听得出，最后留下的这句话无异于宣布了这场比拼的结果。

"彭院长，不能这么草率啊，这个方案的很多地方还停留在设想阶段，会误导领导的。"沈富生说道。

"你的方案在落地阶段又如何呢？国家不会选一个达不到目标的方案。"彭海从生面孔的态度中，充分了解到，国家定下的目标就是铁律，不容一丝一毫的调整。他无奈地摇摇头，对今天的两位挑战者说道："你俩在外面等下，我和傅总师说两句话。"

沈富生摔门离去，孟星高老老实实在门口等，彭海则把门关上，对傅晚明说道："晚明，对不起，我想我必须为之前的独断专行道歉，在你最需要支持的时候反而添乱了。"

"彭院长，我们花了几个月去证伪一条明知错误的道路，不瞒你说，我气过你，怨过你，你这一插手，确确实实拖慢了我的进度。但连你都不相信我的路子可行，别人也不会相信，所以这条弯路不是完全没有价值，至少让所有人都认可了正确的方向，一条未来卫星研究院最切实可行的道路，就是创新的路。"

"那就好，后面我不再插手了，项目由你全权负责，你想用什么人就用什么人。"彭海说道。

"现在的所有人都很好，你也没选错人。"傅晚明释然地笑了。

几分钟后，彭海离开，傅晚明把最终的决定告知了孟星高。

第二十三章
庆祝一个小胜利

孟星高平时走路很快，没办法，现在看到的太阳是 8 分钟前的样子，比邻星是 4.3 年前的样子，银河系大多数星星，看到的样子是几千万年前的，离得远，解决天上的问题嘛，在地面的人只得争分夺秒。

可是今天，402 号会议室距离办公室的路不过百米，十分钟过去了，孟星高还没有走到。他步履缓慢，尽可能延长回办公室的时间，想要细细体会脚踏实地的真实感，想要细细咀嚼傅晚明最后跟他道的那句恭喜。孟星高的脸冰冷僵硬，身体疲惫不堪，可他内心正在疯狂地庆祝这场来之不易的胜利，锣鼓齐鸣，鞭炮阵阵，欢呼雀跃，以一种无与伦比的隆重仪式。

北斗三号作战办公室一直有人进进出出，门跟着开开关关，透过门缝，孟星高看到所有项目成员堵在那里，焦急地等待着他，也等待着答案。

孟星高以前带过不少卫星研制项目，成员来自未来卫星研究院不同部门，项目成立聚集，项目结束解散，遵从既有的流程，完成特定的任务。项目成员之间是一定时间内的临时关系，孟星高投入专业能力，投入时间精力，唯独吝啬投入私人感情，生怕失了偏颇，影响到客观的判断。

这次不一样，完全不一样，项目成员没有受到任何领导指派，明知道孟星高并无胜算的情况下，义无反顾地选择了他。孟星高心中五味杂陈，他对待同事可以客观、冷静、没有情绪，可对待伙伴，他做不到，负担、庆幸、害怕、感激各种情感搅和在一起，最终化作一句不能辜负。

孟星高站在门口，心中松了口气，好在没有辜负这些人。如果是同事，孟星高愿意多担当一些工作，多担当一些风险，但如果是伙伴呢？看着大家紧张的神情，孟星高破天荒起了逆反心理。钱宇把孟星高当伙伴，所以在孟星高生病躺床上的时候，一边照顾，一边肆无忌惮地吃零食喝饮料给他看。陈墨把孟星高当伙伴，所以在孟星高项目延期时候，一边想办法帮忙，一边催促抱怨。对，伙伴彼此之间能感同身受，所以刚才他站在台上的焦虑不已，等待结局时的担惊受怕，大家是不是最好也一起体会？

这样想着，孟星高脸上的笑容顿时消失不见。

"怎么样？"

钱宇看到孟星高推门而入马上就冲过来，结果被刘建设拽住了袖子，因为刘建设从孟星高的面孔想当然地判断方案汇报失败了。

"大家都回座位吧，别堵着门了。"刘建设怕围着孟星高，他更难受，于是开始驱赶众人。

钱宇从刘建设的反应中猜到结果不好，赶紧安慰道："时间太短了，不然我们的方案还可以更完善一些，要不咱再熬几个大夜，把领导觉得不满意的地方改改再交一次方案，总不可能都不满意吧。"

"是啊，哪里不好你说吧，是不是测试数据不满意。"陈墨一撸袖子，做出一副大干一场的样子。

"咱人少没别人做得全面，可能没有说清楚新技术的可靠性保证。"刘建设也说道。

众人都七嘴八舌地安慰着，开会前来找孟星高的罗一鸣和何书琴却很奇怪，刚才看到沈富生一脸愤怒地离开，现在又看到孟星高愁眉苦脸地回来，到底是谁的方案被采纳了呢？

难以表达情绪的冰块脸成了失败的真情流露，孟星高不解释，默默地任大家反思。直到反思越来越深刻，也越来越离谱后，孟星高才幽幽地说道："你们都知道有这么多不足，还不及早改进，方案汇报通过了才说？"

"这不是时间不够吗？不对，你刚才说什么？通过了？我没听错吧。"钱宇挤到前面来说道。

"通过了。"孟星高又重复了一遍。

"通过了不早说，装模作样。"刘建设说道。

"啊，我们的方案通过了。"钱宇没忍住在办公室嗷了一嗓子，顿时引来一阵侧目。两支比拼的团队都坐在一个区域办公，孟星高通过了，就意味着沈富生的团队失败了。虽然沈富生失败了，但都是同事，今天技术比拼，明天合作共赢，面子还是要给彼此留的。于是大家只好憋着兴奋，忍着笑声，悄声传递着这个天大的好消息。

"我们做到了！"

"天呐，居然赢了！"

……

下班后，除了孟星高，众人乌泱泱地跟着钱宇去庆祝了。如同一场决斗之后的战场，无论输赢都没有人会在这里逗留，总得换个地方庆祝胜利或咀嚼沮丧。才7点，办公室里安静极了，只剩孟星高一个人坐在椅子上发呆，长时间高负荷运转，突然一下松弛下来，整个人像块冰棍，离开冰箱太久化作一摊水，没形了。

孟星高不知道待了多久，电话铃声响起，接通后听到叶筱悠噗嗤噗嗤带着风声说话："师兄，你下班了吗？我在你公司门口。"

"好。"

孟星高顾不上多想，赶紧披上外套往外跑，出了办公楼远远地看叶筱悠手里提着个蛋糕盒匆匆从停车场方向跑过来，一见自己来了，远远地喊道："师兄，生日快乐。"

究竟有多少年没有过生日，孟星高都有点记不清了，反正记忆里唯一的生日蛋糕，还是老家小镇上那种裱花的奶油蛋糕。一个奔三的男人，不好再从别人身上期冀甜蜜的味道了，今天叶筱悠要是不过来，自己八成都忘了生日这个不太重要的日子。

叶筱悠站定，喘气连连，鼻尖上沁出细细密密的汗珠。

"从哪里赶过来的？"孟星高递过去一张纸巾。

"从家里过来，师兄给，我自己做的生日蛋糕，干净卫生，你拿去和朋友同事一起吃吧。"叶筱悠把蛋糕盒放在孟星高手上，慢慢转身，要走不走。

今天下午叶筱悠做蛋糕的时候心里有点慌，她不知道一声不吭地突然送个蛋糕过来，没名没分的，会不会给孟星高带来困扰。所以，叶筱悠心里做好了送不出去的准备，5点不到她就已经在未来卫星研究院的门口等着，如果孟星高和同事一起出来，大概率是要出去庆祝，那她就默默回去一个人把蛋糕吃掉，如果孟星高一个人出来，那就上去把蛋糕给他，顺便把祝福也送到。结果等啊等，叶筱悠看到钱宇、陈墨和其他不认识的人开开心心地下班，唯独没有看到孟星高。又等了很久，还是没有看到熟悉的面孔，叶筱悠有些担心，才拨通了电话。

叶筱悠转身的瞬间就后悔了，开始她只是想送蛋糕，现在还想要和他一起吃蛋糕，如果吃了蛋糕还想和他一起待会，人就是贪心不足蛇吞象，一个愿望实现了，又会有新的愿望，永远不知足，有点嫌弃自己。

"筱悠。"

"嗯？"叶筱悠回眸，殷殷期盼。

"要不要一起吃。"

"嗯！"

叶筱悠问孟星高想去哪里庆祝，孟星高脱口而出学校。叶筱悠把车从停车场开过来，载上孟星高一路疾驰而去。每一个高校都有一个湖，可以叫情人湖或是什么别的湖，但名字完全不会影响单身男女夜晚无人打扰时过来说悄悄话。半小时后，两人已经静静地坐在湖心亭里。

孟星高小心翼翼地拆开蛋糕盒，若非亲眼所见，他都不知道蛋糕还可以如此逼真精美。盒子里躺着一个半球体，深浅不一的灰色奶油涂成月球表面，坑坑洼洼遍布各种陨石坑，正中的凹处叶筱悠说是第谷环形山，形状按照片复刻。一面小小的国旗插在上面，旁边还放了个宇航员的塑胶模型。

叶筱悠将发丝别在耳后，弯腰点燃了一根蜡烛，一点儿微光亮起来，小小的水晶耳坠轻晃，折射出七彩光线，全落在她白皙的侧脸上。

"许个愿吧。"叶筱悠眉目全是温柔。

"嗯。"

孟星高紧闭双眼，叶筱悠脸上七彩光没有消失，红是红，黄是黄，绿是绿。孟星高在眩光中迷失，蜡烛都快燃尽，心里却一个愿望都想不起来。最大的愿望加入北斗三号项目已然达成，最终全球导航系统的成功孟星高想凭双手，不想用生日愿望实现。蜡烛就要燃尽，叶筱悠忍不住小声催促，要不然，眼前的人这么温柔，就希望她被世界温柔以待吧。

一轮孤月从天空俯视人间，往下倾倒了一层银，微风袭来，吹皱了湖面，吹碎了月光，和两人一起把小小的蜡烛忽地吹灭了。最近的光源远在湖岸之上，蜡烛一灭，视线昏暗，两人突然没话了，安静地各自吃了块蛋糕。

蛋糕吃完没事可做，两人原路返回。时间已经进入深秋，霜降之后又下了几天几夜的雨，一场秋雨一场寒，天气骤然变得很冷。大路两旁种了许多梧桐树，干枯的树叶风一吹雨一打全落在地上。秋天萧瑟，金灿灿的落叶是校园最鲜亮的色彩，学生向校方极力挽留，清洁工只好把落叶扫到树下，大堆小堆，小山似的。

两人一左一右并排往前走，孟星高话少，相处的时候叶筱悠也不是总能找到话题，于是故意走到树叶上，用力踩出咯吱咯吱的声音，正好做相对无言的背景音。这时，孟星高来了个电话，说家里的事，一着急脚步就快了，把叶筱悠落在了身后。等挂了电话，孟星高才发现一旁没人，回头瞬间，一大把梧桐叶从头上纷纷扬扬落下，原来是两个学生在拿落叶互撒打闹，撒偏了，风一吹全落在孟星高身上了。

叶筱悠一看孟星高吃了亏，本能让他捧起落叶朝始作俑者扔去。两个学生刚才还在互相攻击，一看有外敌入侵，马上结成联盟奋力还击，互不认识的三个人就笑着闹着玩了起来。叶筱悠冲冠一怒为孟星高宣战，孟星高却在一边袖手旁观，眼前的梧桐树枝干粗壮，向深蓝的天空恣意延展，衬托得所剩无几的树叶孤立无援，瑟瑟发抖。打闹声又震掉几片叶子，其中一片叶子不偏不倚地落在叶筱悠头上，像顶黄色的瓜皮帽，孟星高觉得怪好看的。

"投降，投降，跑不动了。"叶筱悠终于寡不敌众，气喘吁吁地扶着一棵树。

"姐姐，今天先放过你，改天再玩。"穷寇莫追，两人果断地停战。

"行，明天放学别走。"手下败将叶筱悠嚣张地留下一句话。

"不走，不走。"两人回头喊道。

叶筱悠抖抖身上的叶子，孟星高过去帮她把头上的叶子拿掉，偷偷揣到兜里。

叶筱悠懒得问孟星高为什么不加入战斗，以前在学校的时候也是这样，孟星高被其他人找碴，从来站出来反击的人都是叶筱悠，而他孟星高根本不在乎，既不在乎别人的恶意，也不在乎自己的好意。

不符合年龄的小打小闹结束了，叶筱悠开车送孟星高回去，孟星高在短短一天内，被紧张、焦虑、狂喜、幸福等各种剧烈的情绪来回折腾，一上车就倚靠着窗户，在舒缓的音乐中，意识渐渐模糊。

孟星高觉得身躯变得轻盈，飘飘然越过山川大海回到了家乡，云雾笼罩着一片无边无际的麦田，麦子在以一种肉眼可见的速度生长，清风拂过，沉甸甸的麦穗像波浪一样朝一侧翻滚，压弯了麦秆，儿时的玩伴、老师同学，还有乡里乡亲都出来了，就在田埂上欢呼追逐，欢声笑语。就在此时，世界翻转坍塌，那些金灿灿的麦子，那些熟悉的脸盘，都在一瞬间被泥土掩埋。突然，泥土中伸出一只苍白的手，往上挣扎着，孟星高冲过去，想要挖出来，一会用木棍刨，一会用指甲挖，一下用勺子挖，就是找不到趁手的工具，越挖那只手越往下陷，一个声音幽幽飘过来，救救我，救救我，声音不断地重复在耳边萦绕，孟星高更着急了，抓起那只手就要往外拽，用尽了全身的力气也拉不动，为什么拉不动？

等车都到了公寓楼下，孟星高还没有醒，叶筱悠也没有叫醒她，手肘撑在方向盘上，歪着头看孟星高的睡颜。天已经完全黑透了，外面的路灯斜斜地透进来，像一笼温柔的薄纱，将沉睡的人衬得如同大理石雕像一样光滑。孟星高睡得很不安稳，整个人蜷成一团，额头上布满细密的汗珠，不时不舒服地抽搐一下。叶筱悠没有见过这样的孟星高，平时那么坚强的人，现在脆弱得像一只受了伤的兽，让人心疼。

叶筱悠从包里拿出一块白色的手帕，想要轻轻拭去他额头上的汗，手帕才接触到孟星高的皮肤，孟星高突然一下子握住了叶筱悠的手，像是抓住了一根救命稻草，死命往怀里拽，怎么也不肯放开。这一接触让叶筱悠浑身都僵住了，一动也不敢动，就这样让他抱着。过了一会，孟星高好像意识到哪里不对，倏地松开了握得有些出汗的手，用睡眼惺忪的眼神失焦地看着叶筱悠，两个人就这样距离很近地对视了好几秒，这几秒孟星高的脑子是阻塞的，感觉世界季节错乱，昼夜颠倒，钟表又快又慢，仿佛时间停止又仿佛时间飞逝，车外街道的嘈杂声消失了，耳蜗里尽是心跳紊乱的节奏。

"到了。"叶筱悠说道。

"嗯，到，到了？我睡着了啊！谢谢你送我回来。"孟星高突然结巴了起来，然后呆呆地下了车。

居然就这样走了，叶筱悠心底浮起一丝失落感，正打算开车离开，发现那个下了车的孟星高还立在外面。叶筱悠奇怪，按开车窗，问孟星高怎么还不回去。

"我看着你走。"

这个回答算及格吧，叶筱悠心里美美地离开了。

第二十四章
老瓶新酒

　　这是沈富生度过的最长的一个夜。

　　他倚靠在沙发上，背后是一整面墙的书籍杂志，离他最近的那一格放置的是他署名的书籍或刊物，全部是他过去辉煌成就的证明。沙发距离书柜不足一只手臂的长度，是他触手可及的距离，可是现在沈富生感到浑身无力，根本抬不起手臂去触摸。

　　沈富生捏着根香烟深深地吸了一口，他问自己，难道科研工作者也会像演艺明星那样过气吗？不是说医学上年龄段的划分，18 岁到 60 岁都是青年人。不是说，只要保持激情，男人至死是少年。如今沈富生才刚过 50 岁，昨天之前还是未来卫星研究院顶梁柱，昨天过后，所有的目光都在暗示他退位让贤。

退位让贤给谁，当然是给明天的太阳，给朝气蓬勃的年轻人。沈富生也曾年轻过，当年他的锐气，比站在台上把自己杀得片甲不留的孟星高有过之而无不及。沈富生出身贫寒，背景普通，就业分配到一个三线城市的小研究所，做着边缘的行政助理岗位。年轻的沈富生抓了一手的烂牌，完全挡不住他想要打出王炸的心，他渴望从更大的平台起飞，成功成名成为国家最好的科技人才。为此，他努力过，抗争过，只是新兵蛋子，人微言轻，沈富生换一线研发岗位的申请被单位反复驳回，一封封写往其他大研究所的调动申请，也如泥牛入海杳无音信。

沈富生没有放弃，他很快找到了曲线救国的方法。这个小研究所级别不高，地处边缘，上面分下来的项目大多不重要，交付的质量好不好，有没有理论沉淀，对大局实在无关紧要。久而久之，小研究所的员工没了心气，端个铁饭碗，工作能推就推，不能推敷衍了事。老员工总是一副过来人的样子劝沈富生，工作是国家的，身体是自己的，拯救世界那都是英雄的事，咱这么小的研究所影响不了国计民生，别太当真。沈富生火冒三丈，顿时感觉人格受到了侮辱，对于一个愿意为科学奉献终生的人，真理是真，真相是真，工作如何能够不当真。

于是，沈富生成了这个小研究所里最特立独行的人，别人上班喝茶看报，他刻苦钻研，别人下班打牌热闹，他带资料回去学习。老员工欺生，把分给自己的任务直接丢给他，沈富生来者不拒，欣然接受，挂着行政助理的头衔干着研发工程师的事。就在所有人嘲笑沈富生傻气之时，外部专家前来巡视，沈富生作为行政助理协助接待，端茶倒水的当儿插上了话，并对专家们的提问对答如流，甚至还不动声色地表达了不少前瞻性的观点。巡视组的专家离去之时，评价这个偏远的小研究所卧虎藏龙，所有人都知道这虎这龙与他人无关，不过就是沈富生一人。

之后，沈富生被领导另眼相看，成了这个小研究院的中坚力量，而幸运终于降临到他的头上了。20 世纪 80 年代初，国家将多家科研单位重组成北方航天工业集团，沈富生所在的小研究院就是其中一家。沈富生摇身一变，成为北方航天工业集团员工。重组后的北方航天工业集团对新加入的员工进行面试，沈富生看到了一个熟悉的面孔，就是上次与自己侃侃而谈的巡视组专家。面试结束后，沈富生得到赏识，顺理成章被安排到了重要的工作岗位上，而当年嘲笑他傻的人因为人浮于事被迫调离了科技岗。

沈富生没有扬扬得意，反而更加勤奋，多年的冷板凳经验让他厚积薄发，在结构力学上取得突破性的成果，发表了多篇含金量极高的科技论文，成为北方航天工业集团最年轻的科研领军人物。

那是沈富生过去最高光的时刻，北方航天工业集团为他举行了隆重的授奖仪式，红毯、鲜花、掌声，一样不少，领导亲自下来将他请上了台，在所有人的面前说着溢美之语。沈富生记得现场的每一个细节，唯独快忘记了当时的发言稿。夜色深沉，最适合翻找记忆，沈富生努力回想，当时自己是怎么说的来着？哦，想起来了，最后那句令所有人掌声雷动的话，他说创新就是科研人员的生命线，站在巨人的肩膀上也要踮脚向上。

说得真好，现在的沈富生都想给过去的沈富生送去由衷的赞美。可是为何现在会变成这样，来未来卫星研究院十年，自信什么时候变成了自负？经验什么时候开始阻止创新？改变不是一瞬间完成，一切发生在潜移默化之中，沈富生想了很久，可能是老前辈对自己指点江山的言听计从时，可能是年轻人拿着方案求自己批评时，一次又一次的褒扬像糖衣炮弹，把自己的初心给击碎了。

当未来卫星研究院获得北斗三号参与资格的消息传来时，沈富生的心情很复杂，一方面他为未来卫星研究院迎来出头之日而高兴，觉得当初的选择和经年的努力没有白费，一方面沈富生很不服气，他自认对未来卫星研究院的历史贡献最大，顿时生出前人栽树后人乘凉的委屈来。凭什么是傅晚明担任总设计师，自己的资历比傅晚明还要多几年。好，退一万步讲，就算傅晚明能力有目共睹，沈富生还能忍忍，孟星高又算老几，居然也在自己面前班门弄斧。于是，沈富生的态度就别扭起来，在各个方面和傅晚明较劲，百般刁难，指东打西。他不顾项目进度，甚至期盼延误到某个时候，他英雄般地出来力挽狂澜，如同当年未来卫星研究院成立之初，自己是唯一的救命稻草，重现众望所归的盛况。

沈富生思及此，只觉羞愧万分，现在他不是一个优秀的科学家，甚至不是一个优秀的编剧，这样盼着别人倒霉的反派思维怎么可能赢得最终的胜利。原来，他不是被孟星高打败的，是过去的自己把现在的自己打败了。

想明白所有事的沈富生站在阳台上往外看，路灯早已熄灭，路上没有车辆，整座城市轮廓模糊，隐在缄默的黑暗里。夜凉如水，薄雾缥缈，如絮如纱，被一股莫名的力量牵动着，在钢铁丛林的缝隙间涌动，没头没脑地不知往何处去。太阳应该需要挣扎一阵子才能出来，东方天际隐隐发白，这么一丁点天光在深蓝的苍穹里显得势孤力薄。

沈富生深呼吸，顿时像嚼了一颗薄荷糖，凉气直通脑门。他惊讶地发现用一晚的时间去反思人生路上的错误绰绰有余，而之前那么多个夜晚，怎么就白白浪费了呢。如果，可惜没有如果，否则他又何须面对这等难堪，一个行业专家最应该避免的，就是难堪。

第二天，沈富生快快地去找傅晚明，说这次心悦诚服地退出北斗三号项目组，把空间留给年轻人发光发热，哪怕这样会没有面子，哪怕会变成未来卫星研究院的笑柄，他也要这样去弥补自己的错误，绝不尸位素餐。

"我不同意你退出。"傅晚明这样说道。

"傅总师，你说什么？"沈富生一夜未眠，耳鸣得厉害。

"我说我不同意你退出。"傅晚明又重复说了一遍。

沈富生听清楚了，也更糊涂了。上次他欲拒还迎地退出时傅晚明并没有挽留他，甚至连个台阶都没有给他留，就那样让他直接离开。可现在，他知道错了，真心实意地退出，傅晚明又不同意了。前后反差太大，一切太不真实，但傅晚明真诚的目光却又不像要羞辱他。

"如果可以，我希望你留下来，和大家一起将北斗三号全球导航系统建成。"

"可事实已经证明，我的方案太过传统，并不满足国家的要求。"沈富生说道。

"思维是过于传统了，但经验永远不会过时。丢下思想包袱，重新披挂上阵，我这次也是真心诚意代表未来卫星研究院北斗三号全球导航项目组诚挚地邀请你。"傅晚明说道。

"真的吗？"沈富生不太确定地问道。

"邀请是真的，但对你的要求也是真的。如果是一个常规项目，你的方案就是我也挑不出什么毛病。你没有通过的原因不是方案不严谨，而是方案太严谨了，任何的改进的可能性都被扼杀了，以至于没办法优化达到最终目标。相信你也看得出来，孟星高的方案不够好，却有足够的创新和可能性，有机会实现国家的战略，并对欧美国家的技术实现弯道超车。但航天工程非赢即输，他们缺乏项目经验，并不清楚如何用成熟的工艺实现创新的技术，这一点上你是未来卫星研究院首屈一指的行家，能不能留下来帮帮大家？"傅晚明说道。

帮帮大家也是帮帮自己，哪里犯的错就在哪里修正，这样的解决方式是沈富生最好的选择，他毫不迟疑地点头了。

第二十五章
恩怨尽销

当大家认定心高气傲的沈富生昨天离开了就不会回来时,沈富生和傅晚明一同出现在会议室。傅晚明将之前的方案比拼当作寻找正确方向的探索,现在已经找到了,无论之前大家有多少分歧,都要放下心结,同心协力朝一个目标冲。沈富生为之前的自负道歉,并表达了对新研发模式的拥护和攻关的决心。

趁热打铁,傅晚明把基于功能链的导航卫星系统工程研发模式第二次隆重推出,并顺势按照新方案四大功能链进行项目成员分组。孟星高分到载荷功能链并成为负责人,解杰和余行健分到了电子学功能链,刘建设分到了控制功能链,沈富生和钱宇被分到了结构热功能链,陈墨和其他几人回归项目线，穿插几个功能链，负责整体调度，其他人也一个不落，各归各位。

新的团队就此组成，大家对新的位置和组织十分满意，除了结构热功能链。原因还是沈富生，之前的老成员将比拼失败归咎于他，合并的新成员还没忘记他之前的趾高气扬。

沈富生一说话，下面的何琴书已经翻了个白眼，没办法，谁叫沈富生以前说人家墙头草。沈富生想说个反对意见，尽管用了好几个谦词，刘建设和钱宇还是忍不住打断了他的话头，还是没办法，谁叫沈富生叫人家"老弱病残"组队。过去所有攻向别人的箭矢，一个不落，原路返回了。

"大家别这样，比拼已结束，现在我们是一个大团队，工作一定要客观，放下成见。"

傅晚明苦口婆心地劝导，但心结不是物品，一声令下说放下就放下，就是傅晚明不能强行要求大家马上对沈富生改观。沈富生心里不好受，实属自作自受，也只能等时间去消化了。

这天，沈富生在会议室里拆解结构热功能链的任务，他把此前孟星高和钱宇做的方案投在屏幕上。

"根据降本增效的目标，我们想要采用一箭多星，直接入轨的发射方式，这样会使得卫星在发射入轨过程中较长时间处于低热功耗状态，温度容易偏低。咱需要综合考虑外部热环境条件、运载上面级约束和自身主动加热措施，从而既保证卫星设备达到相应的工作或储存温度水平，又节约蓄电池供电量。这个地方我认为传统方式还是有一些地方可以借鉴的……"

本来说得好好的，一提传统方式钱宇火了，突然站起来说道："沈工，既然咱已经决定采用新方案，拜托你就不要一直往旧的道路上引了。"

钱宇对沈富生的不满，导致他完全没有办法就事论事，只要是对孟星高方案的修改，他的脾气一点就着。

"小钱，你误会了，不是走传统的路线，我只是想调整原子钟板热设计，综合运用被动热控措施和精准控温的主动热控措施实现温度稳定性的指标要求。"

沈富生恐怕近十年都没有这么低声下气地向一个年轻人解释了，可惜钱宇哥们义气起来，完全听不下去。沈富生只好散会，决定自己把解决方案做出来，再跟大家摆事实讲道理。

孟星高今天准时下班，遇到等电梯的人多，好在楼层不高，于是他从安全出口进入，打算走楼梯下去。才下了一层，就看到了沈富生搭着扶手，背对着自己坐在满是灰尘的楼梯台阶上。

孟星高知道沈富生最近不好受，大家都还没有从比拼前的对抗氛围中脱离出来，估计朝他撒气了。但沈富生是何许人也，未来卫星研究院的元老专家，过去人前人后都是光鲜模样，如今这样落寞，估计是没地躲了才来这楼道里坐着。自己要是当面戳破，多尴尬啊。于是孟星高转身想要推门离开，结果安全出口鲜有人来，门铰链生锈了都没人换。一阵咔咔怪响，在安静的楼道里格外刺耳。

沈富生听到动静，循声望去，正好和孟星高四目相对。事已至此，孟星高不得不硬着头皮走下来，并排坐在沈富生旁边。

"那个，沈工，你也是嫌电梯人多走楼梯啊。"孟星高实在不是什么能掩饰尴尬的能手，这寒暄说了还不如不说。

"对不起，小孟。"此刻，沈富生已经卸下过去尖锐如刺猬的铠甲，露出孟星高从未见过的脆弱。

孟星高没想到沈富生会跟自己道歉，想要安慰几句，又想起沈富生的嚣张模样，看不上自己就算了，反正孟星高也不在乎，但对钱宇等人的冷嘲热讽，孟星高实在咽不下这口气。孟星高可以骂沈富生倚老卖老，骄傲自满，可不能否定沈富生的能力及以前对未来卫星研究院的贡献，毕竟过去，未来卫星研究院没有人愿意来的时候，沈富生什么好处都没要，离开家人跑过来支持，就像钱宇他们，明知道胜算不大，依旧义无反顾地加入自己团队。

"今天开会的事，钱宇和我说了，我仔细看了下，确实是我们考虑不周，您指出的地方很对，我们受教了。唉，我气是气，但我原谅您了，不是因为您经验比我多，而是我知道，您考虑的从来都是自己能给未来卫星研究院带来什么价值，从来没有想要跟未来卫星研究院要什么。"

沈富生突然有点鼻酸，他知道他性格不好，大家问他意见是看得上他的专业能力，不是喜欢他这个人。这些年别人对他的评价并非没听过，有人表面敬重，背地里说得也不好听。沈富生不敢奢求别人去尝试了解自己，没想到到了这个时候最了解自己的人，竟然是这个毛都没长齐的孟星高。

"我不知道你年纪轻轻也听得进我的意见，早知道，一开始的时候我们就好好合作，唉，何必弄成现在这个样子。"沈富生说道。

"沈工，现在也不迟，请您现在就好好指点我，到底原子钟板热设计要怎么弄？"孟星高说道。

"我跟你说，我们可以在安装板预埋热管一侧布置若干路主动控温回路，采用高精度控制算法对各加热回路进行闭环控制，保证原子钟辐射板温度平衡在设定的工作温度点上……当温度偏差处于控温阈值之外时，采用直接开关加热控制，当温度偏差进入控制阈值区域时，才开始高精度算法控制……"沈富生说起专业领域也是一时半晌停不下来。

"沈工，停停停。"孟星高说道。

"怎么，你也觉得我说的办法太传统？"沈富生有点没信心地说道。

"不是，沈工，这个台阶太硬了，屁股疼。"

"要不，咱明天说。"

"行。"

"走。"

孟星高起身，对沈富生伸出一只手，沈富生犹豫两秒钟，就借力站了起来。

孟星高嫌弃地看着自己的裤子，离开沈富生一步，啪啪拍着上面的灰，"我说沈工，咱以后不高兴，换个地方坐行吗？看这一屁股灰。"

"行行行，你们年轻人真是穷讲究。"

第二天一早，孟星高和沈富生有说有笑地走进办公室，这画面太不和谐了，大家都瞬间忘了今夕何夕，以为太阳从西边出来了。

"这里你设计得不安全。"沈富生说道。

果然，沈富生还是找碴的时候看起来正常，之前装模作样太叫人不适应了。

众人面前，孟星高虚心表示接受，"沈工，之前方案比拼的时候，您提及中国航天成功的经验之一是定型思维，产品要在技术状态上固化，设计定型后进行试生产，在这个过程中改进和固化，最终固化之后就不要轻易改动，以保证批量产品的稳定性。这就是为什么我国卫星这些年发射成功率高。我们能不能把这个定型思维泛化，就是不要要求产品固化，而是要求工艺、生产过程、试验方法等这些固化，兼顾创新和稳定性？"

"你的意思是不是这样，国家要求提高自研比例，举个例子我们过去用的进口元件，现在如果改成国产元件，我们固化选型标准，把原来可靠的元件分解到指标，然后找到合适的国产元件？你的意思是创新的技术结合成熟的工艺标准来生产可靠的产品？"沈富生问道。

"对对对，旧瓶装新酒，不拘哪个产商，只看度数和口感。"孟星高说道。

"行，我试试。"

沈富生也不迟疑，直接在白板上写写画画起来，敏感器、执行器、推进产品上面写个型谱化产品，测控、能源、时频上面写个迭代。孟星高看了看，又在迭代旁写上总体电路。钱宇好奇过来看看，把热控产品归到型谱化产品一侧。这边讨论得起劲，陆陆续续有人被只言片语吸引了过来，你添一笔我添一笔写得满满当当。能看全局的人不多，但到部件级，每个人至少是一个细分领域的专家，讨论起来分歧自然也不少，不是你把我画掉，就是我把你画掉，着急了说气话，抢马克笔，但这次谁也没往心里去。

不久后的一个上午，沈富生踏进办公室，罗一鸣和何书琴站在那里问道："沈工，我们有个问题可以请教一下吗？"

沈富生突然有种久违的感觉，在视线模糊前，他赶紧应道："等我一分钟，接杯水就来。"

科研人员其实挺简单的，会因为一个细节吵得面红耳赤，更会因为一个共同的目标又和好如初。

第二十六章
这样也很可爱

内部比拼统一了思想后，未来卫星研究院以一种全新的模式推动着北斗三号项目的进展。但这么一折腾，留给未来卫星研究院的时间就不多了，与北方航天工业集团方案最终评审的日子进入百天倒计时。

所有人忙得脚不离地，恨不得一天能有48个小时。按照项目组公认的说法，忙也是分等级的。第三级，没时间恋爱；第二级，没时间打游戏；第一级，没时间睡觉；最高级，钱宇没时间弄发型。现在，每个人的神经都已经到了崩溃的边缘，钱宇蓬头垢面地趴在桌子上哼哼唧唧，说科学的发展影响了人类的繁衍，这样下去他都找不到女朋友，要做一辈子单身狗了。

孟星高更是离谱，吃饭睡觉都掐着表，更不要说别的了。自从那次叶筱悠开车送孟星高回家后，两人就没有再见过面，仅剩网络上个把星期一次的问候。

这天，孟星高的父母突然邮寄了一箱野生菌过来，这种食材难以获取也不好存放，需要尽快食用。孟星高马上要跟着傅晚明去北京参加方案评审，不知要出差多久，寻思着把这箱野生菌给叶筱悠家送过去。

孟星高给叶筱悠打电话，是叶筱悠的母亲接的，道明来意后，叶母把地址告诉了孟星高。这是孟星高第一次来叶筱悠的家，地址是市中心的一个老弄堂里。如今的城市地价高企，市中心楼房越盖越高，一座赛一座地将顶探入云霄，也就只肯为这些历史悠久的老式建筑留立足之地了。街角一转，孟星高像是跨过时光的界线，锃光瓦亮的反光楼宇变成了红色的砖，青色的瓦，严丝合缝的落地窗变成精雕细琢的木框，五颜六色的玻璃，路也狭窄，树更年长，处处都是年代痕迹。若是散步，孟星高会很喜欢眼前的曲径通幽，但若是寻人，门牌太乱，地图失效，孟星高在同一个地方几进几出，愣是找不到叶筱悠家。

当孟星高刚要放弃劳而无功的乱窜时，他远远地看到一个穿着白色宽松衬衣的女孩，她一头蓬松的卷发，正在教育一个同样卷发的小男孩，看来是气急了，揪着小孩的耳朵狠狠拧了一下，问他知道错了没有。小男孩做了个鬼脸，说了句不知道就跑了。得到否定的答案后，女孩旋即卷起手袖恶狠狠地朝冲小男孩追去。没想到这小男孩斗争经验丰富，直接朝孟星高冲过来，然后转弯躲在他身后，让追过来的女孩差点撞到孟星高手上的箱子。

猛一抬头，孟星高明白了为什么刚才觉得眼熟，因为这种眼熟并非来自现实，而是记忆，是伴随 *Yesterday Once More* 音乐的那种记忆。他惊讶地问道："筱悠，你的头发怎么变回来了？"

以这样狰狞的面目出现在孟星高面前，叶筱悠也着实吓了一跳，连忙捂住头发不敢抬头。

这时小男孩伸头出来问孟星高："你是我姐的男朋友吗？兄弟，这样的母老虎我劝你三思。"

这下叶筱悠也顾不上形象，一把抓住小男孩狠狠地揍了几下，然后头也不回地拖着小男孩朝家走去。

孟星高抬着箱子看着两人拖拽着走出一条S形曲线，忍不住笑出了声，这才是叶筱悠本尊。如今她长发披肩，面前一副含羞带怯，小心翼翼的模样，孟星高都快忘记了那个头发张牙舞爪，在别人面前大义凛然，一身正气地维护自己的女孩子。

孟星高跟到门前，门关了，几分钟后门又开了，才一会的功夫，重新出现的叶筱悠已经变身，戴上一顶帽子，把头发遮得严严实实，然后用温柔的声音请孟星高进门。

孟星高晚上要赶飞机，放下东西小坐一会就要走，这时被关在房里的小男孩不知道怎么又逃出来了，对孟星高说："兄弟，江山易改本性难移，你和她只是相处几天，而我却是好几年，听我一句劝，你的女人好几副面孔，你别被她骗了，赶紧分手保命。"

叶筱悠朝小男孩举举拳头，然后微笑着送孟星高出门，两人又沿着来时的路往外走。

"谢谢你送东西过来。"从见面到现在，叶筱悠脸上的尴尬都没有退却。

"不客气，不是什么贵重礼物。"

说完这句，两人又陷入了沉默，快到弄堂出口的时候，孟星高又说道："你还是以前的卷发更可爱。"

"什么？"叶筱悠难以置信的看着孟星高。

"我说你以前的卷发很可爱。"孟星高又重复了一遍。

"你知道吗？我是自然卷，每天要花很久的时间拉直头发，在家懒得弄才会这样的。要是你喜欢卷发，我就不用这么辛苦改变了。"叶筱悠撇撇嘴抱怨道。

"我喜欢就不变吗？"孟星高明知故问。

"嗯？"叶筱悠觉得哪哪都不对了。

孟星高坐在回去的出租车上，想想又笑出声。和重逢时那个优雅温柔的淑女相比，以前的叶筱悠实在是太鲜活了，太有趣了。

如果说上次未来卫星研究院内的比拼是一次模拟考，这次北上和北方航天工业集团的方案比拼就是名副其实决定去留的大考。

"进去吧。"傅晚明用最轻松的语气对身后的孟星高和沈富生说道。

距离开会还有十分钟，会议室已经坐满了人，坐在中心位置的正是中国卫星管理办公室主任许凤祥，此刻他正气定神闲地端着搪瓷杯，吹开漂过来的残叶，伺机而动地喝上一口。而旁边是导航系统项目立项以来，从北斗一号、二号和现在的三号，一直担任工程大总体负责人的陈家鸿教授。陈家鸿教授在航天口是个无人不知无人不晓的人物，现在在航天各岗位担任要职的领军人物，无一不深受这位教授的影响。

傅晚明坐到有自己名牌的座位上，孟星高和沈富生没有专座，在他身后找了个不显眼的位置坐下。

"他就是陈家鸿教授吗？"孟星高悄声问沈富生。

"对，他就是能决定北斗三号技术走向的人物，大总体负责人。"

孟星高一听大总体三个字，心中生出满满的崇敬之情。航天领域的人都知道，大总体是工程建设的神经系统，它就像一支部队的指挥机关，要为最高指挥员出谋划策，贯彻作战思想意图，制订各种训练、作战计划，并调动部队执行作战任务，是决定部队能否打胜仗的极为重要的一环。北斗卫星导航系统要打的更是一场前所未有的大战，涉及卫星、运载火箭等数个系统，有三百多家单位、数以万计的科研人员参与建设。陈家鸿作为北斗工程大总体负责人，他是怎么做到眼观六路，耳听八方的，在绘制整个北斗系统的发展蓝图的同时，又深入到工程建设的每一个阶段，处理成千上万的环节，孟星高光想想就觉得很头疼了。

会议室里不少人看向陈家鸿教授的目光，都如同孟星高这般崇敬有加，但陈家鸿教授像对待他人生中的任何一场会议，墙上时钟的秒针刚一触碰正中，便准时开启。

"感谢中国卫星管理办公室的信任，感谢北方航天工业集团和未来卫星研究院的同仁，今天我们济济一堂，把这件关系国计民生的大事定一定。我是总体工作的负责人，各位是真正落地的负责人，大家有这样那样的难处我知道，但所谓总体，就是要用最可靠的技术、最小的代价、最短的时间、最有利的配合、最有效的适应性和最有远见的前瞻性，制订出最可行的方案，保证获得最好结果。为了这个目标，今天各位的方案陈述过程中有任何的问题，我都会直言不讳地指出，敬请谅解。"

严苛的基调定下后便到了方案陈述的环节，北方航天工业集团的项目负责人李庆祝大步走上讲台，开始了方案的陈述。作为北斗一号、二号项目的实施方，北方航天工业集团有着未来卫星研究院所没有的经验积累，对于项目细节的把握可谓吹毛求疵。这一点让沈富生更加羞愧，之前他在孟星高面前沾沾自喜的那点经验，在这里完全不够看，天外有天，人外有人，自己当初以为没有什么值得学习的地方，已经优化到如此地步了。

孟星高这时也被北方航天工业集团方案的完整性打动了，老牌集团那种战车般的整体实力确实国内航天领域找不到第二家。这可能就是北方航天工业集团还在北斗二号组网还未完成，各种型号任务紧张的情况下，能够抽出精兵强将进行北斗三号研制的原因，强大的平台能力，多资源整合能力，这些都是未来卫星研究院无法比拟的。想到这里，孟星高更加佩服傅晚明，和北方航天工业集团拼整体实力，未来卫星研究院真的没有任何胜算。

北方航天工业集团的答疑环节中规中矩，老牌集团是不会抛出有疑问的方案，而李庆祝已经修炼成千年的妖怪，什么场面没见过，兵来将挡，水来土掩，有问必答，没有提问还能自问自答。

接下来，轮到傅晚明上台展示奇兵了，"新一代北斗导航卫星，要求重量大幅减少，达到一千千克以下小卫星标准，而且性能还要大幅提升，导航定位精度更高、工作寿命更长、可靠性更强，并且完全自主可控。这相当于房子越建越小，但房子要越来越牢固，容纳的人要越来越多。能不能做到呢？我们未来卫星研究院的答案是，可以。"

孟星高在下面听到这声可以，身体里的血液都在沸腾，为了这个"可以"，整个团队上上下下夙兴夜寐，最后才有现在屏幕上的展示。

当傅晚明将过去需要的二十四台计算机，变魔术般浓缩为一台，星载计算机的重量、故障率、能耗等，几乎呈现几何级的减少。陈家鸿教授的眉心一跳，与北方航天工业集团死抠到每个螺丝钉的细致相比，这个方案好大胆，大胆得叫人肾上腺素飙升。

紧接着讲到卫星的结构，经过一段时间的打磨，孟星高原有方案又得到了更全面的升级。"按研制卫星的惯例，卫星外形都选用正方体，飞行姿态采用'竖着飞'。可如果我们要实现新一代北斗卫星是一吨以下的小卫星，功能要求非常高，功率也会水涨船高，高达两千多瓦，采用面面相同的正方体外形，根本无法解决散热问题。为了解决这个问题，我们将卫星正方体外形改为长方体设计，把'竖着飞'变成'横着飞'。这样一来，卫星几个面表面积有所不同，让较小的面对着太阳，较大的面作为散热面，有效减少热辐射并提高散热速度；'横着飞'则把表面积最大的面作为对地面，使卫星装载更多导航天线，以提高卫星信号发送、接收效率……"

一个又一个100%的颠覆，未来卫星研究院今天着实叫所有人心惊肉跳了。

第二十七章
不如你们首发

傅晚明讲解完毕，答疑环节比北方航天工业集团热闹多了。

"大幅缩减计算机等部件，如何保证卫星平稳运行？"

"这种形状的卫星，最不稳定了，如何保证卫星的刚度？"

"超过 30% 的新技术运用，如何解决可靠性问题？"

……

对于这些疑问，孟星高为傅晚明做好了准备，把一系列验证、仿真数据一一展现在屏幕上，顿时会场陷入了窸窸窣窣的讨论中。

面对两个同样出色的方案，许凤祥喜出望外，更加坚信引入多一家科研机构的正确性，竞争果然是凝聚力量的黏合剂，此前对于目标不给准话的北方航天工业集团做出了满足目标的方案，而新进入的未来卫星研究院不甘心只完成鲇鱼的目标，直接给整个项目注入创新的活力，现在不是接近欧美国家的能力，而是有机会赶超世界一流水平。

北斗三号究竟花落谁家不是一个会能定下的，接下来更高层面的研讨频繁进行，傅晚明带着孟星高和沈富生在各个会议上反复澄清方案，奇怪的是，暴风骤雨似的质疑经受得越多，几人的思路越发清晰，应对越发游刃有余起来。

终于，一个月后的决策会上，中国卫星管理办公室主任许凤祥正式宣布了，北斗三号将由北方航天工业集团和未来卫星研究院共同承接，其中三分之二的组网星由北方航天工业集团旗下的两个研究院完成，三分之一由未来卫星研究院完成。

三分天下有其一，这样的结果实在超出预期，傅晚明桌下的手微微颤抖着，他看到北方航天工业集团的李庆祝露出难以置信的表情，这个人曾经是傅晚明第一份工作的面试官，也是给傅晚明写下年轻气盛评语的人。今天傅晚明不再年轻，却依旧气盛，他用一支平均年龄不到三十五岁的队伍抢下三分之一的份额。傅晚明不知道这算不算是对过去否定的一种有力反驳，但他此刻浑身每一个细胞都有一种难言的满足。

台下的孟星高猛烈地吸鼻子，怕一松懈眼泪就要掉下来，他伸手去摸手臂上的北斗文身，这次的触感和以往都不同，是一种实实在在的告慰，仿佛可以回到过去，提前那么几分钟，就能把所有遗憾都弥补。

北方航天工业集团几人直接把不满的神情写脸上了，虽然自家的份额比未来卫星研究院还是多出三分之一，但和过去百分百的份额相比实际上是少了三分之一。如果说抢走份额的是和自己实力相当的大研究所他们也认了，让未来卫星研究院这样的小单位和北方航天工业集团同台竞技，这不相当于一耳光直接呼脸上吗。

"许主任，陈教授，我们北方航天工业集团服从国家的一切决定，也会严格按照国家要求不打折扣地执行。现在还有一些疑虑需要解答，我们两家的方案是截然不同的，使用的平台也不同，这之间的差异是由于组织决定的，无法互相靠近整合，那组网过程中如何技术对接，还请指点？"北方航天工业集团北斗三号项目组负责人李庆祝说道。

"这一点，总体组考虑过，已经在组织力量输出导航卫星《管理卷》《工程卷》《软件卷》《质量卷》四大规范，有了统一系统的实施细则和标准，技术方案不同不要紧，符合规范就能顺利对接，北方航天工业集团和未来卫星研究院都是我国首屈一指的航天科研单位，两家不必互相妥协，各自前行，顶峰相见。"陈家鸿教授说道。

总体组就是总体组，不可能忽视总体的配合，李庆祝考虑过的问题，陈家鸿教授早就准备了预案，李庆祝甚至绝望地觉得，自己完全没有考虑过的问题，陈家鸿教授依然心中有数。所以，现在他提再多的问题，也只会有更多答案等着，这决定是一锤定音，不可能改了。

"总体组真是思虑长远,是我们过虑了。最后,我有一个提议,这次会议确定的是组网星的份额,但组网星发射前,还会有试验星的研制与发射,这以前都是我们北方航天工业集团完成,没有必要一直练手,这次不如未来卫星研究院首发吧。"

李庆祝心里有气,摆摆脸色尤嫌不足。中国卫星管理办公室和总体组铁了心要把原本北方航天工业集团的份额分给未来卫星研究院,那好,判断的基础总不能全靠纸上谈兵吧,是骡子是马拉出来遛遛,既然方案写得这么天花乱坠,首星你倒是成功发上天啊,给大家看看是不是真像吹的那么神。

陈家鸿听出李庆祝这话的别扭,但试验星的发射不会影响到北斗三号最终的组网和运行,你可以批评李庆祝闹个人情绪,但不好说他故意搞破坏,毕竟于项目来说这并没有什么坏处,实在没有什么理由好反对。陈家鸿只得将目光投向许凤祥,询问道:"许主任,您怎么看?"

"我没意见。"许凤祥对于无关大局的事并不关心。

陈家鸿询问当事人傅晚明,"晚明,你觉得呢?"

"我们没问题。"未来卫星研究院都要接下三分之一的组网星,又怎么会怕一颗试验星,怕就一颗星都不承接,多一颗星又何妨,傅晚明的心思就是这么简单。

"好,那就这样定了。"许凤祥结束了会议。

走出会议室,傅晚明问孟星高:"首发怕不怕?"

"不怕,我可太喜欢了。"孟星高尾音高高扬起。

"你呢?"傅晚明又问沈富生。

"怕个鬼。"沈富生回答道。

"哈哈哈哈哈。"

成功固然让人欣喜,但第一个成功更加值得庆祝。

傅晚明北京之行结束后立马回到研究院,中国卫星管理办公室的动作可也不慢。几日后,未来卫星研究院研制北斗导航卫星的第一批合同正式签下,资金同步划拨。合同上白纸黑字地写着北斗三号卫星导航系统建设的时间节点,短短的四年时间既要突破多个关键技术攻关难题,还要按流程走完研制方案、初样、正样三个阶段,按照产品研制的速度要求,只相当于国际同类卫星研制周期的一半。如此严苛的要求放哪个国家都能让人直呼救命,可未来卫星研究院的年轻人正沉浸在拿下项目的亢奋之中,工作起来如有神助,根本没有时间惧怕这不可能完成的任务。

第二十八章
同学聚会

沈暮秋从国外回来了,第一个联系的人是叶筱悠。

虽然自从大三那年,叶筱悠和她闹翻后,两人就失去了联系,但沈暮秋打通叶筱悠的电话时,还是和过去一般熟稔自在的语气,仿佛两人从来没有过嫌隙。

当然,沈暮秋一般不会只联系叶筱悠一个人,她回国的消息很快不胫而走,传遍留在本市的同学。作为沈暮秋曾经的爱慕者,已经显露成功人士风范的马飞闻风而动,立马张罗起同学聚会来。

周六下午,叶筱悠在市中心最豪华的五星级酒店里,遇到了多年未见的沈暮秋,时光不败美人,叶筱悠依旧是高挑颀长的身材,无可挑剔的脸庞,整个人褪去了校园时代的青涩，换成一头长卷发，一袭大红裙，妩媚风情。

沈暮秋先是一脸惊讶，然后高跟鞋哒哒哒地碰撞在光滑的地面上，热情地跑过来和叶筱悠拥抱，赞美道："叶子，好久不见，你变漂亮了。"

"你也是，暮秋。"叶筱悠五味杂陈，生出几分感慨。

"谁来了？怎么不进去。"

马飞从里面走出来，今天把都市精英形象演绎到极致，一丝不苟的服装行头，没有度数的金丝眼镜装出文质彬彬的气质，袖扣、丝巾、领带夹，越是细节，马飞越用心，刻意得不着痕迹。

地点是马飞定的，体面这件事他一直做得很好，明明大部分人到这里路上都需要1小时以上，偏偏要舍近求远，明明不到二十人的聚会偏偏要定三十人的场地，掌握并使用超过实际需要的资源，就是实力的体现。于是，他早早地过来，享受着各种惊讶的表情，从容地用主人的姿态招待老同学。

叶筱悠轻轻推开沈暮秋的怀抱，直接让马飞愣在了原地，这哪是假小子叶筱悠，明明是校园时代的沈暮秋，甚至比那时的沈暮秋要多出几分气质，那种久久与书籍相伴的恬淡知性。

"走，进去吧，别被我们叶子迷傻了。"沈暮秋揶揄地说道。

三人走进包箱，里面站站坐坐不少人，久别重逢带来了新鲜感，所有人都是显而易见的兴奋。马飞轻轻地敲击杯子，代表所有人欢迎了沈暮秋归国，然后招呼大家落座，自然得如同在家，要营造出宾至如归的氛围。沈暮秋笑意盈盈，拉着叶筱悠坐下，她的另一侧有人过来坐时，沈暮秋说还有人，就这样所有座位坐满，只留下沈暮秋身边的空位。

马飞坐在主位，当着所有人的面点菜，说是今天请大家随便吃点，一个一个菜名蹦出来时，所有人都清楚，这顿饭一点都不随便。菜很快上齐，推杯换盏间，大家开始进行着所有同学聚会都有的话题，回忆过去，分享现状。当然，此情此景只适合报喜不报忧，或者只报甜蜜的忧，真正有忧的人不在这里。

离开校园后，每个人的生活节奏不一样，奔三的年纪，什么阶段的人都有。有人结婚生子，开口闭口都是孩子的可爱与屎尿屁；有人事业有成，几分钟过去就谈了好几个亿的生意。沈暮秋和过去一样是话题的焦点，连组织者马飞也心甘情愿地把焦点让位于她。沈暮秋通过言行传递着没有瑕疵的人生，美人没有迟暮，做着收益丰厚但不食人间烟火的艺术设计，周游于世界各地，至于感情则避而不谈，她知道谈了会让她在别人心目中，从珍珠变成鱼眼珠。

叶筱悠不属于任何一种，她一直心不在焉，盯着那个空位发呆。正是酒酣耳热，包间的门推开了，孟星高从外面走进来，穿着叶筱悠见过的那身西装，只是今天还搭配了同材质的裤子，头发也修剪过，在叶筱悠看来，这是她见过孟星高最高规格的接待了。沈暮秋热情地挥挥手，示意他坐旁边。

叶筱悠注意到，孟星高进来前，沈暮秋已经望向门口，毫无疑问，他们一直在联系。叶筱悠的心情突然有点复杂，作为昔日的朋友，叶筱悠猜得到沈暮秋会邀请孟星高，但她希望孟星高不要和沈暮秋见面。只是现在两人的关系云遮雾罩，朋友多一点，恋人少一点，人前更是说不清道不明。她开不了口要求孟星高，甚至连问都不敢问，她宽慰自己，孟星高不喜欢参加聚会。结果，她输得一败涂地，那个把同学聚会当作人生最大无聊的人此刻出现在这里。

孟星高和大家打了个客气疏离的招呼，目光直接越过沈暮秋看向叶筱悠，叶筱悠赶紧避开目光，狠狠地灌了一大口红酒。味道好苦好涩，马飞点的什么玩意，还美国Napa Valley。郁闷的人不止叶筱悠，还有马飞，他忙活一番，一掷千金，没有博得美人一笑也就算了，美人居然对着一个不出钱不出力的人殷勤照顾。

"星高，这么晚，是周末还要工作吗？"马飞想要找到一个出口，体面地把气撒出去。

"多大的生意才值得让你为之抛弃老同学？"

"难道还有比飞哥今晚的世界500强企业的投资晚宴更重要的事吗？"

"马飞，你别开玩笑了，我们的大才子才不屑为五斗米折腰。"

"哈哈哈，你们别闹，科学家的事你们凡人不懂。"

……

作为马飞的跟班，马飞只需要优雅地提个头，陈晨几人便能心领神会，无孔不入地将马飞字面之下的含义诠释得淋漓尽致。配合久了就有默契，这不，几个人三言两语就把所有人逗得哄堂大笑。

"抱歉，家离市区太远，堵在了高架桥上，我自罚一杯。"

这些话题孟星高过去都听腻了，就跟扔在荒原之上的碎纸屑，自然不会费劲去接去捡。孟星高讨厌迟到，答应沈暮秋的事，没有分毫不差让他好难受，于是起身喝了一杯。

孟星高不介意，叶筱悠却听不下去了，要是过去，她早就跳出来杀得他们哑口无言。可她现在心里有气，她看向沈暮秋，她一脸平静，既不附和，也不反对，不是你把孟星高叫过来的吗？那就让他这么受委屈啊。

叶筱悠忍不住，抢白道："今天的菜不是很贵吗？几位满脑子钱钱钱的，怎么还有时间说话，不赶紧吃，多吃一口都是盈利。"

几人也是没想到，叶筱悠样子变淑女了，但说话还是和以前一样冲，与形象完全不符。但人性就是同样的事对美人的包容度通常比较好，大家没接话头，哼哼哈哈地过渡到下一个话题。

"师兄，你这套西装是薛家高定吧，这个设计好经典，只是老爷子追求手工制作，生意更是看人不看钱，不是有缘人定也定不上。"沈暮秋的声音不大不小，恰巧大部分人能听到。

"不会是假货吧？"有人窃窃私语。

"这么流畅的缝合线，还得他们老爷子才做得出来，很衬师兄的身材。"

所有人不会怀疑一个资深设计师的眼光，高定这种大抵只和明星相关的词出现在孟星高身上，着实令人吃惊。马飞和陈晨大概能知道这衣服哪里来的，只是没想到孟星高和钱家少爷居然关系好到换衣服穿。孟星高恍然大悟，原来那个平平无奇的裁缝店来头竟然如此之大，若不是钱宇的面子，哪里请得动这位老人家出山。其他不明真相的人开始重新评估孟星高的身份，一下对他热络起来，纷纷过来敬酒。

看着眼前的一切，叶筱悠觉得可笑，她就是一腔孤勇，连解围都做得不如沈暮秋好，人家四两拨千斤，随随便便就化解对抗于无形。叶筱悠越想越沮丧，一杯一杯给自己灌酒，她不是什么酒场老手，不懂红酒入口容易后劲大，喝得又多又快，等到一个临界点，叶筱悠像被人突然打了个闷棍，天旋地转。

"叶子，出去聊几句。"

沈暮秋扶着叶筱悠走出去，在酒廊角落的沙发上坐下。灯光昏黄，三三两两的客人隐没在晦暗不明之中，一整面墙的美酒却享有这个空间的所有高光，好让瓶身折射出令人纸醉金迷的光芒。叶筱悠赌气喝多了，灯光一炫，更觉头晕，倚靠在沙发椅闭目养神，对沈暮秋说道："好好的你回来做什么？"

"叶子，我们这么多年的朋友，你何必有这么大的敌意？我又不会跟你抢？"沈暮秋委屈地说道。

"孟师兄有自己的世界，有自己的理想，你就非得打扰他？用他来衬托你的魅力。"叶筱悠依旧闭着眼说道。

"我不懂，都是校友怎么能叫打扰？"

叶筱悠顿时词穷，沈暮秋啊沈暮秋，这么多年，你还是不懂自己错哪里了。

那年夏天，大一新生的叶筱悠第一次离开家独立生活，兴奋不已，谢绝父母的陪同，拎着大包小包来大学报到。等到了宿舍楼叶筱悠才傻了眼，她被分到了七楼，没有电梯，行李至少需要上上下下搬四次。迎新志愿者自然是有的，但所有人争先恐后冲向乖巧可爱的萌妹子，爆炸头的假小子成了遗忘的角落。

就在叶筱悠自力更生搬运完一趟，靠着行李箱气喘吁吁时，一只手同时伸向了叶筱悠最大的箱子，叶筱悠抬头，一个高大的男生站在面前，一件白衬衣衬得他清新俊逸，清晨的阳光从缝隙漏下来，忽明忽暗，勾勒得他轮廓棱角分明。一张冷脸上没有什么温度，说话不带起伏，自报姓名都省了，只说自己是志愿者，问住几楼，很久以后叶筱悠才知道他叫孟星高。

接着，叶筱悠又听到后面传来一个清脆好听的声音，"我只剩这一个书包了，师兄你们去帮她吧。"这是叶筱悠第一次遇到沈暮秋。当沈暮秋身后的两个男生互相推诿时，孟星高已经两手各提一件行李往楼上去了。

孟星高，叶筱悠不知道这次算不算认识，因为她后来发现孟星高根本没有记住自己。而沈暮秋，只是一起上楼的当口，两人很快交换了姓名专业兴趣爱好，从此成为形影不离的朋友。

叶筱悠和沈暮秋相处很舒服，她温柔大方，善解人意，任何时候都能顾及所有人的情绪。只是叶筱悠后来不理解，像她这般美丽的人儿，就算什么都不做，远远立在那里，就不乏追求者。为什么偏偏喜爱来得太容易，沈暮秋就会觉得索然无味，听人背后议论孟星高冰山似的，她就非要拿孟星高衬托自己的与众不同。明明孟星高眼里只有学习，没有任何越矩，沈暮秋就是有意无意间和大家透露和孟星高的熟络，以及对她的与众不同，最终引得她的追求者有意无意针对孟星高。

叶筱悠无意之中得知这些后，找了个没人的角落对沈暮秋说，如果你喜欢他，就踏踏实实地追求，认认真真地在一起。如果你不喜欢他，就不要煽风点火给别人传递错误消息，虽然男生迁怒孟星高是他们自己不对，但你能澄清真相，就可以避免牵扯到一个无辜的人，同学相处更和谐。叶筱悠说完，沈暮秋眼泪簌簌落下，问自己又做错了什么，她只是希望和所有人都能成为朋友，难道其他人之间相处是否和谐也要她负责吗？

也就是这次谈话，叶筱悠看清了沈暮秋的虚伪，她对别人的关心只是停留在嘴上，关心的话说完就完成了关心的全过程。就像那次孟星高生病，明明是叶筱悠用文具盒占位，但最终当面把文具盒拿回来的人是沈暮秋，故意让人误会。

"暮秋，这么多年过去了，你还是这么能装。"叶筱悠慢慢睁开眼，斜斜地看着沈暮秋说道。

"叶筱悠，你样子变了，但人还是这么粗鲁。"沈暮秋浑身发抖地反击道，以她的处事为人，平日几乎听不到如此负面评价。

"叶子，走了。"孟星高掀开帷幔走过来。

"师兄，叶子她……"沈暮秋一副欲言又止，楚楚可怜的样子。

"她喝多了，我先送她回去。"孟星高脱下外套披在叶筱悠身上，从沙发上扶起摇摇晃晃的人就要往外走。

"师兄，我们还没有叙旧，就要走了吗？"沈暮秋问道。

最初沈暮秋电话过来的时候，孟星高一听是同学聚会一口回绝了。沈暮秋的声音听起来很失望，说自己和叶筱悠因为他有一些误会，如果能吃顿饭一笑泯恩仇就好了，孟星高这才答应，连沈暮秋后来发来聚会服装要求都一一照做。刚才因为沈暮秋的一席话，被同学围住敬酒，这才一会的工夫，叶筱悠就不见了，找过来站在帷幔后正巧听到了上面的对话，对两人的矛盾心下了然。

现在大家都是成年人，把校园时代那点鸡毛蒜皮的恩怨带到现在实属没必要。孟星高既不会怨恨马飞、陈晨的冷嘲热讽，也不会计较沈暮秋的小心机、小任性，但叶筱悠自始至终的关心，真的很难置若罔闻，孟星高就是再冰冷的人，也要被融化掉了。

"暮秋，叶子责怪你的话，我替她道歉。我并不在乎别人对我的看法，所以不用替我说话。我们只是普通校友，没有旧需要单独叙，先走了。"

孟星高毫不犹豫地离开了，留下一脸挫败但依旧姿态美丽的沈暮秋。

叶筱悠已经迷迷糊糊了,耳朵里嗡嗡直响,什么也听不到。站在路口等车,叶筱悠感受得到孟星高带着体温的外套把寒冷隔绝在外,孟星高还特意把领子立起来,这时在骚她的鼻翼,痒痒的,还带着一股清新的洗衣液香气。

孟星高打到车,回望了一眼。刚才坐在里面,从巨大的落地窗往外看,是灯火璀璨的街道上行色匆匆的行人,如同画框里的画作,现在从外往里看,是摇曳烛光下谈笑风生的宾客,如同橱窗里的商品。里里外外,只在自己的场景里,真的谈不上谁应当羡慕谁。

路上车不多,遇上一个开车狂野的司机,急行急刹,叶筱悠头一晃晕得厉害,两只手像一只树袋熊一样环着孟星高手臂,然后把脑袋埋进手臂与座位的缝隙。

"骗人!"叶筱悠呢喃道。

"嗯?"孟星高问道。

"你不是讨厌聚会,还来?"

"我讨厌聚会,但不讨厌你。"

"骗人!"

"你只会一句话吗?"

"骗人。"

"行行,好。"

其实身边有只小兽趴着也挺好的,软软糯糯的,最好偶尔会炸毛,这样就有机会顺一下,孟星高想着,感觉内心的坚冰在慢慢融化。

第二十九章
时间问题

　　孟星高昨晚将叶筱悠交到叶母手上时，她紧闭着眼睛，昏昏睡去。孟星高一晚上没睡好，越想越不太放心，第二天一早过来找叶筱悠。

　　叶筱悠除了眼睛有点肿，反应有点慢外，一切如常，而且对昨天发生的事好像不记得，对孟星高恢复了小心翼翼的模样，师兄前，师兄后。

　　周日街心公园的高台上，两人找了个树荫吊着脚坐在边缘喝咖啡。

　　"师兄，你现在的工作内容是不是把握时间了？"

　　北京回来后，孟星高全面负责起载荷功能链模块，实打实导航卫星任务的核心。若只能用一个词来形容北斗三号的核心任务，那就是时间。时间是卫星导航的心脏，导航定位建立在时间的基准值上，天地间时间越同步，误差越小，导航定位的精度越高，这也是各国导航系统不断迭代的方向。

"你的这个描述很准确。"孟星高拨弄着手里的咖啡说道。

"时间是成就一切的土壤，给空想者痛苦，给创造者幸福。"叶筱悠说道。

孟星高以前只把时间当作是四维时空一个维度，自己的工作就是在孜孜不倦地靠近它的精度。乍听叶筱悠这么美好的一个描述，自己的工作对象不再是电脑里的一串串数字，而是在肥沃的土地上破土而出的嫩芽，悉心灌溉后，会绽放出意想不到的花朵。航天有着最不可触摸的工作对象，那一声轰然巨响后，天地重归寂静，仿佛什么都没有发生过。孟星高深夜常常将手伸向天空，想着那些逝去的亲人遇到危险之时，天空中如果有一双无形的手能被触摸，能将他们拉出就好了。什么是幸福，在时间之上耕耘开出花结出果，然后守护所有人就是幸福，孟星高当然算上了叶筱悠。

"师兄，因为你做北斗，我还特别去了解了一下这个星座。北斗七星属于大熊座，它背后还有个神话故事。美丽的卡利斯托原本是在山间漫步的女猎人，以在阿卡迪亚山中追寻凶猛野兽为乐趣。宙斯的妻子赫拉因嫉妒她丈夫宙斯对卡利斯托的痴迷，憎恨他的不忠，就把不幸的卡利斯托变成了一头熊。作为一头熊，卡利斯托只能蜷缩在森林中，惧怕人类也惧怕野兽。有一天，卡利斯托的儿子阿卡斯在森林中偶然遇见她。高兴坏了的卡利斯托忘乎所以，用两条后腿站立起来想要拥抱她的儿子！面对突然袭来的大熊，阿卡斯吓了一跳，立刻搭弓上箭。千钧一发之际，宙斯从奥林匹斯山上遥望到了下面发生的一切。看到悲剧即将上演，他果断施展魔法，将阿卡斯变成了一头小熊。而后，宙斯把母子二人一起升到高空，让他们永远以两头熊的形象留驻在那里，成为如今的大熊星座和小熊星座。"叶筱悠说道，语气像给小朋友上课。

"嗯，很有趣。"孟星高摸了摸手上的文身，心中腹诽希腊神话荒唐，北斗七星明明像农民手中的犁，向夜空肥沃的黑土地深深挥去，再怎么想象，也看不出是只熊。

"我一直觉得北斗很厉害。"叶筱悠若有所思地说道。

孟星高不太明白她说的是北斗导航系统厉害，还是真实的北斗七星厉害，于是问道："怎么厉害的。"

"宇宙太浩瀚了，无数的星星，可没有一颗星星能像北斗七星一样，即使是一个完全不懂天文的人也能轻松辨别出。你说人会不会像鸟一样，天生就有辨别星星确定迁徙路径的能力？"叶筱悠说道。

"有可能呢。说是叫北斗七星，像个组合，其实离挺远的。北斗七星有五颗属于同一个星团，距离我们大约 80 光年。天枢，就是勺子尖尖，比这个星团更远，距离我们 105 光年。蓝白色的巨星摇光，就是那个勺柄最后一颗，比其他几颗都要更远，距离我们 210 光年。和你说这个会不会无聊？"孟星高说道。

"不会不会，聊什么都比发信息强，中间不会间隔很久。"

"抱歉，下周我又要出差了，去瑞士。"正常的安排，孟星高心里却莫名生出一点愧疚。

"那你回来能不能认真回答我一个问题？"

叶筱悠突然感到无比地委屈，她很喜欢眼前这个人，一开始就是，但是她不会。

她以前问过沈暮秋，问她为什么可以什么都不做，就能让喜欢的男孩子主动找上门来。沈暮秋说，女孩子喜欢一个人，最好不要像一个英勇的战士杀出去，最好像一朵花，花是矜持含蓄的，我自盛开，清风自来。所以叶筱悠出现在孟星高面前，默默地等待着，最出格的一次不过是帮他占个座。可叶筱悠喜欢的这个人从不把心里话说出来，含糊其词，如果叶筱悠不主动，永远都没有结果，好令人沮丧。

"好。"孟星高有一瞬间想要马上给出答案，但此刻回答就如同考试那样交卷就要离开考场，他又怕自己舍不得。

两人默契地在进退之间僵持住了，高台下方的平地有一群学生在玩轮滑，午后的风带着少年们时断时续的笑声，迎面朝两人吹过来，吹得叶筱悠的长发四下飞舞，两人的距离不远也不近，不时有几缕大胆的发梢偷偷拂过孟星高的左臂，更是把心搅得乱上加乱。

前往瑞士日内瓦的飞机即将在三十分钟后起飞，窗外跑道上的标志灯在黑夜里一闪一闪，孟星高想着接下来的事，心又慌起来。

北斗三号的导航系统的本质是一个时间测量系统，若卫星存在十亿分之一秒的时间误差，则会产生 0.3 米的测距误差。而决定导航精度的元器件是原子钟,只有通过在卫星上配置高精度原子钟,才能实现卫星直接播发出高精度导航定位信号。说实话,如果是科研任务,再难孟星高都能沉下心解决,问题是这次出差的任务是星载铷原子钟的采购谈判,恰恰是孟星高最不擅长的领域,何况过去采购星载铷原子钟一波三折的过程,光听听就着实让他后怕。

北斗一号的时候,星载铷原子钟是陈家鸿教授从美国引进的。美国在高新科技行业产品出口门槛极高,但由于北斗一号没有连续导航功能,定位精度要求也不高,对进口星载铷钟性能指标要求较低。整个过程十分顺利,美国公司不仅爽快签订合同,而且交货准时,没有丁点儿磕磕碰碰。

到了北斗二号,定位精度要求优于十米,授时精度要求优于五十纳秒,比北斗一号星载铷原子钟高出好几个数量级,甚至与美国 GPS 系统旗鼓相当。美国诸多的限制,即便将技术指标压低到极限,这次的谈判还是漫长而无果,最终逼得国家组织多家研究单位启动星载铷原子钟自研,直至中国航天史上第一个高性能星载铷原子钟诞生才得以解决。

现在的北斗三号,定位精度和授时精度比北斗二号又整整提高了十倍。攻克这一关键技术,有原子钟发源地之称的美国也用了十年,在给国内研究所提出需求后没有得到明确保证,未来卫星研究院不得不同时寻找其他出路。显然再从美国引进已经很难通过禁运规定,未来卫星研究院只好将目光转向瑞士具有悠久钟表研制历史的老牌企业,欧盟的

GALILEO 卫星导航系统的星载铷原子钟供应商。

傅晚明一上飞机就开始闭目养神，孟星高却无法这样平静，从未接触过的供应商，他不知道对方会如何出牌，从而不知道如何应对，这种感觉像在沼泽之中穿行，深一脚浅一脚总踏不到实处，难受至极。飞机在高空平稳飞行，孟星高带着纷乱的思绪迷迷糊糊睡着了，梦里全是谈判桌上的你争我夺，直到清晨飞机降落在日内瓦机场才暂时脱离。除了傅晚明，和孟星高一起前来的还有未来卫星研究院的涉外采购、商务谈判、外文翻译的三个同事，经过一天的时差调整，四人次日一同前往这家叫卡斯的瑞士公司。

秋天的瑞士宛如人间仙境，碧空如洗，天高云淡，远处的雪山顶晶莹洁白，在阳光下熠熠生辉，近处的湖水澄澈如蓝宝石质地，镶嵌在绿野芳草之间，倒映沿岸风光。一路过去，两侧的树木被秋色浸染，五彩斑斓得比春花还灿烂，如若有清风袭来，落英缤纷，打着旋儿飘落，蝴蝶般翩翩起舞。几人不约而同地看向窗外，想用如画的美景腾出点时间喘息。

半小时后，会议室里，初次见面的双方互相握手做自我介绍，瑞士卡斯公司的总经理托马斯以主人的身份对远道而来的客人表示欢迎，然后和产品经理及商务代表坐到了傅晚明、孟星高等人的对面。

卡斯公司是欧洲 GALILEO 全球导航计划的独家供应商。千禧年前后，正值新欧洲形成和发展的重要时期，为了增强民众的凝聚力和向心力，发展航天技术，创造就业机会，GALILEO 这张举足轻重的牌被打了出来。GALILEO 计划从 2000 年前开始讨论，2002 年就开始建设，到 2007 年部署完，总投资超过 30 亿欧元，由分布在 3 个轨道的 30 颗卫星组成，这些卫星的原子钟全部都由卡斯公司提供。作为卡斯公司有史以来最大的项目，能够参与其中，总经理托马斯非常骄傲自豪，但整个过程反反复复，艰苦异常，如果要重来一次，他内心是拒绝的。

所以，这次接到未来卫星研究院的合作事宜，卡斯公司的总经理托马斯也很吃惊，这样耗资巨大的项目，是一个发展中国家可以承受的吗？真的要做，还是过来交流学习，作为商人，托马斯清楚两者的性质完全不同，需要投入的精力得量入为出，如同中国有句古话，不见兔子不撒鹰。

这时，孟星高起身，开门见山地介绍道："托马斯先生，很高兴能够有机会拜访贵公司，虽然是第一次见面，但我们未来卫星研究院对欧盟 GALILEO 全球卫星导航计划并不陌生，因此对贵公司慕名已久。这次来到欧洲，其实是希望找到一些长期合作伙伴，能够帮助我们完成我国北斗全球导航卫星系统的构建。作为欧洲久负盛名的钟表研制公司，GALILEO 计划原子钟独家供应商，我们希望能够向贵公司采购星载铷原子钟。"

只是粗略的介绍，托马斯还无从判断，于是不动声色，打算先探探虚实："未来卫星研究院的朋友，非常感谢各位对卡斯公司的信任。作为一家全球化的企业，我们欢迎世界各国的朋友，如同中国圣人孔子所说，有朋自远方来，不亦乐乎。你提到要采购星载铷原子钟确实是我们的主营业务，可否具体介绍一下需求的数量和要求，最好有一个总体项目介绍。"

其实北斗三号所需的星载铷原子钟标准早早就给对方发过去了，如此大手笔的项目，托马斯投其所好地准备了中国古话，孟星高不相信他没有提前看材料。大概率是托马斯怕竹篮打水一场空，想知道中国做北斗项目的决心，希望中方提供更多细节以便决断。

孟星高的英语口语有口音，与专业翻译水平差距较大，但由于平时翻阅较多的外文资料，孟星高对于技术内容的表达十分准确，没有任何歧义地把采购要求及项目背景清晰地传达给了托马斯。诚然，在信息安全的前提下，孟星高不能说得太具体，但聪明如托马斯，两相一对比，大概已经猜出中国北斗是比欧盟 GALILEO 更有野心的全球导航卫星系统。

"我本人对于各位的雄心壮志十分佩服，但在商言商，卡斯公司上下需要收入利润养活，全球卫星导航计划看着项目金额巨大，但由于耗时较长，回款不稳定，挣不挣钱其实很难说。"

一般谈判都是从技术规格开始，商务部分都放在最后，托马斯早早抛出款项问题，倒也不是对中国客户区别对待，实在是在 GALILEO 计划里吃尽苦头，从中汲取的经验教训。一开始，决定是否启动 GALILEO 项目，欧盟 15 国整整讨论了 3 年。全球导航系统耗资巨大，需要充分研讨，启动慢也就算了。在执行过程中，进度也极其缓慢，15个国家，成百上千个角色，乌泱泱在一起讨论，总是难以达成一致。托马斯也是第一次在一个项目中遇到过如此多的问题，就像打地鼠，按住这里翘起那里，层出不穷。最严重的问题出现过两次，一次是监管机构与负责建造交付的八大工业团队因为20年特许经营权意见不一谈判破裂，一次是根据《欧盟条约》第171条成立的联合执行体因为运营开销互相推诿。卡斯公司作为部件供应商，不是生产出来就能回款，最后一笔尾款需要等卫星上天正式启用才能收回，每次出问题都让托马斯担心买卖赔本，手上的合同变一张废纸。

"托马斯先生，您参与过GALILEO项目，应该知道GALILEO计划是迄今为止中国与欧洲最大的合作计划，总值36亿欧元，中国投资2亿欧元，约占5%。中国是发展中国家，底子薄，不会用真金白银去开玩笑，所以请贵司不要怀疑中国做全球导航卫星系统的决心。北斗三号卫星发射的时间窗定了绝不会改，合同上既然有贵司交货日期，也会有我们的回款日期。"傅晚明补充说道。

托马斯和身旁几人用瑞士语低声讨论了几句，这才开诚布公地说道："感谢两位的澄清，这个指标要求我们公司可以做出来。"

孟星高没想到事情能这么顺利，和同伴交换了一个眼神后说道："既然技术要求没有问题，可否请托马斯先生讲解一下报价？"

"报价不着急,今天上午先到这里,几位远道而来,我准备了一个小小的欢迎午餐,希望各位赏脸。"

托马斯很友好地做了一个请的姿势,孟星高的心里却升起一股烦躁的情绪,这和电视剧情节演到关键时候突然唱起片尾曲一样让人难受。中国人做事就怕久则生变,都谈到这分上了只想趁热打铁,但时间已经正午 12 点,孟星高经常在海外出差,清楚欧洲人的工作风格,总结起来就是不加一分钟班。有了文化差异,也只能客随主便,在临门一脚的时候去中场休息了。

员工餐厅就是公司福利的一张脸,一进来,宽敞明亮的环境就让孟星高对卡斯公司的收入利润有了个底。种类繁多的自助餐食品,好不好吃另说,这花花绿绿的搭配就能与窗外的秋色互相较劲,甜点更是堆成了小山,一个小小的香槟塔晶莹透亮,显得这顿欢迎午餐诚意十足。服务生将酒递给众人,托马斯举杯致了几句欢迎词,然后游走其间和大家碰杯闲聊,整个氛围舒适又融洽。

等大家吃得差不多的时候,托马斯像是完成了一个旷日持久的铺垫,走到傅晚明和孟星高身边,语态故作轻松地说道:"一周前,我向相关部门进行了咨询,有一个不太好的消息,欧盟对科技产品的出口日渐收紧,等到交货的时候,有可能你们要的原子钟规格没有办法满足欧盟允许出口的产品标准。"

孟星高刚往口里塞了块草莓芝士蛋糕,一下子梗在食道,绵密甜腻的口感化作一只手掐住要害,令人窒息。一周前，也就是说孟星高出发前，托马斯就已经知道了这个消息，他却秘而不宣，孟星高心里升起一团无明业火，既然不能出口为何又邀请他过来谈判，白白浪费时间跑这一趟。

孟星高的目光看向傅晚明，一贯镇定的导师此刻脸色极度难看，已经下意识地朝门口移动了一步。

托马斯对几人的反应早有准备，不慌不忙地继续说道："几位不要急，请相信我的诚意，我非常想要和你们签下合同。"

一直没个痛快话，孟星高有点摸不准托马斯的态度，直接问道："不能出口的合同有什么用呢，我们难道买了原子钟放在欧洲使用吗？"

"平衡，"托马斯说道："能不能在星载铷原子钟性能指标和欧盟允许出口产品指标之间求得一个平衡。"

"如何平衡？我们提供的指标已经是最低标准了，实际上我们期望的标准比这个版本还要高一些。"孟星高说道。

"这样吧，你们提出的指标我都接受。"托马斯说道："但能不能在合同中不要规定交付日期和标准，灵活处理。"

孟星高心里忍不住啐了一口，这外国佬实在流氓，这样的合同岂不是跟空头支票似的，想怎么做全由你说了算，钱收下了，货能不能做出来到时候再说，做得出就给你，做不出来大不了退款，能不能运回国你自己找欧盟政府商量。

"我们是实诚，不是傻，他怎么会觉得我们能接受这样的条件？"孟星高对傅晚明悄声说道。

傅晚明摇摇头，向孟星高表示自己也无法接受。为了不失礼，几人和托马斯碰了碰杯，一饮而尽，然后才齐齐起身告辞。

回去的车上，孟星高又望向窗外，风景依旧，只是不知哪里飘来一些云彩漫过蓝天，兀自涌起又分散，搅得天光忽明忽暗。开局良好却草草结束，叫人生出徒劳无功之感。

第三十章
流氓条款

　　回到宾馆大家怏怏的没精神，傅晚明叫大家先回房休整一下。

　　孟星高的脑子在时差作用下还有点阻塞，食物在胃里腻腻地不消化，就跟项目似的，都停在了一个不上不下的尴尬位置。

　　他打开一上午没看的手机消息，发现叶筱悠问他一切顺利吗？外国人有没有欺负他？

　　有，当然有，但孟星高要不要实话实说呢？如果回复有，现在间歇性淑女的叶筱悠恐怕又要冲到自己前面亲自上场教训这群鬼佬，反正冲到自己面前这事，她以前又没少干。昔日的画面又浮现眼前，每天下晚自习后，孟星高抱个篮球到操场锻炼，他独来独往，没有球友，大多是有空位就一个人投投篮，跑动跑动，没空位就换成跑步。叶筱悠那时是个假小子，顶个爆炸头经常和男生一起打篮球，被男生叶子叶子地吼着。有一次两人球场遇上，孟星高正要走，叶筱悠叫住他说一起啊。其他男生反对说不要和孟星高一队，叶筱悠两手一叉腰，说我和他一队。虽然孟星高最后拒绝回宿舍去了，但他印象很深，记得说我和他一队这句话的时候，矮其他人半个头的叶筱悠高大得像个英雄。

消息是昨天发的，国内时间已经是凌晨，最终孟星高什么也没回。短暂的回忆让孟星高的脑子得以休息，他不擅长谈判，但他擅长反思自己，躺在床上开始反复咀嚼今天谈判的所有细节，想要找出自己做得不够恰当的地方。

最初定下的谈判策略就是孟星高主讲，展现足够的诚意让对方重视，而真正能决策的傅晚明则甚少发言，让对方摸不清我方态度，以免怠慢，另外还能在孟星高把话说绝，谈判陷入僵局的时候，傅晚明有挽回的余地。在今天的沟通中，孟星高感觉有些操之过急，对于合作的渴望表现得过于明显，可能已经让对方在谈判中处于优势地位，故意以慢打快，考验我方的耐心。结果现在被逼到死角，不做出让步，可能进度就此卡住，而时间恰恰是未来卫星研究院最拖不起的地方。

孟星高越想越懊恼，但事难办，饭还得吃。孟星高在餐厅关门前，拿了一些三明治过来给大家，几人坐在沙发上就着一瓶矿泉水吃起来。

"你们说对方到底是怎么想的？"今天的谈判还在技术阶段就戛然而止，完全没有轮到商务杨光发挥，好似一拳打在棉花上，没使上劲。

"我分析啊，对方想要和我们签合同的意向是很强的，只是目前判断我们非他们不可，所以先设置一些障碍降低我们的预期，好在条款和价格上取得压倒性的优势。"孟星高猜道。

"可你不是说性能上我们不能再让步了，再让步就完不成北斗三号的项目目标了，回去没法交代。"翻译罗莉娅对于这家公司耍心眼心里有些窝火，狠狠地咬着三明治说道。

"而且，时间也不多了。"孟星高扼腕叹息。

"时间再紧，他们不急，我们也别急，现在还不到让步的阶段，现在最重要的是我们不能着急联系对方，否则就露出底牌了。"傅晚明说道。

"现在我们还能做什么？"杨光问道。

"睡觉。"

傅晚明说着，顺手把矿泉水瓶丢进垃圾桶，咣当一声，几人都没听清，异口同声地问道："睡觉？"

这不是幽默，除了睡觉，傅晚明确实想不到什么好办法。现在，什么都不做还有余地，乱行动恐怕就要坏事了，何况傅晚明身上不止一件事，现在养精蓄锐总比干着急好。

焦灼之中，没有一个人能休息好，这晚孟星高睡得很不安稳，梦境中天崩地裂的可怕场景又来了，它总在焦躁不安的白天后出现，白天黑夜轮班打配合，让孟星高无处遁形。

第二天，孟星高醒来心里好乱，他看傅晚明开会写报告一切如常，自己则完全静不下心来做事，不时盯着手机发呆。到了晚上，手机依旧没有任何一个电话进来，孟星高怀疑这趟会不会一无所获。到了第三天，杨光沉不住气了，过来问接下来怎么办，毕竟瑞士出差的费用比较高，多等几天不要紧，但一直等下去也不是个事。

傅晚明挂在一个线上会议上，孟星高越想越胸闷，打开窗眺望远处，心中问自己，真的只是一趟观光之旅吗？目光收回的瞬间，孟星高看到街道上停着一辆七座商务车，问道："我们从机场到酒店的车，是不是卡斯公司安排的？"

"是啊，说是对中国客人的特殊礼遇。"杨光回答道。

"你有司机电话吗？"

"有啊，要干吗？"

杨光被孟星高搞得一头雾水，孟星高也没有解释，打开网页随便查了一下回国的航班，然后直接拨通了司机的电话，问能不能明天上午送他们几人去机场，航班号就在网页上随便选了一个念给司机听。

等孟星高挂了电话，杨光不解地问："咱明天就回去吗？啥事都没办成。"

"不回去。"孟星高回答道，心想要是真回去，他哪敢不问傅晚明自作主张。

"那这是？"

"一会儿就知道了。"

过了不到半小时，孟星高的电话响了起来，是瑞士卡斯公司总经理托马斯的秘书打过来的，说想约明天上午见面再细谈，孟星高果断拒绝了，对方又说下午有空也行，孟星高才勉强同意。

"你诈他们？"杨光恍然大悟。

"是催。"孟星高说道。

"对对对，是催，是催，就像我妈买衣服，对价格不满意就说走了上别家，然后店主就会说给你啦给你啦。牛，刚才你拒绝的时候，我快吓死了。"杨光说道。

傅晚明结束会议，得知事情经过后没说好也没说不好，催促着两人说道："赶紧打理一下，这两天焦虑得没个人样了。"

"哦，"孟星高冲到洗手间，一手洗脸刮胡子，一手抖着裤子上的褶皱，左右开弓的能力让杨光都咂舌。毕竟几人都年轻，洗洗刷刷，简单几下又捯饬出个精神抖擞的样子来。

约定的时间刚过，孟星高几人踏着不紧不慢的步伐走进会议室。

孟星高这两天仔细分析了卡斯公司历年的财报，按照销售额估算，北斗三号上所需的原子钟，可能是这家公司本年度最大的企业级订单。明确了自身价值后，孟星高生出几分底气，坐下便问道："托马斯先生把我们叫过来，是改主意了吗？"

托马斯深吸一口气，像做了一个很大决定，说道："我们接，满足你们所有技术指标和交付时间要求。"

孟星高知道自己的兵不厌诈奏效了，心中一丝得意，可面上还是不动声色,"我们国内还有事,要不就直接谈谈合同细节和价格吧。"

"可以。"

几番交手,托马斯大概也搞清楚中国人的耐心了,这次没有推三阻四,果断地让商务代表把报价呈现出来,这数字大得让孟星高叹为观止,前期那么多的铺垫,恐怕就是为了这个数字。杨光和采购的同事这时也爆发出强大的战斗力,将项目的收费项目拆解到单一条目,逐一议价砍价。遇到硬手,瑞士人同样把漫天要价发挥到了极致,给出高指标与低成本非此即彼的选择,极力将这笔采购引入最有利于自己一方的位置。

为了钱,欧洲人完全可以加班的,这场拉锯战你来我往,足足持续了整整九个小时,终于在深夜十点所有人都筋疲力尽之前初步达成一致。孟星高几人几乎同时吐了一大口气,紧绷的后脊梁略微松弛下来,准备迎接最后的胜利。但托马斯从刚才就欲言又止,似乎还有话没说完,现在总算感觉时机差不多,于是试探性地说道:"尊贵的中国客人,相信你们已经看到我们的诚意满满。做跨国生意,地缘政治我们不得不考虑,我也不想做出一个产品,你们却没办法带走。这几天我把公司的骨干召集起来反复研讨,终于找到一个还不错的办法。"

"请讲。"孟星高赌的就是卡斯公司为了挣钱会尽力解决出口的问题。

"放心,你们提出的指标我们全盘接受,并且会严格按照指标执行。但为了让欧盟和瑞士政府顺利放行，我们在双方签订合同时需要把产品指标写低些，这样既完美契合你们的产品需求，又能够顺利出口，简直两全其美。"

托马斯现在的神情无比配合，仿佛在脸上写着我是为你好几个大字。一下子把杨光给唬住了，这个主意听起来感觉好像可以，绕开了障碍，钱货两清，正想问合同如何操作，孟星高一把按住了他的肩膀，示意他等等。

经历长时间谈判的孟星高早已疲惫不堪，一紧张，他就容易出汗，此刻外套下的白衬衣涓滴成河，汗液正顺着背脊酥痒地往下流。要不是洇湿变得透明的衬衣外穿十分不雅，孟星高真想脱掉外套摔在托马斯头上。

这个建议乍听起来是一个折中的办法，既满足出口要求，又满足产品要求。理想的条件下，合同以低标准签下，生产以高标准达成，顺利运到国内组装，北斗三号卫星顺利制成。但这仅仅是在不出意外的情况下，合同一旦以低标准签订，产品指标即使没有按照高标准执行，欧盟和瑞士也只认合同上的标准条款，卡斯公司无需承担任何法律责任，更不用退货或退款。

托马斯在谈判桌上态度表现得诚意满满，实则合同险象环生，如果按照他的方案，中方没有丝毫主动权，项目成功完全指望对方的诚信与良知，不出问题皆大欢喜，出了问题只能吞下巨额资金的损失和宝贵项目时间的延误，竹篮打水一场空。

"这个变动太突然，我们需要离席考虑一下。"傅晚明比孟星高更快识破了托马斯，此刻彻底坐不住了，面无表情地转身离开。

孟星高连人前保持姿态都没做到，怒气冲冲地离开了会议室，走到楼下四下无人处再也压抑不住，狠狠地踢了路边的树两脚，力道大得树干为之一震，树叶瑟瑟发抖。

"王八蛋。"

"到底怎么了？"跟过来的杨光问道，他讲了九小时的话，嘴皮都开裂了，还以为今天能完成谈判，凯旋回国，没想到一瞬间大家翻了脸。

孟星高简单解释后，杨光反应过来，骂道："实在是太阴险了，现在怎么办？咱来之前和国内的供应商沟通了，以现在的技术水平，北斗三号的指标确实很难做到。"

"给我支烟。"孟星高双手颤抖着点燃了一支烟，蹲下狠狠吸了一口，这个点办公楼几乎都熄灯了，他整个脸隐没在浓重的黑暗之中，看不清表情，只有烟头亮点在那里忽明忽暗。

几人默默伫立，情绪在愤怒与沮丧之间来回切换，不知过了多久，孟星高愤愤说道："这事咱不能答应，没答应之前还有办法，答应了就直接在一棵树上吊死了。"

傅晚明一直没有说话，一动不动地站在夜色之中，看不清脸色，终于一声"走吧"算是同意了孟星高的观点。

"走。"

说完孟星高摇晃了几下起身，杨光赶紧过去扶住他的胳膊，问道："被气晕了？"

"蹲得脚麻了。"

几人心情平复后回到会议室,十分抱歉地告知托马斯,这个条件无论如何也不能接受,然后第二次没有收获地离开了。

回到酒店,傅晚明和孟星高在酒吧坐了一会。

傅晚明情绪是前所未有的差,一个人在喝一杯威士忌,给孟星高讲了一段多年前的往事。这已经不是欧洲第一次出尔反尔了,当年GALILEO计划为了解决资金问题,抛出谁投资谁优先使用的政策,向世界各国广泛融资。当时的中国对卫星导航技术求知若渴,抱着足够的诚意接触和资金加入,之后中欧两地的科研人员交流频繁,取长补短。然而合作的甜蜜期持续不到一年,就出现了巨大的分歧。尽管中国一再重申交流仅为民用,但一部分政客罔顾合作共赢的可能,以国家安全为由一意孤行,将中国科研人员排除在研究核心之外。眼见项目无以为继,中国果断退出了GALILEO计划,痛下决心发展自主卫星导航系统计划,才有了今天的北斗二号。

当年傅晚明本来被派往欧洲交流,临行前一夜忽然得知交流计划取消,傅晚明躺在床上听了一夜的雨,想起白天还晴空万里,终于明白风云变色就是这般。今天的场景在傅晚明眼中何其相似,历史总是不停地重演,困难不会自己消失,你不解决它就会一直在那里,过去如此,现在如此,循环不爽。

"星高,我知道你也很难受,但有些东西是不能让步的,我们先回去吧。"

"现在就回去吗？可是我们什么问题都没有解决。"

"天无绝人之路，不让步我们还能回去想办法，让步了就真的是把命根子交到别人手上，受制于人的事咱做不了。"

说来也巧，几人第二天还真是坐着孟星高随口一说的航班回国了。

第三十一章
真假大小姐

回到国内是周六，孟星高正好利用周末调整时差，正睡得昏天黑地不知世界为何物时，电话铃声响了起来。

一接通，对面就是孟星高老妈劈头盖脸地责问，为什么不接电话。孟星高还来不及解释，老妈就让他别废话了，赶紧起来梳洗，然后去机场接一个朋友的女儿，她是今年的毕业生，在上海找到工作了，今天第一天抵达上海，人生地不熟的，让孟星高接一下。

孟星高多希望能电话一关，世界清净，但想起自己第一次在这个城市里迷路的情景，还是挣扎着爬起来出了门。

等孟星高坐地铁赶到虹桥机场国内到达的出口，对方的航班刚刚降落。孟星高看着母亲发过来的照片，是一张毕业证上的证件照，上面有个清纯漂亮的姑娘浅浅地笑着，看起来极好相处。下午正是航班起降高峰期，孟星高在人潮之中搜索着刚才看过的面孔，一个小时过去了，依旧没有找到。正当孟星高都要打电话给母亲是不是给错航班号了，一个身穿多层蛋糕裙，踩着恨天高的女孩朝这边噔噔噔走过来，后面的行李车上堆叠着五个大箱子，一名穿红马甲的工作人员吃力地推着。

现代的化妆技术犹如航天科技一般日新月异，有的人化妆前后判若两人，不仔细看根本辨别不出，更何况是脸盲的孟星高。就这样，女孩都走到面前了，孟星高还在东张西望。

"你就是孟星高哥哥吗？我是孟婷婷，你车停哪里？我们走吧。"

工作人员看到有人来接孟婷婷，喜出望外地把行李车交给孟星高，然后头也不回地走了，孟星高只好跟在这位趾高气扬的大小姐身后往前走。

走到出口，孟星高指着出租车标志那一侧说道："我们去这边打车吧。"

"啊，在一线城市没车怎么生活啊？这接不接的有啥区别。"孟婷婷嘴巴一嘟责怪道。

本市汽车牌照保有量不足 500 万辆，但有 2000 多万常住人口，有时候不是不想买，孟星高有一手好车技，等牌照到现在一年多都没脾气，一个刚来的小姑娘就抱怨上了。孟星高有一瞬间都要把行李车一放就回去睡觉了，但老妈满脸怒气的脸又适时地出现在眼前，在老家同姓就是一家人，孟星高只好劝自己善待所有人，就当是一场修行。

排到出租车后，孟星高大汗淋漓地装好行李，问孟婷婷住哪里，打算赶紧把这尊大佛送走。

"哥哥，不急，你先请我去市区吃顿大餐，算是接风洗尘吧。"

"你想吃什么？"

"吃什么都可以，餐厅氛围好就行。"

孟星高没辙，让师傅先往市中心开，然后让钱宇发几家氛围好的餐厅过来。钱宇收到后大喜，以为孟星高终于开窍了，赶紧将最适合情侣约会的餐厅清单发了过去，同时把这大好消息分享给了陈墨几人。

眼前的餐厅用植物与鲜花装点出一条弯曲的路径，帷幔和轻纱在夜风中若有若无地撩拨着暧昧，光线调得晦暗不明，暖黄的灯光堪堪只洒在用餐人的身上，聚光般营造男女主角的浪漫氛围。钱宇对于氛围感的把握可谓十分精准，孟婷婷很满意，迈着走红毯的步伐进入。可后面的孟星高出现就太突兀了，左支右绌，推着那五个箱子，不停地撞击着周边的桌角物件，收获了不少人的侧目相视。

"想吃什么就点吧。"

孟星高期盼着快点吃完回去，但孟婷婷显然并不是这么想，就在前几天毕业典礼上，她的所有同学都在为离开象牙塔而哭泣而依依不舍时，她在笑，她已经拿到了一线城市大公司的入职通知书，已经迫不及待地想要投入红尘嚣嚣，就像电视剧里演的那样，衣着光鲜，出入的皆是一尘不染的办公楼，不像那个总是尘土飞扬的家乡。

孟星高是她母亲朋友的儿子，是十里八乡有名的学霸，当年一举拿下省高考状元，直至现在，所有老家人口中孟星高就是出人头地的代名词。所以，孟婷婷央求母亲帮忙联系孟星高，想要一睹家乡人口中传奇人物的风采。如今一见，不加修饰的外表，朴素的衣着，唯一值得领悟的恐怕只有家乡人的孤陋寡闻。好在孟星高不是一个抠抠搜搜的男人，这顿接风宴不算太差，她要慢慢享受这个城市繁华的一面。

"哥哥，你在这里工作这么多年，房子买在哪里？"

"研究所旁。"孟星高没有抬头，默默地在切一块牛排。

孟婷婷知道孟星高的研究所在很偏远的地方，那个地方偏僻荒凉，在本地人看来甚至不算本市地界，与自己理想中的生活相去甚远。孟婷婷心中道一句好险，之前联系的时候让孟星高母亲误会了，以为是介绍男女朋友，好在自己顾左右而言他搪塞过去了，不然要所托非人了。

"你过来工作房子找好了吗？"孟星高不知道孟婷婷已经在心中把自己从找对象清单中划去了，一门心思想要最快完成老娘的任务。

"租好了，差一点，但离公司近。"孟婷婷说道。

"好的，一会地址发我，送你回去。"孟星高狼吞虎咽，把最后一块牛排塞入嘴中。

另一边，在商场逛街的钱宇遇到了叶筱悠，吃惊地问道："你不是和孟前辈约会去了吗？这么快就结束了？"

"约会？什么约会？他和我说需要调时差。"叶筱悠警觉地问道。

"孟前辈今天下午还问我氛围好的餐厅，让我帮忙预订。"钱宇说道。

"哪家？"

叶筱悠拿到地址什么没说急匆匆走了，钱宇愣了一会恍然大悟，不由得着急起来。Mache cazzo fai! 钱宇真是既怕孟星高是百年不遇的直男，在感情里不来电；又怕孟星高深藏不露，在感情里乱来电。

叶筱悠车停在餐厅外，透过窗户看到了昏暗灯光下和年轻女孩相对而坐的孟星高，女孩比自己年轻很多，打扮得俏皮可爱，眉飞色舞地在说着些什么。是啊，孟星高那样沉默的人，或许适合活泼一点的女孩子。自己真是有点傻，男女之间的感情都是电光石火，哪来的日久生情，喜欢的话早就在一起了，怎么可能等到今天。想着想着，叶筱悠眼睛酸酸涨涨的，突然一行清泪滚下来，也不知道是为永远得不到的人，还是为自己白白等待的这些年。

孟星高又把五个箱子搬进出租车后备箱，打开门让孟婷婷进去，自己坐进了副驾驶。咦，没有坐一起，这又让叶筱悠看到了一丝希望。出租车启动了，她也启动了，不动声色地跟在后面。

孟婷婷租的房子就在市中心，出租车司机按照地址左拐右拐进了一条昏暗狭窄的胡同，在一个破旧的楼房面前停下了。

"你妈不是给你打了 2 万块钱过渡吗？你一个女孩子还是租正规小区安全点。"孟星高说道。

孟婷婷不以为然，拍了一下自己的箱子说道："钱太少，都用完了，人靠衣装马靠鞍，没点行头怎么在一线城市立足。"

"哎，"孟星高叹了一口气，不知道这个女孩脑子里都是些什么，"一线城市不是你想象的这样，立足靠的也不是衣服。"

孟婷婷当然不会听孟星高的建议，在孟星高把箱子搬到她简陋的房间后，她打开箱子，把一件件华服挂在咯吱作响的衣柜中，痴迷地欣赏着。

孟星高告辞下楼，沿着胡同朝大路的方向走，走到拐角，发现一辆白色的小轿车在蠕动，左挪右挪死活转不进来。等走近看清车上的人，孟星高乐了，居然是叶筱悠。

孟星高上去敲敲车窗，叶筱悠凑过脸来还挂着两行泪，眼睛小兔子似的发红，看得孟星高怪可怜的，怎么开个车还难哭了。

"你下来，我帮你开。"孟星高说道。

叶筱悠一看是孟星高，心里的委屈跟洪水决堤了似的，眼泪更是吧嗒吧嗒往下掉。孟星高顿时就慌了，拉开车门，站也不是蹲也不是，忙不迭拿出纸巾给叶筱悠擦眼泪。

"别哭了，别哭了，都是路不好，怎么能把你卡这了呢。"

"是你不好。"

叶筱悠越哄越糟，眼泪擦不完了，直接把脸埋进孟星高的胸口，全部抹在孟星高的衣服上。

孟星高也不知道自己哪里不好，但是这时候不敢反驳，顺势把小猫一样蹭脸的叶筱悠抱在怀里，然后用右手轻轻地顺着背。

过了好一会，叶筱悠终于平复了，然后说道："才送完其他女孩子，又来和我搂搂抱抱，想不到你是这种人。"

孟星高总算知道叶筱悠在哭什么了，一拍脑袋说道："那哪是什么女孩子，那是我祖宗。"

叶筱悠听到这个回答扑哧一声笑了，然后眼泪又震掉几滴，又哭又笑的样子实在难看，连孟星高都没忍住笑出声，眼见叶筱悠又要生气，又赶紧说道："别生气了，刚才我送到这儿的女孩子是老家一个阿姨的女儿，毕业来上海工作，第一天到我妈叫我接一下，和我真的没有什么关系。"

"跟我说这个干什么？"叶筱悠故意嗔怪道。

"叶筱悠，"孟星高站直身体，双手轻轻将叶筱悠从车里拉出来，认真地看着她的眼睛。孟星高过去看过许多璀璨的星星，它们距离地球几光年甚至几百亿光年地方发生核聚变，释放出巨大的光芒，然后穿过大气层后折射出针尖一般的小点。可是眼前的这双眼睛比任何的星星都要触手可及，此刻正水汪汪亮闪闪地看着自己，孟星高自责怎么舍近求远了呢，"请原谅我这么晚才告诉你，因为我很害怕我说出口就再也离不开了，更害怕我给不了你想要的生活，我拥有的一切都飘在天上，我却没有东西可以给你，我开始怪自己为什么自己在别人眼中不够好，甚至也怪你，怪你为什么这么好。现在我依然想不明白，但也不想明白了，我冷静不下来，所以我要问你，你愿不愿意做我女朋友？"

叶筱悠身子抖了一下，仿佛被电击了一下。过去的人生中，没有男生对自己说过这样的话，所以她从未有过这样的悸动。眼前这个人她惦记了好久，他身上有自己喜欢的一切特质，专注、执着以及不落俗套的追求，唯独一点她不喜欢，他视力不好，明明自己那么显眼，他却看不到。

叶筱悠一直认为是因为沈暮秋，她过于美丽，和她一起出现的女生都黯淡无光。她千辛万苦都无法接近的人，沈暮秋轻轻松松就拿下了，同人不同命。孟星高毕业后，她到处打听着孟星高的消息，一直没有特别的事情发生，孟星高还是孟星高，努力工作，没有恋爱。叶筱悠释然了，如果不能在一起，就试着像这个人一样去专注喜欢的事业。后来，叶筱悠以优异的成绩毕业，申请去海外传播汉语言文化。现在海外工作完成，她回来了，又一次相遇，这次单单只有他们两个人，那些情愫又轻易地卷土重来，反复地侵袭自己。

沉默了一会，叶筱悠喃喃自语道："我还以为什么都要我主动！"

孟星高总是沉默，这是他从宇宙中学来的事。过去他曾经观测到太空中恒星的爆炸，几光年外的地方，巨大的球体如火山爆发般撕裂，释放出巨大的能量。孟星高透过望远镜冰凉的镜片目睹这惊天动地的一幕，四周没有一点声音，沉默地在宇宙中发生，绝对的沉默。孟星高一度认为，世界上又有什么事比恒星爆炸还剧烈，所有的事只用沉默对待就好了。可叶筱悠的问题让孟星高感到心被狠狠扎了一下，这样的一个人，这样浓烈的情感，自己怎么可以沉默，什么都不做呢，于是他把叶筱悠轻轻揽到怀里，温柔而又深情地呢喃道："对不起，对不起，对不起……"

叶筱悠由着他抱着，脸埋在他的胸口，轻轻蹭了一会才回答道："好嘛，原谅你一回。"

孟星高双手轻轻捧起叶筱悠的脸，问道："你愿不愿意做我女朋友？"

"我等了这么多年，你就这么一会都等不了了？"

孟星高心疼的情绪又涌上来，立马投降说道："我等。"

"车开不出来，气死我了。"叶筱悠说道。

"我来。"

孟星高心中嘀咕，这么宽的距离车要怎么开才能卡得如此彻底，但他不敢好奇，更不敢问。

第三十二章
生活试验局

孟星高情场得意，过了一个还不错的周末，可周一一迈进办公室，那种从欧洲铩羽而归的沮丧又回来了。

"怎么像一副打了败仗的样子。"傅晚明一边慢悠悠地往保温杯里灌水，一边戏谑着孟星高的垂头丧气。

"傅师，不是像，就是打了败仗。"孟星高一想到项目卡在核心部件，喉咙就感觉被猪油糊住了似的，咽不下去，每一秒都是窒息的感觉。

"我们还有时间，再想想办法。"傅晚明说道。

嗨，孟星高叹了口气，能想的办法他都想了，降低标准完不成任务，保持标准又搞不定进口，来来回回就是两难，给再多时间也没用。

"星高,不要在这个鸡生蛋、蛋生鸡的圈里循环,跳出来看看还有没有什么办法。"

从傅晚明的办公室出来,孟星高更加迷茫了,鸡不生,哪来的蛋,蛋不孵,哪来的鸡?孟星高连续一周茶饭不思,这天中午到了饭点,他丢了魂似的跟着人群走进食堂,也不点菜,寻了个座位坐下继续发办公室没发完的呆。陈墨摇头,一个人排队去买鸭血粉丝汤。

做这道菜的师傅老刘从未来卫星研究院成立就在这了,若说未来卫星研究院藏龙卧虎,老刘能算上一位,熟能生巧,再寻常的食材也能化腐朽为神奇。就说这道普普通通的鸭血粉丝汤,客人要几两的粉丝,老刘随手一抓就是几两,分毫不差都不带称的。摆盘也穷讲究,一个印着未来卫星研究院红字的塑料碗,他都要让粉丝顺顺地摆成一个环,嫩红的鸭血间或其中,撒点青青白白的葱花做装饰,弄得跟少女头上的花环似的。

陈墨好不容易买到最后的三碗,给了孟星高和钱宇一人一碗。结果就是美食当前,两人也不吃,心事重重地用筷子搅着粉丝,一根根一团团好似旋涡,弄得人头昏眼花。陈墨知道孟星高没搞定原子钟闷闷不乐,而钱宇呢,猫一阵狗一阵,被孟星高传染也属正常,所以懒得理他们,自顾自地吃。

可老刘卖完鸭血粉丝汤,站在档口处欣赏大家大快朵颐的样子。他受欢迎,人也嘚瑟,一天只卖50份,曾经有一次领导来了,卖完了就是卖完了,死活不肯多做一份。没办法,艺高人胆大。结果美好的画面就是有不和谐的角落,一看搅粉丝的两人，老刘当时就没法忍受了。

"你俩干啥呢？难道我的手艺退步了？"老刘不满地问道。

"刘叔别误会，是我自己烦死了。"孟星高说道。

"对，烦死了。"钱宇说道。

"别搅了，粉丝都快被你们搅成糊糊了，有什么事说出来我给你们出出主意。"老刘丝毫不觉得一个厨师帮工程师出主意有什么问题。

孟星高不接话，钱宇却马上排山倒海似的抱怨起来。原来钱宇家离上班地点远，就在附近买了套房子，装修的时候和父母意见不一吵了起来。钱宇想要搞智能家居，希望能够通过声控操控家里的窗帘电器什么的，但父母不同意，因为现在的智能家居是个新鲜事物，技术还不太成熟，质量不是太有保障，第一批的尝鲜者都反馈出错率极高。

"你说我爸妈是不是老脑筋，新鲜事物肯定比老事物出错率高，你能指望一个新事物从诞生之日起就没有毛病？"钱宇抱怨道。

"你爸妈也是为你好，怕你住进去没几天就这里坏那里坏。"陈墨说道。

"是啊，我爸妈就是接受不了一个家里有会坏的东西，家具全是黄花梨的，不仅不会坏，还能增值代代传承。"钱宇越说越生气。

"停，不要再炫富了，你家的黄花梨要是不要可以考虑给我。"陈墨听不下去了。

老刘仔细地听着，一摸下巴说道："这事不难办。"

钱宇眼睛一亮，凑过头来说道："刘叔，你和我爸妈年纪差不多，你能接受智能家居吗？就是那种喊一声，叫它开灯就开灯，叫它关灯就关灯那种。"

"有啥不能的，你看啊，你就把智能家居当孙子，孙子嘛，好的时候你叫他帮你端茶倒水，捶背捏脚都行啦，不好的时候，你叫他干嘛偏不干嘛，那你怎么办？不要孙子啦，当然是不干就不干咯，自己干。"老刘说道。

"对啊，我要的智能家居，是增加了自动的功能，不是取代原来手动的功能。比如说窗帘，我既可以声控，又可以手拉，平时懒的时候就声控开关，万一坏了就手动拉几天，等人上来维修不就好了。"钱宇愈发觉得父母比厨师老刘还古板。

"停，你刚才说什么？窗帘声控坏了就手拉几天？"孟星高问道。

"不然呢，开着窗帘，我换衣服的时候让别人偷看我美好的身躯。"钱宇说道。

对啊，孟星高想起之前去北京无线电计量测试研究院的时候，白发苍苍的老教授祝爱华就一直摇头，连连说做不到。星载铷原子钟性能的提升，需要充分考虑各个部组件的细微差异，通过整机反复精细调整逐步优化产品性能，调整的次数成百上千。每一个参数调试难度都非常大，耗时耗力，需要放到真空罐里测试十几个小时才能看到结果。哪怕再小的问题，都要经过反反复复的折腾，一个细节不对，所有的步骤又要从头再来。这么短的时间，这么高的要求，怎么可能做到。

孟星高琢磨这里的做不到是时间问题，不是技术指标实现不了，而是为了验证技术指标实现后的可靠性所需的时间多。老教授的严谨性，不允许他研制的任何产品出现可能的瑕疵，一定要方方面面充分论证后才上马。我们国家并非没有原子钟，北斗二号所用的原子钟就是国产自研的，如果就像钱宇说的，双备份，达到技术标准的原子钟背后有完全可靠性的原子钟，一台出了问题就切换到另一台上，问题不就解决了。

"谢谢你，钱宇，我支持你使用智能家居。"孟星高紧紧握住钱宇的双肩说道，然后哗哗几口吃完粉丝又对老刘说道："刘叔，你的鸭血粉丝汤天下无双。"

说完，孟星高丢下几人朝办公室跑去。

"他怎么了？"钱宇问道。

"想不到他居然是个消费的弄潮儿。"陈墨感慨道。

孟星高把这个想法和傅晚明说了说，惊得傅晚明肝颤，他太喜欢这样胆大心细的操作了。

"星高，你启发了我，我还有个更大胆的想法。"傅晚明说道。

什么，更大胆的想法，孟星高觉得自己的想法已经够大胆了，需要承担的风险都不小了，傅晚明居然还有更大胆的想法。"其实最初的时候，我还想过使用氢原子钟。和铷原子钟相比，氢原子钟在频率稳定度、频率准确度和日漂移率都更为优秀。但问题是，咱们国家研究氢原子钟的日子太短了，老科学家们害怕啊，这上了天的东西，万一出问题怎么办呢。如果说我们做出时频无缝切换技术，就可以以氢原子钟作为主钟，得到更好的性能，以铷原子钟作为备钟，当主钟出现问题时候切换到备钟，这样不就万无一失了……"

真是山重水复疑无路，柳暗花明又一村，让孟星高噩梦连连的难题，就这样豁然开朗，意外地从一团乱麻中找到线头了。

"傅师，那我这就去准备。"孟星高关门打算离开。

"等等。"傅晚明又叫住了孟星高，"帮我谢谢钱宇，告诉他我也支持他用智能家居。也帮我谢谢老刘，说他的鸭血粉丝汤天下无双，赶明我早点去排队买。"

"好。"

孟星高出来马上就把感谢传达给钱宇，钱宇立马电话告诉家中权威的老爸，说北斗三号总设计师说他家应该用智能家居，借用业界权威的名头压住了家中的权威，顺利地解决了家庭矛盾。

不知怎么地，未来卫星研究院开始有了一些传闻，有人说傅总师在钱宇家开试验局，验证未来智能生活的走向。还有人说这个试验局是厨师老刘从鸭血粉丝汤中得到的灵感，以后可能要转科研方向，不当厨师卖鸭血粉丝汤了，要吃的从速。

"智能生活试验的结论是什么？"彭海好奇地问钱宇。

"？"

钱宇回答不了这问题，而傅晚明再也没有买到过老刘的鸭血粉丝汤。

第三十三章
你敢做，我就敢用

历时数月，孟星高的团队终于找到了实现卫星星载原子钟平稳切换的关键。

"就是基频处理机"，孟星高敲着白板说道："大家都知道基频处理机由高隔离度选择开关、数字频率合成电路、完好性监测电路以及时频电源电路等几个部分组成，高隔离度开关用于选择 4 台星载原子钟里的两台作为主钟、备钟，输入到数字频率合成电路。数字频率合成电路完成主备钟平稳跟随并合成高精度的频率基准信号。晶体振荡器的短期稳定度较好，但是长期稳定度较差，原子钟则长期稳定度较好，短期稳定度较差。小孩才做选择，我们成年人都要，所以这里选择采用将晶体振荡器锁定于原子钟的方法获得长短期稳定度都好的时频信号输出。"

"数值可以拿出来看看。"

"晶体振荡器锁定两路星载原子钟产生 10 MHz 信号后，通过数字合成电路内部 DDS 产生高质量时频信号，同时监测与主备时频输入信号的相位差，再通过反馈电路，保证备份时频信号与主份时频信号时刻保持同步。"

"这里还可以有点小心机，基频处理机对主份时频信号添加了专用完好性监测电路，并预先设定故障模型，一旦触发则平稳切换至备份时频信号运行，从而保证了原子钟平稳切换技术的实现。"

这次会议，傅晚明参与其中，但他没有发表任何意见。经过这么久时间运作，他年轻的成员已经成长起来了，考虑问题越来越全面，他隐隐地发觉，提问题越来越难了。

北京，无线电计量测试研究院。

这个历史悠久的研究院配的是一栋老派的苏式建筑，坐北朝南，主楼前一个巨大的天平雕塑，每一个路过的人都得仰视，仿佛这个世界上的一切都能在这里得到衡量，包括时间。

傅晚明和孟星高匆匆从深圳飞过来，这地段堵车厉害，为了不耽搁，两人转两次地铁，顶着大太阳从地铁口走了几百米才到达。满头的大汗来不及擦，半只脚才踏进门的傅晚明就对祝爱华教授喊。

"未来卫星研究院要在北斗三号上运用氢原子钟。"

祝爱华正利用中午休息时间悠闲地看材料，一前一后晃着摇椅,突然听到这句惊世骇俗的话,差点摔下来。他挣扎着坐直身体后,连连摆手说道:"傅师啊,你要三思而后行。我们研究氢原子钟的时间和铷原子钟时间不对等的,你知道这样的精密仪器,任何一点细微变化都是有原因的,搞不清楚我心神不安。"

傅晚明知道祝爱华身上有极强的完美主义精神,如果产品上有一个他不确定的问题,哪怕发生的概率很小,对他而言都是零分,绝对不会拿出来给别人看。这也是他能研制出国内首个星载铷原子钟,并在北斗二号上顺利运行的原因。但反过来说,在没有全量验证的情况下,祝爱华是无论如何都不敢应承下来。

"祝教授,原子钟国内没有谁比您更专业,我不敢外行指导内行,您只管按照你的步骤往下研究,该怎么论证怎么论证,我不多说一句话。"傅晚明说道。

"可是傅师,氢原子钟精度高,稳定性好,漂移率也很小,能确保导航系统长达半年以上的自主导航能力,这些都不假,可它的弱点也很明显,它的体积是铷原子钟的四倍,这也是欧美国家铷原子钟才是星载原子钟主力军的原因,应用最广泛,咱们国家北斗三号不是要实现小型化?氢原子钟很难满足要求。"祝爱华说道。

"所以,我们也希望您在这次氢原子钟的研制中将体积缩小,满足星载标准。"傅晚明说道。

"你别逼我,这,这不可能。"祝爱华死活不肯答应。

"祝教授,我要是还有其他办法,我绝不逼您。"

接着，傅晚明叹了口气，讲瑞士的经历给祝爱华听，瑞士卡斯公司如何漫天要价，如何用阴阳合同条款浑水摸鱼，如何说一套做一套，几乎原封不动地把托马斯的话复述了出来。这些话祝爱华听起来极其耳熟，这些不就是北斗二号的时候美国供应商说过的吗？

他永远忘不了那天，谈判结束从美国供应商集团大楼走出来，天空晴空万里，一点都没有为这场失败而流露悲伤，街道上车水马龙，行人匆匆，只有他们几人不知道要往何处去了。陈家鸿教授跟祝爱华说，是时候开始自己的原子钟研究了。谁都知道，星载原子钟的研制，消耗的就是生命，可祝爱华没有退路，下定决心应承下来，从那以后组建了星载原子钟攻关组，拆解任务，分兵部署，而他本人也不敢脱产发号施令，每天第一件事和最后一件事都是查看测试数据、检查遥测数据和设备情况，365天全年无休，风雨无阻，才有了国内的首个星载铷原子钟。

几年过去了，历史又重演了，现实就是核心技术不在自己手上，从美国换到瑞士乃至任何一个国家，就是换到火星上去，结果都一样。

傅晚明继续戳祝爱华的软肋，氢原子钟极高的频率稳定性和长期稳定性，能够提供非常准确的时间测量，让北斗三号的导航精度赶英超美，跃居世界第一。另一方面，氢原子钟的频率稳定性非常高，几乎不会受到外部环境和条件的影响，创新与可靠性的矛盾也将迎刃而解。

如果说技术封锁的历史重演令祝爱华气愤不已，那么世界第一的名号，是真的让祝爱华很难袖手旁观。

"傅师，你别说了，让我试试。我不是怕麻烦，别看只是氢铷一字之差，研发起来天差地别，全新的领域，没有真实项目验证过，就是我做出来，你也不敢用啊。"祝爱华说道。

"只要您敢做，我就敢用。"傅晚明斩钉截铁地说道。

祝爱华感觉自己被傅晚明挟持了，一个要求之后跟着另一个要求，国家大义的名头下自己不答应还不行。

从无线电计量测试研究院出来，目睹了全过程的孟星高问道："傅师，咱把祝教授都逼到这分上了，会不会不太好？"

"是不太好。"傅晚明叹了口气。

"啊？"孟星高忍不住喊了一声。

"所以你原子钟平稳切换技术一定要实现，这样祝教授的心才能真正安定下来。"傅晚明说道。

"是。"环环相扣的事，孟星高怎么也不能在自己这里掉链子。

钱宇觉得孟星高怪怪的，以前虽然宅，但周末偶尔也是能叫出来一起吃顿饭，最近一到周末就玩失踪，叫不出来就算了，只要不是工作的信息通通不回。

"你说，我是不是已经没有什么利用价值了，孟前辈打算把我一脚踢开？"钱宇对陈墨说道。

"你本身就没有什么利用价值，你们都不在一个功能链，能怎么利用。"陈墨说道。

"不会是谈恋爱了吧。"钱宇说道。

"会吗？我看他天天加班。"陈墨说道。

"会不会，试一试就知道了。"钱宇说道。

周五下班前，钱宇看到孟星高破天荒地在洗手间收拾自己，悄悄踱步到身后，往他的包里放了一副耳机。下班后，钱宇目送孟星高离去一小时后，拨通了他的电话。

"孟前辈，我的耳机不见了，能帮我看看在不在你那吗？"

"咦，我没有和你借耳机啊，怎么会在我这。"

"可能是今天找你，东西太小掉进去了。你在哪里我过来拿一下。"

"下周一给你送过来可以吗？"

"不行啊，我有急用。"

就这样，钱宇找到了孟星高约会的餐厅，然后看到孟星高风流倜傥地走出来把耳机递给他。

"咱大周末不去happy，闹这出图啥？"陈墨坐在钱宇车上肚子饿得直叫。

"不是你想要知道孟前辈和谁约会吗？"钱宇说道。

"是我吗？"陈墨怀疑道。

"就是你，现在都临门一脚了，你别打退堂鼓。一会揭开谜题后，我请你大吃一顿。"钱宇说道。

"行。"

于是，两人下车溜进了孟星高走出来的餐厅，兜兜转转终于在餐厅角落找到了孟星高和叶筱悠。

"是她，上次吃烧烤遇到的妹子，成功拿下孟星高。"陈墨对同样躲在盆栽后的钱宇说道。

"还好还好。"钱宇说道。

"什么还好还好？"陈墨问道。

"差点黄了。"钱宇把上次孟星高和别的女孩子吃饭被叶筱悠误会的事原原本本地告诉了陈墨。

今天是叶筱悠的生日，孟星高格外体贴用心，把虾一只一只剥好送到对方的盘子中，看得钱宇和陈墨一身鸡皮疙瘩。

突然，两人中间多了一颗脑袋。

"你俩看啥呢？"钱宇正要唬就看到服务员以一种不善的眼光看着自己，又听到她说道："用餐高峰期要排号的，你俩是打算他们吃完直接坐过去吗？现在排到一百多号了，不可以插队哦。"

这位服务员身宽体胖，声如洪钟，很快就暴露了钱宇和陈墨的位置。

"不好意思，我们是一起的。"叶筱悠认出两人，赶紧出来解围。

等四人坐定，孟星高问挠头的钱宇："耳机是你放我包里的吧。"

钱宇尴尬地说道："前辈，不好意思，搅了你们的夜晚。"

"不会，不会，人多热闹呢。"叶筱悠愉快地又加了几个菜。

"那就好，谢谢谢谢。"

闹腾了半天的钱宇和陈墨也饿了，立刻大快朵颐起来。

只有孟星高一脸不悦,今天他做好万全准备,打算借生日问问叶筱悠这几个月表现怎么样,愿不愿意正式做他女朋友。这样一想,钱宇愈发面目可憎起来,孟星高已经在心里做好周一收拾钱宇的准备了。

第三十四章
自相矛盾的要求

饭堂里,钱宇咬着筷子问几人:"今年未来卫星研究院活色生香版投票,你们说我会不会是第一?"

未来卫星研究院是保密单位,所有信息都使用内网,不像外网有数不尽的在线娱乐平台。于是,唯一的论坛就成了年轻人平时工作之余的消遣所在。在这个名为"创新有为"的论坛里,除了不谈工作外,运动、旅行、相亲见面什么板块都有。所有活动中,最受人关注的便是一年一度的活色生香版年度帅哥美女的票选。

"切。"陈墨天天和钱宇待在一起,已经产生了视觉疲劳,就算他把巴黎时装周的衣服穿在身上,也溅不起半点水花。

"我又高又帅，人甜心美。"钱宇看向孟星高，"你说是吧，前辈。"

"解杰，除了他，谁都不可能是第一。"孟星高难得地对一个工作外的话题发表意见。

"好吧，我服。"钱宇两手一摊。

航天无绝对，但作为一个未来卫星研究院的老员工，孟星高实在太了解大家，颜值固然重要，实用才是关键。在投票者眼中，解杰荷尔蒙气息爆表的肌肉群组和健康的小麦色皮肤看久了也不过一块良好的结构，而未来卫星研究院不缺好结构，最终能让解杰在未来卫星研究院一众年轻人中拔得头筹的是他手上负责的星务业务。

星务是整星数据的收集、分发和管理中心，用来实现卫星星务信息处理、监视、管理协调。同时，星务也是卫星控制中枢，大脑般控制着卫星各个部分的运行，为各部分提供能源、遥测、控制等各方面的保障条件。一个人，四肢再发达，如果没有大脑的精准控制，也很难做出协调的动作。当每个分系统有任何改进升级，都需要星务，尤其是星务核心部件 CPU 芯片的支持，否则四肢发达，头脑简单的人成不了气候。

于是，负责大脑的解杰自然每日被负责四肢的同事惦记着，入选活色生香版第一名又算得了什么，按钱宇夸张的表述，只要解杰能支持，鞍前马后，端茶倒水都不在话下。可惜，对于这样的受欢迎，解杰是一点都高兴不起来。

此刻，孟星高正挨着解杰讲他的原子钟时频切换技术，平稳的过渡，无缝的衔接，一下就解决了困扰许久的氢原子钟航天应用的难题。解杰惊呼，如果真的实现，这绝对是前所未有的壮举，可惜现在自己看起来就是阻止这一切发生的罪人。

"我们的 CPU 芯片满足不了这么高性能的运算。"

"唔？"

这回答直接让孟星高词穷，但解杰现阶段也没有更好的办法。卫星隐患绝大部分来自空间辐射，因此像芯片这些高精密、高敏感的元件，其他大国都是使用具备抗辐照功能的宇航级产品，否则极易导致卫星故障，大大折损卫星寿命。对抗辐照宇航级芯片，航天大国一律对发展中国家禁运，我国只能高价进口工业级芯片，通过人工反复筛选，再用到卫星上，并通过备份来确保卫星寿命。国产芯片也不是没有考虑过，然而过去国产芯片产业发展严重滞后，国产原子钟过去还在北斗二号上使用过，但芯片这个北斗导航卫星关键核心元件，从未有过国产的影子，进口工业级芯片性能再差价格再高，至少有上天经验，大家也只能边骂边用。

"其实现在就是矮子里面拔将军，很难满足你这么高频计算的要求。"解杰对此也很发愁，他的模块对其他分系统都有影响，他着实也不想做那个拖后腿的人。

"既然是从国外的矮子个里拔的将军，为啥不从国内的高个里拔将军？过去是因为国产芯片产业没有发展起来，如今的形势已经大为改观，士别三日刮目相看，咱得重新评估下。"孟星高问道。

"问题是国内的高个没上过天，你不怕一上去就报废。"解杰说道。

两人争论半天也没有结果，只好将战火烧到傅晚明办公室。

"要不，先从国内产品里拔将军，和国外产品的矮子计较计较再说。"傅晚明说道。

"我想要一起去找高个。"孟星高说道。

"产品相关的成员都一起参与吧。"傅晚明说道。

解杰立马对国内有实力的芯片科研单位展开地毯式搜索，最终通过严格的资质评估，目光锁定在中华微电子科技集团身上。解杰和对方几番邮件来回后约定当面沟通，地址发过来一看，好运了，都不用出差，对方芯片业务办公地居然是同城。

傅晚明带上解杰、孟星高和钱宇三人正好一辆车，时间差不多，汽车已经从大路转入仅容一辆小车通过的小路。在上海生活多年，孟星高竟不知这个城市还有这样一方世外桃源，两侧竹林森森，喧嚣在这里戛然而止，耳边尽是鸟语虫鸣，宛如世外桃源。

"到了。"司机在一个树荫掩映的大院门口停下，门口写着个中华微电子科技集团第七研究院，用名字暗示该企业雄厚的研发实力。傅晚明打开车窗向门卫出示证件和申明访问缘由，然后才见横杠缓缓抬起。红白相间的横杠和不苟言笑的守卫都让孟星高呼吸一滞，未来卫星研究院也是保密单位，但就守卫的气场，和这里比还是略逊一筹。

说话间，一个年轻的女子已经站在四人面前，乌黑的长发绑成利落的马尾，板正的身材将普通的牛仔裤白衬衣都穿出精明干练的味道，金丝眼镜后面的眼睛清澈明亮，细长的眉毛微微上挑，带着一股难以形容的英气。她颔首而立，和所有人一一握手，然后引着四人转身进了办公楼。

等四人在一间整洁明亮的办公室坐下，年轻女子也没有出去通知人，只是转身去倒茶。解杰知道傅晚明下午还有别的事，于是直接问道："我们是在这里等钟欣博士吗？"

"我就是钟欣。"

解杰忍不住惊叹一声，"你就是中华微电子科技集团工业芯片模块负责人钟欣博士，你们集团的工业芯片全部都是出自你之手？"

"近两年的确实出自我之手，之前的是莫奇樊前辈。"钟欣不骄不躁地说道。

解杰整个人呆住了，就连傅晚明都有一瞬间吃惊。像芯片这样吃经验的行业，没个三五年不算入行，何况成为一个重点项目的牵头人，不是一个白发苍苍的工程师都算年轻。眼前的钟欣脸上没什么岁月的痕迹，竟然也负责得了如此重大工程。解杰回想过来，当初电话联系的时候，对方说集团负责芯片的女工程师很年轻，原来这个年轻不是相对傅晚明的年轻，是对整个芯片行业的优秀人才来说，都算年轻。

"好了，我们开门见山吧。你们需要芯片的技术规格要求我都仔细看过了，全部都可以做到。"

钟欣语不惊人死不休，目前提出的这版技术要求发给了不少国内知名芯片厂商，没有一家敢拍着胸脯马上应下，虽然其中可能有待价而沽的成分在，但考虑到巨大的经济利益，这些厂商也绝对不可能颠倒黑白，把能做到的事情非称做不到。

"钟欣博士，我们需要的芯片是要在航天科技中使用，和你们以往做的工业级芯片不一样，航天级芯片生产出来需要经历一系列非常严格的航天测试，其中就包括工业芯片不需要进行的高温、低温、抗辐射等极端试验。你对我们要求的技术指标有没有什么疑问，需不需要我们再详细地澄清一次。"解杰说道。

"即使略高于现在你们提的指标，我们也是有可能做到的，但我有其他方面的问题。"钟欣说道。

钟欣对现有团队的能力很清楚，经过这些年的人才培养和资金注入，国内的芯片研发能力已经初步完成了从0到1的构建，可以朝着更广泛的应用迈进。而技术的应用实际上是雁行模式，遵循一定的顺序，最好的技术首先在航天科技中运营，上后再军用，之后才是民用。经过航天严格考验的芯片，就像拿到了尚方宝剑，在民用领域的市场拓展就会一路绿灯。从始至终，钟欣对航天级芯片绝对有野心，但问题的关键恰恰不在产品技术。

"什么问题呢？"傅晚明问道。

"傅总师，其实你们未来卫星研究院不是第一个找上门来的航天科研机构，一个月前北方航天工业集团就已经有人来过了，然而最终却没有达成合作。原因就在于他们的芯片选型标准完全自相矛盾。一方面想要国产化，一方面又要求有过上天经验，我就问要求有过上天经验，那国产芯片永远没机会上天，永远没机会上天，怎么实现国产化？现在你们问我能不能实现你们要求的技术指标？我的回答能。如果我问你们敢不敢用没有上过天的芯片？你们的回答是什么呢？"钟欣一针见血地说道。

敢不敢呢？如果是发自内心的回答，几人都会毫不犹豫地说敢，甚至之前来过的北方航天工业集团的专家的内心里也没什么不敢的，否则也不会找上门来。但为什么标准如此设置，为什么合作没有达成，很显然就是个人内心敢不敢是一回事，组织责任谁来担是另外一回事。大胆如傅晚明，在原子钟的问题上也是主张大胆启用氢原子钟，之后有在北斗二号成功经验的铷原子钟作为备份。那么芯片是没有备份的，所有的设备都在芯片的掌控下，牵一发而动全身，这个责任谁来承担？

"敢。"傅晚明说道。

钟欣笑了，旋即又问："你能决策吗？"

"能，并且我们会去北京向中国卫星管理办公室和项目总体组说明，如果你们真的对我们所需要的航天级芯片有信心，就可以启动相应的研究了，我们的要求真不低。"傅晚明说道。

"我们的能力也真不低。"钟欣坚定地说道。

"不管行不行，总要试试。"傅晚明最后这句也不知是对自己的鼓励，还是对钟欣的承诺。

讨论暂告一个段落，钟欣带着四人参观了中华微电子科技集团的芯片实验室，整齐排列的仪器，全套的实验环境，和穿梭其间朝气蓬勃的面孔，都给国产芯片替代方案增加了一点底气。

从中华微电子科技集团出来，解杰呆在那里，胸中有股气上不去下不来，问题悬而未决，好像沙漠中快渴死的行客，远远看见一片绿洲，心中涌起希望，又生怕不过是海市蜃楼，终究是空欢喜。

孟星高在消化着一种憋屈，国外政客不是天天说加强合作，那合作共赢为什么这么难，明明有一条笔直的坦途，路上设下重重关卡的又是谁。

钱宇一脸痴迷，目光追随钟欣离去的背影，像一盏聚光灯，最后定格在背影消失的门口，炽热得恨不得烧出个窟窿来。

傅晚明看看这个看看那个，好家伙，出一趟门，傻了三个。年轻人啊，练出技术能力不难，心理素质还有待提高啊。

第三十五章
追女生的启示

要说服总体组同意使用没有上过天的国产芯片这事,还真不是喊几句"独立自主,不要被国外技术卡脖子"的大口号就可以的,过去没有使用国产芯片不是因为崇洋媚外,而是没有办法的办法。现在要启用国产芯片,最终还得回归到事物的本质,产品的可靠性以及最终导航卫星的成功运行。

"这恰恰是芯片可靠性最难论证的地方,它连接的环节太多,这个模块控制有效,另外一个模块控制未必有效,整星全套的论证下来耗时很久。现在芯片刚启动,加上论证时间,已经距离我们试验卫星发射不远了,万一结果不好,我们连更正的时间都没有。"从中华微电子科技集团回来以后,解杰更加苦恼了,过去最爱的健身都兴味索然,一个月下来肌肉都没弹性了。

"环环相扣的复杂系统确实就有这样的问题,就像雪崩,没有一朵雪花是无辜的,都是一个个小问题累积起来的。"孟星高认同道。

"我觉得你们不是来吃饭的,你们只是换了个地方苦恼。"钱宇不满地说道,今天他特别找了这家米其林餐厅给孟星高和解杰轻松下,结果这两位连个笑脸都不给。

"那咱换个话题吧,吃饭不谈工作了。"

解杰马上道歉,这事一时半会解决不了,作为主要责任人,不好把其他人都弄得愁眉苦脸,茶饭不思的。

停止谈论工作后,三人总算能专心品尝食物。钱宇的选择从未失手,这家餐厅不负盛名,食材新鲜,色香味俱全,氛围也好,餐厅中央有一演出台,上面一架三角钢琴,一袭白色礼裙的钢琴师正在动情演奏。她颀长白皙的脖颈高高扬起,像只高傲的天鹅,让钱宇一下联想到钟欣仰头的样子。

"你们说,钟欣博士怎么样?"

"专业度特别高,而且有胆识,有魄力,我觉得和她合作是目前比较靠谱的方案。"解杰说道。

"我认同,她领导力很强,下面团队整体实力不错,个顶个的牛人,对她更是心服口服。"孟星高说道。

钱宇听了他俩的描述很是不满,都答应了吃饭不谈工作,才好好吃两口,结果还是工作,"你们不觉得她长得很好看吗?和我们告别的时候,她看我的眼神恋恋不舍,要不是还要回来工作,我都舍不得走了。"

"完全没发现她哪只眼睛看了你。"孟星高判断不是自己瞎了，就是钱宇瞎了，钟欣博士把大家送到门口后，基本上扭头就走，钱宇要是不知死活地凑上去，不被马尾辫甩一脸才怪。

"你不会对人家钟欣博士一见钟情了吧，啧啧啧，太惨了，这位姐姐你高攀不起。"解杰毫不留情地说道。

"呵，一看你就是不懂怎么追女生。"钱宇从兜里掏出纸笔在餐桌写起来，最上面的目标是追到女生，目标下面延伸出两条线，分别对应女生喜欢你和女生不喜欢你，然后又在两个选项下面延伸出更多可能，女生不喜欢的选项下有外貌、性格、气质等等原因，女生喜欢你的选项下面有送礼物、多交流等等选项，"你看，每一层表象的背后都有原因，原因的背后都有解决办法，所谓对症下药，马到功成。"

正当钱宇扬起这张纸，朝解杰和孟星高自信满满地炫耀时，孟星高一把抢过，仔细看着上面的树状图说道："这不就是失效树分析方法吗？"

"哈？"钱宇和解杰不解地问道。

FTA，failure tree analysis，如果将整星任务失效作为树顶，从上至下追查导致整星失效的所有关键要素，然后予以重点设计。比如，整星任务失效有两个可能，平台永久失效或载荷永久失效。那平台永久失效又有上下行失效、能源失效、姿轨控失效、星务管理失效几种可能，再往下探，层层分析，可以列出所有关键因素。没有问题的时候可以根据失效树加强关键要素的抗风险能力，有了问题能依靠失效树排查，快速定位问题，并在机制上留足修补的时间和接口。孟星高恍然大悟，钱宇都能用失效树追求女孩，为什么自己不能用失效树提高芯片容错率。

"如果把芯片失效作为树顶，也是可以层层往下的，这样我们判断芯片能力和处理芯片问题就很有章法逻辑了，芯片关联模块千头万绪，但我们只抓重点。哎呀，钱少，你可真是个小机灵。"解杰说完给了钱宇后背一掌。

"我又启发了你，说说怎么谢我？"钱宇说道。

"下次去中华微电子科技集团时候我勉为其难地带上你，让你远观你的女神。"解杰说道。

"呵呵，本来我就得去，我的模块不能没人看。"钱宇愤愤地说道。

初步接洽后的钟欣极具魄力，在没有得到未来卫星研究院任何实际合同的情况下，在中华微电子科技集团的经营会上发表了启动北斗三号航天级芯片研究计划的演讲。

"以前有人说国产芯片是一场骗局，于是我们在技术封锁的困境中，花费数年的时间从零到一组建了这支芯片队伍，磕磕碰碰地将国产芯片推向民用市场和工业市场。现在有人又说，国产芯片是落后的代名词，什么是高质量的芯片？没有比运用在卫星的芯片更高质量了，它能抵抗来自外太空的强辐射。虽然研发投入巨大，但如果我们做到了，就是给所有质疑一个响亮的耳光，我相信高标准、高难度创新最终能洗刷在外界加诸我们身上的质疑……"

钟欣描绘的蓝图是美好的，有理想有信仰，但芯片行业投入巨大，任何决策也需要符合商业的逐利逻辑。钟欣的预算一出，台下的高管立马吵成一片，反对的声音一致认为芯片最大的投入在前期研发阶段，主要靠后面销售上量摊平成本，销量越大，成本越低，市场竞争力越强。航天级芯片要求高，需求量小，应用场景单一，不像民用芯片，可以在多种终端多种产品上使用，一个成功应用案例可以向多个行业推广。更何况，航天级芯片事关国计民生，社会责任不允许企业向国家漫天要价，可这么小众的产品好似一锤子买卖，花了大价钱研发生产，然后就没有然后了，实属两难。

中华微电子科技集团的董事长仇天浩在吵闹声中一言不发，二十年前他创立这个企业之时，凭的也是一腔热血，众人顾虑的短期效益从来不是他的重点，若是在意短期收益，他才不会在一个做外贸赚得盆满钵满的年代去做投入大收益低的芯片。仇天浩很久以前就对航天级的芯片跃跃欲试，一个有抱负的企业家，都是一山看向一山高，民用芯片和工业芯片走上正轨，就想尝试更难的。航天级芯片是芯片领域的珠穆朗玛峰，站在珠穆朗玛峰的人，才配说一览众山小，那气魄，那境界，仇天浩想想都热血沸腾。但作为企业的负责人和最大股东，仇天浩做任何决策不可能只凭一腔热血，要全面对企业的盈亏和声誉负责。放长线钓大鱼，短期内没有收益不是大事，但若找上门来的未来卫星研究院不是真的敢用国产芯片，只是把中华微电子科技集团当筹码去和外商议价，那忙活半天做绿叶衬红花，反而给外界国产芯片就是不如国外芯片的印象就得不偿失了。

"钟欣博士，安排一次双方见面再做决策。"仇天浩必须得一探虚实。

几天后，双方会面正式在中华微电子科技集团产业园进行。

中华微电子科技集团产业园位于上海市郊西侧，和未来卫星研究院一东一西，形成遥遥相望之势。和未来卫星研究院的不显山露水相比，中华微电子科技集团产业园要张扬得多，它由世界著名的后现代建筑设计师罗伯特·斯特恩负责设计，线条浑然天成，光影流动变幻，如置身未来科幻世界，与整个芯片行业的气质十分契合。

不过很少有人知道，仇天浩在产业园主楼顶层有一间茶室，原木装潢、古色古香，桌案茶具都是宋代样式，雅致清丽，不落俗套。公司的大部分重要决议是在这个古朴雅致的中式茶室做出，按照仇天浩话来说，就是中学为体，西学为用。

仇天浩和集团的另外两名股东孙达礼、孔怀安在焚香点茶，当桌上的香粉飘出第一缕青烟时，钟欣拉开门，引着傅晚明、孟星高、解杰、钱宇几人走了进来。简单的寒暄过后，几人落座，仇天浩将几盅清洌的茶水推到客人面前。

"感谢未来卫星研究院的信任，钟欣博士已经和我大概做了介绍。北斗三号这样能名垂青史的大业，作为一个有野心和责任心的企业家，说不想参与是假话，但说不计回报地参与，那也是假话，我们有一些顾虑。"仇天浩说道。

听这个保养得宜，明显比实际年龄看起来年轻许多的男人说完,傅晚明和孟星高同时松了一口气,看对方出席的人员都是公司决策层,北斗三号项目能不能用上国产芯片估计今天就能有个决断。这样一来,对方有顾虑就是件好事,有顾虑可以通过协商消除顾虑,如果对方没兴趣,是不可能有顾虑的。

"仇总,请讲。"傅晚明说道。

"航天和芯片虽然是两个不同的领域,但其实有很多相似之处。投入高,效益长远,都是实力大国才能玩得起的行业。如今国家航天事业发展如火如荼,对于芯片行业本应有促进作用。可惜由我们国家发射升天的卫星中,却没有一颗是国产芯片。过去,我们微电子集团主动联系过北方航天工业集团,想要在航天级芯片上做一些测试,但因为缺乏上天经验被拒绝了。所以,这次未来卫星研究院主动联系,我们又喜又怕,喜是我们终于具有参与国家项目的资格,怕的是只是个陪跑资格,毕竟这投入不小。"

仇天浩这么一说,未来卫星研究院的几人都明白了,仇天浩现在怕的不是没有能力做这次项目,而是怕后续没有项目继续做,就像国家花了大力气建造卫星发射中心,不是为了某颗卫星,没有源源不断的发射需求,中心就会荒废。

"两个行业果然是有不少相似之处,芯片需要一代代演进,卫星也是,每一个新方案只有发射上第一颗星,后面的星才有改进的方向。你的顾虑我们明白了,我也讲讲我们的顾虑。国家要求我们做赶超欧美国家的卫星导航系统,但我们过去的供应商却只能提供次一级的部件给我们,好比任务是炸碉堡，给的工具是指甲刀，难啊。如果国产芯片能够满足需求，并且一代更比一代强，我们所有的项目不会没有困难创造困难去使用国外芯片。我想，以你们的实力，做一颗超过国外提供的工业级芯片应该不难。"傅晚明说道。

"所以说，这应该是一个长期采购的项目？"仇天浩问道。

"确切地说，这是一个长期合作的项目，我们之间不是供需关系，而是合作伙伴的关系，双方联合研发，共同进步，未来卫星研究院不会做甩手掌柜。"傅晚明说道。

"我们的仇总是研发出身，有理想有追求，请原谅我孙某是个俗不可耐的商人。那既然是合作伙伴，必然是共担风险，共享收益，那我就要问一句，我们投入后，能获得多大的商业价值？"

让傅晚明这些研发人员去承诺商业价值，这个问题听起来多少有些刁难之嫌，但孙达礼并非无理取闹，他故意通过压力测试看看未来卫星研究院的诚意。你不是说是合作伙伴关系吗？那合作伙伴的利益总要关心一下吧，别只是画大饼邀人入局，等成了一条绳上的蚂蚱后，不做也得做，不投入也得投入了。

这时，钱宇看向傅晚明，询问是否可以发言，得到首肯后说道："几位领导，我想浅谈下这个项目背后的商业价值。"

"哦。"孙达礼很惊讶，难题居然是由一群人中最年轻的工程师回答，作为一个成功的商人，胡诌可骗不到他。

"感谢有这个机会在各位芯片专家面前班门弄斧。众所周知，芯片是所有电子产品的核心，产品不同芯片不同，不同的芯片在不同的环境下运行，消费级芯片，只会在日常温度下运行。工业级芯片，需要忍受高温、高湿、振动、沙尘等艰苦环境；汽车芯片需要长期稳定，绝对可靠的芯片保证安全行驶。而我们的航天级芯片，时刻需要经受宇宙外界射线的极端环境威胁。就应用量来说，是消费级芯片最多，然后依次递减，就开发难度来说，是航天级芯片最难，也是依次递减。但是不是生产销量最大的消费级芯片最有赚头呢，我想未必。"

"中华微电子科技集团是上市公司，小兄弟有没有仔细看过我们的公开财报，公司 70% 的营收，90% 的利润来自消费级芯片，其中有 40% 的营收，60% 的利润来自国内最大的三家消费类电子企业。你觉得，这么大的体量对我们集团来说这算不算赚头？"仇天浩反问道。

"抱歉，仇总，我的描述不准确，应该说最有赚头的产品未必需要最大投入。以汽车行业为例子，他们主要的精力与投入放在旗舰级甚至是概念级产品的打造上，老实说，这类车应用场景少、产量低、标价高，单就营收来看，简直是入不敷出。那企业做了干什么？就是秀肌肉，告诉消费者企业实力有多强，构建品牌护城河，与竞争对手拉开差距。从而在商战中，以高打低，带动中低端产品的销售，品牌溢价，拉动企业整体收益直线上升。"

"我想您的领域，没有比航天级芯片更旗舰的芯片了，对普通消费者来说，宇宙遥不可及，充满敬畏之情。一颗能在宇宙生存的芯片到达了人类没有到达的地方，本身就带上了科幻色彩，这种光环效应最终会把科技感附着在品牌上，从而拉动公司其他产品的销售。前期投入是大了点，失之桑榆，收之东隅，各位，亏不了的。"

钟欣和未来卫星研究院开过几次会，印象中的钱宇外表张扬，做事低调，会上目光总是追随着自己，更多时候是在记录，不轻易发言。今天这番话钟欣在经营会上有提及一二，当时只顾着宣泄，把重心放在做航天级芯片可以回应世人对国产芯片的质疑，没有像钱宇这般把对股东最有吸引人的经济效益说清楚，以至于响应者寥寥。没想到这么个入行不深的工程师，竟然能把商业效益说得这么有鼓动性，若是当初自己演讲时候也能这般描述，或许都能全票通过，何必再来这么一场会。

"这位小兄弟很懂商业运作，那既然是品牌价值驱动，请问未来卫星研究院愿意出席媒体活动，并提供客户证言和背书授权吗？"孔怀安早在这里等着了，要彰显品牌力，光做了航天级芯片还不行，还得让世人知道微电子集团做的芯片上天了，这话不能由微电子集团王婆卖瓜，肯定得未来卫星研究院来说才有公信力。不过，搞研究的人大多深居简出，别到时候请不动，还是得先说好。

"孔总，只要实事求是，不弄虚作假，为国产芯片，为中国北斗代言，我们求之不得，别把我们当作只会研究故纸堆的老学究。"傅晚明说道。

"老孙，老孔，话都说到这分上了，这活咱就接了吧。"仇天浩笑着看向孙达礼和孔怀安。

"行。"孙达礼和孔怀安应道。

事情谈成,每个人的心情都很轻松,喝茶闲聊起来。仇天浩看着眼前的这些面孔,想起以前拜访一些老牌航天研究机构的情景,一开会一整天,一份资料七八个部门十几位专家共同审阅,看数据表现人人都为国产芯片的进步叫好,谈测试应用,又人人受困于可靠性,新不如旧,没有谁敢承担试错的责任。现在短短两壶茶的时间,这件对未来意义深远的合作就算定下来了。

仇天浩不由得感叹道:"未来卫星研究院的核心团队真年轻啊。"

"是啊,您瞅瞅,今天跟过来的孟星高、钱宇、解杰都是入行不到十年的科研人员,组成我们未来卫星研究院的中坚力量,承担北斗这样的国家级项目,年轻、有冲劲,胆子特别大。"傅晚明说道。

"年轻人确实胆子大,钟欣博士为了这个项目在经营会上舌战公司元老,一点都不落下风。"仇天浩像是护犊子的老父亲,不甘示弱地夸起自家孩子。

"后生可畏。"傅晚明不止一次让孟星高几人学习钟欣身上的魄力。

钟欣短暂地为钱宇惊叹后,思绪很快飘到怎么启动研究上去了,至于他们后来的寒暄和对自己的夸奖她完全没有听到。钱宇看向钟欣,一直都是宠辱不惊的样子,心中更是钦佩,对于不能参加微电子集团的经营会,一睹钟欣的风采很是遗憾。

自从刚才钱宇提及汽车产业后，仇天浩的目光就不时落在钱宇脸上，越看越眼熟，忍不住问道："钱茂生是你什么人吗？"

"是我爹，您居然看出来了，好眼力。在家的时候我爹常说您不畏浮云遮蔽眼，自缘身在最高层，是他最佩服的人，叫我好好向您学习。"钱宇不知道是特别为今天的会议准备的诗句，还是真的家里常听自家老爸说，反正以孟星高对钱宇的了解，他的文学水平临场发挥不出如此贴切的两句诗词。

但不管怎样，这话说得仇天浩浑身舒服。他和钱茂生有几面之缘，知道钱茂生两个儿子，生意场上都是大儿子出面，他见过几次，老成持重，颇有父亲的风范。小儿子搞起了科研，仇天浩以前没接触过，以为只是找个地方安置，没想到年纪轻轻就进入国家级项目，两个孩子都这么优秀，仇天浩都有点嫉妒钱茂生了。

仇天浩是个说一不二的人，这次的会谈初步定下合作意向，他第二天就向众高管宣布了他的决定。为了让合作关系更稳固，也让微电子集团的投入更果断，双方召开了隆重的新闻发布会，在众多新闻媒体记者的面前，签署了战略合作伙伴协议，并宣布共同研发航天级芯片。当天，微电子集团的股票一路看涨，红线平息了内部对于这个项目的争议。

红色的印章在合同上紧紧相依，这之后两家单位的合作就密切了起来，傅晚明不管型号主线工作多忙，都要定期召开专题调度会，在确定接口、管脚定义，协调流片进度，制订验证方案，组织测试试验等各个环节都从不缺席。未来卫星研究院具体负责跟进的项目成员更是每周都要到钟欣办公室联合办公，其中因为众所周知的原因，就数钱宇最积极。

这个月的专题调度会定在周五，开完已经过了下班时间，钱宇一边在假装收拾东西，一边偷瞄钟欣，盛夏已过，已经有了些秋意，钟欣从椅背上拿起风衣穿上，看来今天她并不打算加班。于是，钱宇谢绝了孟星高一起回未来卫星研究院的提议，磨磨蹭蹭等到钟欣出会议室才跟上，跟到大门口突然一步蹿到钟欣面前。

"钟博士，你今天有空吗？我可不可以请你吃顿饭。"

钱宇外表出众，颇具绅士风度，与人相处过程中，健谈而懂得分寸，平日很受女孩欢迎。今日钱宇更是好好打理了一番，伫立在金黄的梧桐树下发出邀请，整个情景都有了些偶像剧的浪漫色彩。

错就错这不是一个好时机，钟欣心里有事，脸上露出焦灼的情绪，一声抱歉后开始伸手拦出租车。钱宇心里有点失落，但周五晚上大多数人都有安排，自己没抱多大希望，于是耸耸肩无所谓地走了几步回到车上，趴在方向盘上远远地看着钟欣。可能是因为下班高峰期，钟欣站了许久都没有拦到车，好不容易等到一辆空车还被路人拦截，想了想走向了钱宇的车。

"小钱，如果你没有什么急事的话，可不可以送我去下巨鹿路 129 号。"钟欣说道。

"求之不得，"钱宇下车打开副驾驶的车门，做出一个请的姿势。

一路上，钟欣盯着手表，对钱宇费尽心思找的话题回应得有一搭没一搭。钱宇车技不错，很快就将人送到了目的地，钟欣道谢后，走进了路边一个环境不错的西餐厅。

钱宇的车就停在路边没有走，他看到钟欣出现在一个男人的面前，这是一张比自己要年长很多的脸，五官分明，浓眉大眼，眼角眉梢有岁月的痕迹，但依然不失魅力。钱宇有点嫉妒，但不得不承认，一个成熟的女人会做一个成熟的选择，两个人看起来登对极了。

令钱宇心碎的情景没有出现，两人的氛围并不融洽，神色凝重地聊了不到十分钟，男人起身，然后和门口一个年轻的女孩牵手离开了，而钟欣一个人呆呆地看着满桌菜肴。

即使没有对白，这样的剧情也并不难猜，钱宇下车静静地走到钟欣的面前坐下。

"你还没吃饭吧，一起吃，别浪费了。"钟欣坦然说道，对钱宇目睹整个过程没有表现出一丝尴尬。

"好。"

"你不介意我喝点酒吧。"

"我帮你挑。"

钱宇选了一瓶红酒给钟欣倒了一点，然后两个人就再也没有说话，静静地坐着。

不知道过了多久，钟欣把酒杯放下，哑着嗓音说道："你看到的那个男人是我男朋友，不，现在已经是我的前男友了。我们在国外认识，他工作我念书，我毕业后和我一起回到国内发展。我们在一起整整八年，我早已做好把自己交付给他的准备，今天他才说我不在他的人生计划之中。他说我太过理性，太过独立，什么都能自己搞定，并不需要他。以前我帮他处理各种各样麻烦的时候，他从未拒绝，还一直夸我能干，怎么现在能干成了一个缺点了呢？你知道吗？他创业失败的时候，是靠我的奖学金交房租，那时候怎么不怪我独立？他和人有经济纠纷的时候，我帮忙找律师，那时候怎么不怪我理性？现在功成名就了，怪我理性，怪我独立了？我一直没变，变的是他。"

"你工作的时候逻辑清晰，现在应该看得出，他只是在为自己的变心找接口，把责任推到你身上而已。"钱宇说道。

"弟弟，很懂嘛。不像他，总是留下烂摊子给我，明明并不想和我吃饭，还点那么多菜。"

钟欣好像在责怪一个做错事的小孩，作为大人不需要跟他计较，只要客观地把问题解决了就行。只有钱宇感到，钟欣没有落泪并不是不悲伤，她只是把悲伤禁锢在一个深不见底的地方，连自己都释放不出来。

"如果不想吃，那就别吃了，他不喜欢你的理性和独立，有的是人喜欢。"

"有的是人喜欢？你吗？"

钱宇很想回答是的，他从未见过这么帅气的女子，说话直击要害，做事雷厉风行，像个女将军，一路所向披靡。这样的人应该也有脆弱的时候，是不是只会躲在没人的地方舔舐伤口，如果自己愿意给她倚靠一下，她会不会愿意。

可钟欣又说道:"弟弟别闹了,我不想带小孩。"

钱宇不是第一次听到这样的话,但他是第一次这么介意。他一度想要告诉钟欣,自己被呵护着长大不假,可他从来没有一直待在温室之中。他脱离了父母的怀抱,一个人海外留学,打过工,吃过苦。他没有走父母为他铺设好的捷径,选择了一条需要自己成长的路,没有特殊,没有例外。钱宇会看一点微表情,知道钟欣没有恶意,正如她对自己还没有爱意一样,无论现在自己是一个幼稚的弟弟,还是一个有担当的男人,其实对钟欣都是一样的。

"我不需要你带,以后你就知道了,一会送你回去。"

这个夜晚,两个人都很落寞。

第三十六章
回头草

这天过后,钱宇当作什么也没发生过,却更加努力工作,仿佛要把悲伤深埋在成堆的文件之下。

变化太过明显,连对情感麻木的孟星高都感觉到钱宇没有以前那么活跃了,每天一到办公室就埋进电脑里,头也不抬地干到深夜。这样一来,习惯了钱宇咋咋呼呼的同伴很不适应,只觉办公室过于安静。

周五晚上9点,孟星高临走前要关灯,发现钱宇还在,走过去看到他在整理一份学习资料,正是自己以前给钱宇的历史卫星的资料。

"怎么还不走?"孟星高问道。

"好多东西不懂,抓紧时间学习下。"钱宇说道。

"那也得注意休息,明天再弄吧,走,我请你去我家喝一杯。"孟星高劝道。

"周五你不约会吗?"钱宇说道。

"筱悠今天和她爸妈去参加她表姐的婚宴,我一个人没事。"孟星高说道。

"算了,不喝了。"

"确定?"

最终,钱宇还是跟孟星高回了家。

孟星高的家离研究院不算太远,钱宇一脚油门就到了,21层的单身公寓,不到50平方米,一个人住正好。原本的一室一厅被孟星高打通,入了玄关,正对前方一张矮床,柔软厚实的床垫上铺着浅灰色条纹的床单,靠窗是一盏吊灯,暖黄色的灯光在微风中摇摇晃晃,左侧靠着一面顶天立地大书柜,在这里孟星高尽情展现出他严重的强迫症,按照封面颜色放置的书本,直接把书柜变成一幅色谱图。

孟星高从柜子里拿出两瓶啤酒,递过去一瓶给钱宇,两人一起在落地窗前的地毯上坐下,郊区没有多少光污染,窗外被黑暗牢牢统治,银河流淌过夜晚的浅滩,依稀可见星光影影绰绰。

"你最近怎么了?"孟星高呷了一口啤酒说道。

"有点自卑。"钱宇问道。

"自卑?你要钱有钱,要颜有颜,有什么地方需要自卑?不会是失恋了吧?"孟星高觉得这个词和钱宇显而易见得不搭。

钱宇自嘲地想，要是失恋就好了，至少还得到过，"钱和颜都是父母给的，和我本人有什么关系，你说我要怎么才能马上变得更厉害呢？"

孟星高看了钱宇一会，确认他是认真地求教，科研领域想要变得厉害，唯有勤奋二字，板凳要坐十年冷，十年不够再来十年，怎么样都配得上厉害二字了。可马上变得厉害，哪有这么快的马，于是孟星高想想指着窗外说道："你看，那是天蝎座，在古代叫作青龙，古人们幻想青龙现身天河之上，降落凡间，就会赐福给虔诚敬奉的凡人。要不你对它许个愿吧？"

"我就知道不可能，我不可能变得厉害，我不可能配得上她。"钱宇喃喃自语道。

"不然还是喝酒吧。"这种事，孟星高哪有经验。

钱宇喝光几瓶啤酒，把酒瓶灌上不同分量的水，拿根筷子教孟星高敲击节奏，竟敲出一整首的《沧海一声笑》，两人边敲边唱，一曲作罢又来一曲。孟星高也奇怪，每次和钱宇推心置腹，都有这杯中物的身影。孟星高第一次跟钱宇去酒吧，认清了钱宇的真性情。钱宇和孟星高在西昌卫星发射中心喝酒，认清了孟星高的志向。

可能成年男人总是将自己包裹起来，不敢轻易吐露真心，而酒精就像情绪的放大器，让一些平时不能宣之于口的情绪释放出来，才完成一次交心的仪式。

当晚，钱宇倒头就宿在孟星高家的沙发上。孟星高在家比较放松，一不小心喝多了，但依旧记得洗澡刷牙换睡衣，该有的睡前仪式一样不少，只是怎么去洗澡刷牙，怎么换的衣服一概想不起来，权当作不需要思考的肌肉记忆。

早上醒来，孟星高看到钱宇睡得歪七扭八，衣服丢了一地，自己居然容忍了这么不整齐的一幕，孟星高知道他彻底地接受钱宇这个朋友了。

周一，孟星高照例踏着严谨的时间点来上班，看到门卫处，有三位金发碧眼的外国人在填访问申请，看样子似乎是第一次到访，流程不熟，手舞足蹈地在与语言不通的门卫解释访问原因。

孟星高过去帮忙翻译，询问之后才知道，这几人来自美国的芯片产商PowerSemi，从太平洋对岸远道而来。孟星高教他们填写完申请，又打电话通知了到访联络人，安排妥当后才进去上班。

没想到1小时后，孟星高又在会议室里见到这几人了。

采购部主任肖德运介绍道："傅总师,这几位是PowerSemi的大客户经理詹姆斯、高级商务经理罗伯特、法务代表盖比。三位，这是我们的总设计师傅晚明，以及分系统负责人孟星高和解杰。"

詹姆斯一一和大家握手，看到孟星高的时候显得十分高兴，"感谢帮忙，我们又见面了。"

寒暄结束，詹姆斯说道："这些年感谢未来卫星研究院对PowerSemi的信任，我们这次上门拜访，是带着诚意来的。首先，基于双方长期的合作关系，我们将未来卫星研究院升级为PowerSemi的最高等级客户，以后将有我的专业团队进行服务。其次，我们将在质量不打折扣的前提下，为未来卫星研究院提供更具性价比的产品价格。最后，我们还提议深化互信，共同进行芯片的研制。"

如此热络的合作意向，令未来卫星研究院的几人目瞪口呆。几人对PowerSemi这家公司可以说又熟悉又陌生。熟悉是因为PowerSemi是未来卫星研究院稳定的芯片供应商，为未来卫星研究院提供工业级芯片已经有五六年之久，双方的合作从未间断。陌生是因为PowerSemi与未来卫星研究院合作期间，从未登门拜访过，合作方式是明码标价，合作态度是爱买不买。今天突然来个180度大转弯，几人一时间还有点不适应。

"非常感谢PowerSemi的厚爱，冒昧地问一句，这些诚意的背后，未来卫星研究院需要付出什么代价？"美式风格，一来就把好处全数摆桌上，傅晚明也没什么必要拐弯抹角。

"我们想要成为未来卫星研究院的独家供应商，价格和要求都可以商量，我们带着最大的诚意。"詹姆斯明白说道。

孟星高恍然大悟，原来是不久前，未来卫星研究院和中华微电子科技集团的战略合作新闻传到了大洋彼岸，让PowerSemi感到了危机，直接降价求生存。这段时间和钟欣交流很多，对中国芯片产业发展史也略知一二。

芯片的重要性无人不知，无人不晓。所有这个行业的人都会提摩尔定律，集成电路上可以容纳的晶体管数目在大约

18个月就会增加一倍。换言之，处理器的性能每两年翻一倍。变化如此快速的产业，同时还具有投入金额高、投入周期长、风险巨大的特征，因此从事这个行业本身就不能单打独斗，需要国家及各种合作伙伴的大力扶植。

我国的芯片产业起步并不算晚，早在20世纪80年代，世界各国大力发展电子产业的思潮下，我国就从德国引入了一条即将淘汰的生产线，经过两年攻关部署，终于正常运转。就在这时，看到我国将在芯片领域突破的欧美日韩等国，一边打着友好合作的旗号，传播全球化合理分工的理念，诱导我国多发展轻工业等劳动密集型，赚取快钱；另一方面，对即将突破的芯片产品大幅降价，挤压我国企业的市场空间和利润收入，让企业管理层产生"自研不如购买"的经营思路。放弃自研后的结果就是任人拿捏，想涨价就涨价，想禁运就禁运。

孟星高以为这都是过去的历史了，没想到才与中华微电子科技集团一合作，外国友人就拎着礼物远道而来了。孟星高望向傅晚明，傅晚明略一颔首，示意孟星高大胆提问，不必有顾虑。

"非常抱歉啊，你们的产品无法满足我们所有需求，独家的话恐怕不行。"

"明白，可以具体说说哪些部分不能满足，我们对大客户的需求都会尽力满足的。"詹姆斯说道。

"真正的航天级芯片，你们研制出来，恐怕也难以出口。"孟星高说道。

孟星高的话切中要害，詹姆斯对他早上帮忙的那点感激已经荡然无存，他看向更有决策权的傅晚明，说道："确实如此，但傅总师，恕我直言，中国芯片厂商也没有现成的航天级芯片提供给未来卫星研究院。以我多年的经验，从0到1的研发并没有你们想象的那么简单，各位当真要冒这么大的风险吗？古语有云，百鸟在林，不如一鸟在手，虽然PowerSemi无法出口航天级芯片给各位，但我们可以根据各位的需求，升级工业级芯片的性能，不耽误各位的进度。"

"不试试怎么知道呢？"傅晚明的口头禅这时候出现得十分贴切。

接下来是一小段时间的沉默，双方脸上都挂着礼貌的微笑，会谈彻底进行不下去了。半晌，詹姆斯几人起身告辞。

会议室的门又关上了，采购部主任肖德运不无担忧地说道："傅总师啊，你说咱把话说这么绝，万一他们一下子断供怎么办，咱这还一堆项目呢。"

"肖主任别怕，工业级芯片，我们的选择很多啊。"傅晚明说道。

"哎，选型、认证、测试、应用一堆事，重来一遍要脱层皮的。"肖德运摸着头上为数不多的几根头发说道。

"且不说他们现在知道自己是可替代的了，不敢漫天要价，就算他们不能审时度势，非要终止合作，可能你就麻烦一次，后面一劳永逸了呢。"傅晚明说道。

"但愿如此吧。"肖德运怀疑地起身离开。

两周后，一份新的报价单出现在肖德运的邮箱里，PowerSemi宣布降价。肖德运摸了摸头顶，感到一种蓬勃而出生长的力量，那些在与外国供应商谈判过程中愁掉的头发，好像又要回归了。

第三十七章
霸总难当

自从知道了钱茂生的小儿子钱宇在未来卫星研究院搞科研后,每次未来卫星研究院到微电子集团开会,仇天浩有空都会请未来卫星研究院的几个人吃饭。而这天,傅晚明也难得地参加了。

"项目上马几个月,终于摸索出一条道路,感谢未来卫星研究院的耐心与信任,我以茶代酒敬大家一杯。"仇天浩起身说道。

"感谢仇总对北斗三号项目的高度重视。"傅晚明说道。

"仇叔叔,祝贺中华微电子科技集团,市值再上新台阶。"今天钱宇看财经新闻,发现中华微电子科技集团上半年生产总值增长了数倍,市值也实现了翻番。

"都是托各位的福,让我们微电子集团上了一艘大船。"

若论员工数量及规模,微电子集团要大出未来卫星研究院数倍,但未来卫星研究院背后的北斗项目,用航空母舰来形容都不为过。这段时间,嗅觉灵敏的仇天浩又有了新的灵感。北斗卫星导航系统包括空间段、地面段和用户段三部分,现在微电子集团在做的是空间段,数量惊人的用户段还未涉猎,而应用级芯片恰恰是北斗真正推广后能够几何数增长的部分。仇天浩决定了,他的商业版图里,必须有支持北斗三号信号体制的芯片。

"各位,我有一个新的想法,航天级芯片上天后,地面不能没有应用级芯片接应,我们微电子集团必须为北斗导航系统的推广贡献力量。"

"仇叔叔,北斗卫星导航系统可以广泛应用于车辆管理、汽车导航、可穿戴设备、航海导航、数据采集、精准农业、智慧物流、无人驾驶、工程勘察等领域,需要应用级芯片的终端设备非常多。"钱宇说道。

钟欣从一道名为荷塘月色的菜中夹起一片莲藕,若有所思地说道:"最好应用级芯片除了支持北斗三号服务信号外,还能支持 GPS 等其他全球导航卫星系统,同时支持多频点信号。这样不仅在任何国家都能使用,还能根据信号强弱进行切换。基于应用场景如此多元,最好有丰富的外围接口,可以轻松应对各种拓展应用。"

仇天浩点头称是,然后意味深长地说道:"一家企业的力量再大终究是孤独的,以一己之力很难推动芯片核心技术的快速提升。众人拾柴火焰高,我们微电子集团应该身先士卒,联合产业链多方资源,合力推动北斗芯片产业的繁荣。一个开放的研发平台势在必行了,大家一起加盟来做大行业蛋糕吧。"

众人都被仇天浩的境界所感召,纷纷举杯,将茶喝出烈酒的气概来。

接下来几人就没有再聊工作,而是谈起了轻松的生活琐事,风趣幽默的钱宇成为席间的主角,惹得众人捧腹大笑,唯有钟欣一直看表,坐立不安。

钱宇凑到仇天浩耳边说道:"钟博士有事,不如让她先回去。"

于是仇天浩说道:"钟博士,今天差不多了,你先走吧,我们几人再聊一会。"

得到领导的首肯,钟欣面露喜色,向钱宇投去一个感谢的目光,然后拎包告辞,飞速离场。

"是试验出了什么问题了吗?钟博士看起来很着急。"孟星高不无担心地说道。

"那个,最近一部爆火网剧《先婚后爱,霸道总裁宠上天》每周五更新两集。"

钱宇有一天不小心看到钟欣桌上的备忘录,在一众会议、试验、测试的安排中,出现了一个不和谐的备注,就是这部网剧的更新时间。众人愕然,这雷厉风行的女博士,这独当一面的科研人才,竟然沉迷霸道总裁。

"其实,这部剧我认真研究了,确实不错。虽然是小成本制作，但逻辑清晰，节奏张弛有度，男女主之间的爱情直叫人荡气回肠。更重要的是女主也做研发，颜值在线，精明能干，钟博士看这部剧就像看自己的自传。"

这些在傅晚明和仇天浩听起来像天书，但本着学习无止境的精神叫钱宇展开说说。于是，网剧女主柳若梅作为医药世家的传人，如何与霸道总裁顾北坠入爱河的狗血情节开始折磨席间的几人。

孟星高不堪其扰，终于打断钱宇说道："嗯，女主角挺像钟博士的，就是你与男主角不太像，男主角冷若冰霜，惜字如金，而你，唉。"

钱宇悲伤地闭嘴，让众人又有点心疼，于是孟星高又补充道："其实你的实力，当总裁绰绰有余，只差一点霸道了。"

钱宇旋即来了精神，在脑海中迅速检索如何霸道，但一想到自己把钟欣逼到墙角，只要钟欣冷冷地瞥一眼，自己立马怂了，什么"女人你成功地吸引了我的注意"的话是断然说不出口的。

果然还是不行啊，今夜钱宇很沮丧。

然而，到了第二天，钱宇又恢复了那个阳光灿烂、激情四射的样子，因为试验星方案汇报的日子很快就要到来，这次汇报会决策核心部件是否能够全面国产替代，也就是说钟欣研发的航天级芯片是否能够最终获批使用，成败在此一举。

"前辈，你说我能为钟博士做些什么？"钱宇嘴里塞了张饼，含含糊糊地问孟星高。

"没有。"钱宇负责的模块和芯片的关系没有孟星高和解杰那么大,甚至可以说,钱宇在这件事上根本帮不上忙,但他就是不想看到钟欣空欢喜。

"我真没用。"钱宇说道。

"也不是完全没用?"孟星高于心不忍。

"什么?"钱宇说道。

"第一,不要让自己的模块拉后腿,一个细节出错,整个方案都会被打回来,钟博士的航天级芯片作为其中一部分,也不会得到审批。"

"我就是不睡觉,也会再把方案检查个十几二十遍。"钱宇信誓旦旦地说道,"那第二呢?"

"第二,下次再着急,也不要吃着东西说话,否则我会听不清,给出错误的建议。"孟星高说道。

"好吧。"钱宇心想这个笑话一点都不好笑。

办公室的紧张气氛达到了顶点,年轻人也就算了,就连刘建设也是整天搞到凌晨,彭海知道后,几次暗示傅晚明要关爱老同志。

这天,傅晚明11点走出办公室,看到孟星高几人还在,于是交代说关灯回家,不准熬夜。大家言听计从地起身,叫傅晚明先走,自己收拾下就来,傅晚明也没在意,离开了办公室。走到楼下,傅晚明还特意抬头看了下,办公室灯光逐一熄灭。

走出未来卫星研究院大门,傅晚明突然想起来,给女儿买的快递忘记拿,折返回办公楼收件处领取,结果一抬头,刚才已经熄灭的办公室又亮了起来。

傅晚明又好气又好笑，这个主意用脚趾想想也知道是刘建设出的，这样的老革命后代，游击战术融在血液里，应对得那叫一个轻松。傅晚明根本拗不过刘建设，孟星高、钱宇这些小子也愿意陪着他疯。

也罢，就当年纪大睡不着吧，傅晚明拿着包裹直接离开，不再与老顽固、小顽固斗智斗勇。

第三十八章
谁更安全

"这次试验星的方案你来汇报。"前往北京的飞机上,傅晚明对孟星高说道。

"傅师,这合适吗?"孟星高说道。

"这有什么不合适的。"傅晚明说道。

"你在哪有我说话的份。"孟星高说道。

"你不能总躲在我的身后。"傅晚明说道。

每一个总设计师都是从基层做起,先了解部件,再到分系统负责人,然后才能负责整个卫星系统。孟星高知道傅晚明对自己有意栽培,以前在让他负责分系统的同时,不停地提点其他分系统的运作逻辑。现在的功能链更是把卫星的十多个分系统合并为四个,孟星高负责载荷功能链时,已经能够从全局的角度去思考问题，这在以往的研发模式是不可想象的。所以，试验星的方案孟星高实际上很熟悉，只要不涉及零部件的参数细节，孟星高完全可以讲清楚的，只是他不太明白，这么多领导在场，傅晚明偏偏让他上台汇报。

会议时间一到，孟星高还是站在了台上。

"各位领导，未来卫星研究院的试验星目前进展顺利，我们已经完成了核心元器件的选型，全面实现了国产化，完全自主可控……"

全面国产化是北斗三号重要的项目目标，但由于种种原因，我国的航天元器件水平长期低于西方发达国家。长此以往，在卫星研制领域就形成了用进口元器件保险的观念，能进口的尽量进口，尤其是关键元器件，宁愿降低性能指标也要进口。这个问题在孟星高进行原子钟和芯片的谈判过程中也受到了影响，逼不得已的时候也把降低性能指标获得进口许可列为其中的一个选项，好在有了傅晚明的支持才让他勇敢地选择了国产元器件。

北方航天工业集团项目负责人李庆祝在未来卫星研究院前面汇报，国产化的项目目标李庆祝怎会不清楚，为此他也是使出浑身解数，最终，除了20%左右的重要的核心元器件外，全部使用国产元器件。在他看来，只要关键部件质量保障，其他非关键部件，品控略有问题也可以通过海量筛选来解决问题。正扬扬得意做完了以往不可能的任务时，未来卫星研究院上来个毛头小子，李庆祝还心里嘲笑了一番未来卫星研究院没人了。结果，人一上来就说实现了全面国产化，甩出一个核心元器件100%的国产率指标，让李庆祝80%的国产率成了一个笑话，直接丢了老牌科研单位的面子。

"按照你们现在的设计，70%以上的元器件都没上过天，卫星安全如何保障？国产化的目标需要举各方力量完成，不能为完成目标而僵化执行，把责任往供应商身上一丢就算了。"

这个问题说得有些尖锐，但从道理上来说，航天科技求稳，才会有新技术采用比例不应高于30%的传统，所以李庆祝的观点还是得到了不少人的支持。

孟星高看向傅晚明，傅晚明扬了扬下巴，示意他接着说。

"感谢您提出安全保障这个未来卫星研究院非常重视的因素，我们在坚持国产化的道路上不敢把责任往供应商身上一丢了事，而是在信任国产元器件的同时，从系统上设置了一系列的保障。以星载原子钟为例，我们大胆地与无线电计量测试研究院合作研制星载氢原子钟，但是我们在实际应用中，设置了主钟和备钟，并首创原子钟时频无缝切换技术，切实地保障了卫星安全运行。"

"就算星载原子钟有冗余配置，但是芯片呢？要知道面对空间中的辐射，这样的精密元器件可是很脆弱的。"李庆祝说道。

"我们未来卫星研究院有一项'四到四不到'的原则。任何一项卫星技术，都必须在地面测试到；如果测试不到，必须验证到；若验证不到，必须计算机仿真到；如果计算机仿真不到，必须人员保证到。芯片也是一样的，我们与中华微电子科技集团合作的航天级芯片，虽然没有上过天，但大家请看这些仿真数据，是具备了安全运行的条件。此外，我们在系统及软件层面，也有后悔药吃，我们的国产芯片加上flash架构，首次实现了在轨赋能的功能。软件是我们在轨卫星出现问题最多的环节，在以往的卫星设计中，软件发生故障后不可修复，出问题后不受控，在备份还来不及使用的情况下，可能整星已经失效了。尽管大部分软件问题可以通过软件复位或让设备断电再加以消除，但会影响到卫星运行的连续性，如果是导航卫星就是信号终端。现在有了在轨赋能功能，如果出现严重故障，设计了安全模式，保持信号不中断。二是卫星进入轨道后，依旧可以修改软件错误或者满足新的需求而修改软件……"

孟星高的一个回答，往往能带来更多的问题。无论是国产芯片还是国产原子钟的供应商，北方航天工业集团都联系过，最终却和未来卫星研究院做出了两种截然不同的选择，目的居然殊途同归，为了实现卫星的安全运行。到底孰对孰错，评审的专家一时之间也难作判断，只能暂时休会，各自回去再想想。

出了会议室的门，陈家鸿教授对傅晚明说："要不今天到家里一起吃顿饭，你师母想你了，你带过来的小伙子也一起吧。"

陈家鸿教授是早期的航天技术奠基人，桃李满天下，傅晚明就是被陈家鸿领进门，从大学起开始接触到卫星。那个年代的学生穷，又在长身体，各个饭量惊人，每月学校发的那点饭票根本不够吃。陈家鸿教授的太太刘桂芳是苏州人，做得一手好菜，傅晚明和几个小伙子尝过一次后就惦记上了，每次上门求教，非要磨蹭到饭点。陈家鸿夫妇对待学生就像对待自己孩子，眼瞅着蹭饭军团越来越大，但左看右看都是好学的孩子，竭尽全力也要让人吃得扶墙回去。

这些都是傅晚明学生时代最美的记忆，只是现在两人有了上下级关系，为了避嫌傅晚明很少到陈家鸿家中走动，若不是陈家鸿教授的太太刘贵芳主动提起，恐怕傅晚明不太敢像以前那样招呼不打就跑到陈家鸿教授家蹭饭。

陈家鸿教授一直住在大学老宿舍楼，20世纪70年代的筒子楼，仿照苏联时代的赫鲁晓夫楼建造，红墙水泥柱，长长的走廊串联多户人家，走廊的门窗正对着各家厨房，一路走过去，都是从里面飘出的香味，鼻子好的吃什么菜都猜出来了。傅晚明熟门熟路，直接爬上三楼，楼梯左转第五间就是陈家鸿教授的家。

这个国宝级的科学家，平时出门工作打理得挺讲究，一身中山装，一双软底皮鞋，头发顺顺地全部梳向后脑勺，上面抹上点水，整个人精神抖擞。等回到家，他便换上毛衣秋裤棉拖鞋，和其他这个岁数的老头并无二致。

陈家鸿依旧耳聪目明，听脚步声知道傅晚明来了，于是从厨房小窗伸出个头张望，看人走近了，赶紧开门招呼进来。陈家鸿的家不算大，约莫六七十平方米，两室一厅。全部铺着旧木地板，踩起来咯吱作响。进门就是客厅，一目了然，没有什么现代家电，一整面墙的书柜塞得满满当当，书柜旁靠窗的位置有一个摇椅，陈家鸿常在这里看书，地板都磨出不少痕迹。一旁的桌子上铺着块蕾丝桌布，上面的花瓶里应该是师母买的一束鲜花，所有一切都和傅晚明记忆里一模一样。

"晚明，小孟，饭还没好，快来杀一盘。"

陈家鸿说话的瞬间，已经在客厅的茶几上摆好了一副棋盘，朝两人挥手。陈家鸿教授专注工作，唯一的业余爱好是下象棋，路过公园有人下棋都要忍不住多看两眼。今天好不容易傅晚明带着孟星高来到家里，陈家鸿可算抓到机会，一定要跟两人来几盘。

十横九纵列九宫，粮草未动兵马行，技法手段没有陈家鸿不懂的，只可惜平日工作忙，真正和人楚河汉界，两军对垒的机会不多，这棋局一开，立刻吃了疏于练习的亏。傅晚明还知道让陈家鸿几步，孟星高就完全没有手下留情，很快杀得陈家鸿片甲不留。

"不下了，不下了。"处理过无数多大场面的陈家鸿，才四五盘就输急了眼，把棋盘一推自己生闷气。

孟星高一看老人家生气，心中有点懊恼，怎么就不知道让一让老人家。这时候，师母刘桂芳端着菜出来安慰道："别理他，臭棋篓子，脾气还大，先吃饭吧。"

松鼠鳜鱼、蟹粉狮子头、酱鸭、东坡肉、鸡头米虾仁摆了满满一桌，色香味俱全，三人马上搁置争议，全坐过来了。陈家鸿和傅晚明注意养生，不敢多吃大鱼大肉，多往青菜盘里夹菜。孟星高新陈代谢快，开会开了一整天，饿是真饿了，三下五除二，桌上的菜大半进了他的肚子。

吃完，刘桂芳下楼散步，让师生几个好好叙旧。陈家鸿一看老太太走了，门一关，偷摸拿出一瓶酒来。

"师娘不是不让您喝酒吗？"傅晚明说道。

"嘘，小声点，她还没走远。有学生在，她一般不会太早回来。"陈家鸿说道。

孟星高无奈，这老教授在哪都是泰山北斗一般的人物，谁承想在家里如此卑微，如果他没看错，酒瓶是从床底下掏出来的。说话间，陈家鸿已经给每个人倒了一杯酒，然后端起来美美地喝了一口。

"小孟，你今天讲得好。从你身上我看到了当年晚明的样子，甭管什么权威，就认个死理。"年轻真好，陈家鸿看孟星高的冲闯劲又羡慕又欣慰，那种感觉就好像自己是已经退役的卫星，傅晚明是正在运行的卫星，而孟星高是即将起飞的备用星，一代更比一代强，航天事业就这样被推着往前走。

孟星高哪会想到国内首屈一指的航天专家还能羡慕自己，他就关心："陈教授，您支持我们创新超过30%吗？"

"支持，为什么不支持。我问你们一颗卫星的寿命多少年？"陈家鸿问道。

"不同的卫星寿命不同，北斗三号卫星的话，我们希望使用寿命到10年左右。"孟星高说道。

"太阳的寿命推算百亿年，半人马座比邻星的寿命推算可达千亿年,你们拼死拼活研发的卫星也就十余年。这样一比,宇宙中星星就跟神灵似的,亘古不变,咱的卫星就是蜉蝣,朝生暮死。所谓寄蜉蝣于天地,渺沧海之一粟。人,包括人造的东西,放在无限的宇宙里,渺小得如同一粒尘埃,足以忽略不计。但我要说,我们的卫星比任何一颗恒星都强,一颗恒星再漫长,也会经历诞生、成长、衰老、消亡,变成红巨星,最终在爆炸中耗尽生命。而咱的卫星,前一颗完成使命,就会有新的接替它的使命,前仆后继,那个位置永远有一颗卫星在坚守岗位,它永远不会陨落,只会更强。我们的卫星是有生命的,一直在进化,你说我为什么要反对创新呢?"陈家鸿教授说道。

"那您相信咱能超越欧美吗?"孟星高又问道。

"孟星高,你年纪轻,认得这个吗?"陈家鸿指向自家电视柜,上面有一台小尺寸的老式电视机。

"电视机?"孟星高不太确定地回答。

"是熊猫牌电视机,国产的,我90年代买的。那时候你还小,可能不清楚,电视机可是个稀罕玩意,家里要是有台电视机,娶老婆都容易些。但其实80年代,市面上只有日本彩电,那个价格贵得要死,普通人不吃不喝得存一辈子才买得起。可到了90年代,国产彩电出现了,价格下去一大半,我们家凑钱也能买一台,不比外国的差,用了十几年啥事也没有。现在你再去市场上看看,短短的10年,国产电视靠更优越的性能更便宜的价格站住了市场。彩电都行,卫星怎么不行,你们全面国产化的方案,我怎么可能不支持。但话说来,大家接受需要一个过程,这颗卫星不是小事啊,几个亿几个亿的都是纳税人的钱,谁都怕出错。你们大胆假设,小心论证,把那试验星给我发漂亮了,其他地方不用再费口舌。"

"好。"

对于陈家鸿发自肺腑的表态,孟星高有很多话想说,但到了嘴边没有比"好"更贴切的决心了。

第三十九章
模拟爱情

随后的一次重要会议上，中国卫星管理办公室主任许凤祥宣布花开两朵，各表一枝，北方航天工业集团和未来卫星研究院都按照各自的方案先往下走。这个表述简单平实，没有评价孰优孰劣，但对未来卫星研究院来说，这意味着自家采用全面国产替代的方案通过了。

孟星高带着这个好消息回到未来卫星研究院，钱宇异常激动，恨不得把孟星高举起来。他这几天担心啊，忧虑啊，茶不思饭不想，现在总算盼来个好消息，马上宣布这个周末要在家大宴宾客。

陈墨狐疑地看着钱宇，啧啧说道："不对劲，方案通过最高兴的人应该是解杰，你请什么客？"

钱宇赶紧搂过解杰，说道："解杰是我哥们，他的事就是我的事。"

"是吗？"解杰挣脱钱宇的束缚，显然对两人的感情不太有信心。

"不要在意这些细节，说好了，周六我家，不见不散。"钱宇说完一溜烟跑了。

钱宇为了上班方便，在距离研究院不远的地方买了一套 200 平方米的大平层，一整面落地玻璃窗正对一望无际的蔚蓝海面，明亮通透，整个装修是钱宇喜欢的工业风，灰色的水泥墙，粗糙的金属家具，黑白色调的摄影，都带着和钱宇不相符的硬汉气质。

大多数人是第一次受邀到钱宇家，但共事久了，知道钱宇个性随和，谁也不跟他客气，你叫我我叫你，乌泱泱就凑了十几人。下午三四点的时候，大家陆陆续续到了，参观了一圈，有人在落地窗前望着美景感受财富，有人在客厅正中的邦联幽灵摩托前触摸财富，但航天从业者终究逃脱不了内心对宇宙的向往，很快都聚到客厅一柜子的航天模型前了。

孟星高拿起一个火箭模型，挡住上面的标志，对叶筱悠说道："考考你，这是哪一个型号？"

叶筱悠和孟星高在一起后，学习了不少航天知识，只是光看外形哪里认得出火箭，支吾半天问道："长征二号？"

解杰过来凑热闹："这题我会，长二捆，长征二号 E，主要用于发射近地轨道有效载荷，配以合适的上面级，可进行中高轨道卫星的发射。"

陈墨觉得有趣，喊着考我啊考我啊，孟星高又拿起另一个火箭模型。

"长征三号甲运载火箭，具备了大姿态调姿能力，任务适应能力更强，主要用于东方红三号卫星平台的发射。"

"咖啡、水果、零食、酒都在桌上，我出去接个人。"钱宇去洗手间整了整发型，出了门。

一切都逃不过陈墨的明察秋毫，"这小子有古怪，估计今天这局估计不是为我们开的。"

大约过了十几分钟，钱宇带着一身运动装的钟欣开门进来，钟欣今天没有扎头发，一头黑发披散腰间，少了工作时的冷冽，多了几分女性的柔美。众人看到平时少爷气质的钱宇一下递拖鞋，一下递毛巾，鞍前马后地照顾人，马上心领神会，眼神探寻似的瞥向两人这边。

那天钱宇目睹了钟欣失恋的全过程后，两人不上不下地处了一段时间，说只是友情呢，又多那么一点，说是爱情呢，又少那么一点。钱宇招女孩喜欢，高富帅谁不喜欢呢，一切得来全不费功夫，钱宇在感情上怕麻烦，也不愿意使劲。感觉对了就在一起，感觉没了就散了，女孩如果没意思，钱宇绝不勉强，女孩如果有意思，钱宇顺水推舟。钱宇知道自己在钟欣心里恐怕还没什么分量，抽身离开或许是一个更好的选择，可是这一次，钱宇偏要勉强。

钱宇被几人的目光看得心里发毛，生怕他们说出点啥把钟欣微弱的火苗给灭了，于是提议道："干坐着也是无趣，我们来玩个游戏吧。"

游戏的名字叫作不听指挥，钱宇解释了一下游戏规则，一个人命令其他人做，但不是说啥做啥，而是要执行相反的指令，比如说往东要往西，说坐下就要站着。但在一群高智商的航天工程师中，玩法必须升级，发出的指令要与航天相关，做出的动作也要真实存在在航天领域中，至于做错也是要有惩罚的，惩罚没有标新立异，喝酒而已，多少自己把握。

几人一听，觉得挺有意思，正好钱宇家有一柜子的道具。于是大家人手一个火箭，然后听钱宇发号施令。

钟欣看着手里的长征三号甲，悄悄对钱宇说道："我不会怎么办？"

"没事，我保你能赢。"然后凑到钟欣耳边悄悄说了个诀窍。

"长征二号E，第一级火箭发动机点火。"

"长征二号F，第二级发动机熄火后自动脱落。"

"长征三号甲，第三级火箭点火。"

"长征二号F，整流罩脱离。"

……

服从命令是航天工程师的本能，但凡钱宇说快点，就把游戏当真了，下意识的动作就出来了，几轮下来，航天从业者输得最惨，最后的赢家果然应了钱宇的话，是钟欣。钱宇对着钟欣一挑眉毛，仿佛在说你看我说的是吧。

所有的喝酒游戏都是一样，越玩不好越要喝酒，越喝酒越玩不好，几轮下来，最终喝酒的都是几个航天工程师，有新手光环的钟欣反而从头赢到尾。钟欣手忙脚乱地处理着命令,眼睛看着钱宇,但一直记得钱宇凑过来说的秘诀,当他提到自己的火箭时,语速会变慢,手里的话筒往下的时候火箭就往下,话筒往上的时候就往上。

大家玩累了,横七竖八地躺在沙发上、地毯上,一会有人过来送餐,寿司、比萨、烧烤混搭摆了一桌,吃吃喝喝又是一阵欢腾。差不多晚上九点的时候,大家开始接连告辞,只剩下钱宇和钟欣。钟欣自告奋勇说赢家收摊,听起来倒也合情合理,钱宇根本不敢多想。

欢腾了一晚上的房间突然安静下来,只有杯盘碗碟碰撞声,和垃圾袋窸窸窣窣的摩擦声。两人合力收拾了半个小时,终于恢复到整齐的模样。

钱宇最后将抱枕归位,走到厨房靠着冰箱,看钟欣那双手在洗手池中时隐时现,竟然比泡沫还白皙。窗外的夜色将人的理智击溃,房间只开几盏长吊灯,如纱如雾地笼罩两人,不觉多了一些倾诉的欲望。

"你大概知道我家从商,我想搞科研,我爸妈也没反对,在他们看来反正干不好就回来做生意。可是我很庆幸我做得不赖,否则就没有那个幸运认识你了。"

"我还没有走出来,很抱歉让你误会了,可能我的脸没有办法表现出我对一个人的在乎。"

钱宇觉得身体的力量被一种浓重的失落感抽离,解开衬衣的纽扣都觉得困难,"没事,这么多年的感情,很正常。"

"你这样的弟弟应该不缺女孩。"钟欣继续说道。

钱宇没说话,他不敢否定或者肯定,因为任何的回应都会变成一件板上钉钉的拒绝。这段时间的相处,让他很矛盾,他对钟欣的喜欢像一把高悬头上的达摩克利斯之剑,他既希望这把剑永远别落下来,让一切都还有可能,又希望它快点落下来,直接给个痛快算了。

沉默让钟欣也感觉到尴尬,只好换了个话题随口说道:"对了,玩游戏又没有奖品,你干吗给我作弊,万一被你同事发现了。"

"你想听真话?"钱宇问。

"当然。"钟欣完全没有意识到接下来的回答是多么危险。

"因为我舍不得让你输。"

钟欣冰凉的心像被什么击中似的,她疼得回头,看到昏暗的灯光下,身子隐没在一半黑暗中的钱宇,他的目光深邃,衬衣下的胸膛微微起伏,仿佛刚才说的不是一句话,而是吐露了一颗真心。

又是一阵沉默,直到钟欣用厨房的台布擦了擦手,走向大门要告辞。

"我送你下楼。"钱宇靠着门框,从鞋柜拿出一双人字拖。

"不用了,我叫了代驾。"钟欣说道。

"哦,那到了给我电话。"钱宇忍着自己不舍的心,看着钟欣转身利落地走了。

钱宇终于瘫软在沙发上,看着窗外发呆,不知何时下起了毛毛雨,在落地窗上留下绣花针般的轨迹,针针扎心。

突然,门铃响了,钱宇不假思索地从沙发上弹起来,心中腾地升起一丝微弱的希望,他甚至来不及穿鞋,奔向大门。

"要不我们试试。"

钟欣的发丝上带着细细密密的水珠,脸上有一抹红晕,在开门的一瞬间,就对上钱宇热切的目光。

"什么?我没听清。"钱宇瞬间觉得有些耳鸣。

"我只说一遍。"钟欣音量更低地说道。

"听清了,听清了。"钱宇扰民一般地吼道。

第四十章
上门挑战

得偿所愿的钱宇周一高高兴兴地出现在办公室,却看到孟星高和刘建设一脸晦气地坐在那里。

"怎么了,这是?"钱宇凑过去。

"月底,总体组和北方航天工业集团要过来参观。"孟星高说道。

"总体组巡察很正常,但北方航天工业集团和我们不是竞争单位吗?想来就来啊,你不会忘记了上次在北京吃了闭门羹的事吧。"钱宇问道。

孟星高怎么可能忘记,上次和傅晚明在北京汇报完方案后,总体组的领导提议所有人到北方航天工业集团参观。结果,到了安装车间门口,其他所有人都进去了,傅晚明和孟星高却被拦住了，说是涉及机密，竞争单位不便参观。如果单位真有明文规定，出发前就应该说清楚，而不是把人带到现场又不让进入，这样很难不被理解为恶意。当时孟星高记得很清楚，连一贯好脾气的傅晚明也当场脸色就变了，甚至转身就走。

"我也不明白，傅总师怎么就答应了。"

孟星高对此很难理解，这不才来找见多识广的刘建设答疑解惑。

"真是有人的地方就有江湖，"刘建设身子往后一仰，摆起谱来说道："但各有各的流派，咱这傅师就是太正直，从不遮遮掩掩，以不变应万变。"

"正常交流还好，万一带着一百个心眼来，咱不要吃大亏了。"钱宇说道。

"这才是高明之处，你带着交流的心态来，我们就共同探讨，互相学习；你带着挑刺的心态来，那我们就当是一次检验，把隐患排除排除。至于技术方面，涉密部分不会摆在明处，一眼就能看到的理念方向，傅总师足够坦荡，有利于整个系统升级的，学去了更好，反而证明了我们方案创新的合理性。"刘建设说道。

孟星高心中赞叹，也好，自己不喜欢弯弯绕绕，纯粹点挺好。这时候，孟星高突然想起电话里对方提及未来卫星研究院的"四到四不到"原则，说想看看如何落地，别是哄领导的花架子。孟星高心中顿时升出股气，连忙起身，快步去找负责仿真验证系统的余行健去了。

"你看,他脸上写着几个字。"刘建设说道。

"啥字?"钱宇问道。

"该死的好胜心。"刘建设一副成功激将的表情,然后赶紧跟上孟星高。

"四到四不到"的原则确实不是傅晚明拿出来唬人的空话,而是为北斗三号项目大面积使用创新技术保驾护航的,可以说,傅晚明对所有创新技术都不会轻易说不,但前提就是必须通过"四到四不到"原则的检验,测试、验证、计算机仿真、人员保证必有一项。所以,自从北斗三号项目启动后,电子计算机出身的余行健接到的第一项工作任务就是把天上的卫星搬到地面,建立一个一比一的仿真验证系统,等效模拟整个北斗系统的运行,确保系统到天上也能正常工作。

孟星高走到余行健办公位的时候,余行健正皱着眉头盯着屏幕。他负责的这块极其烦琐,北斗三号卫星系统由分布在3类不同轨道的30颗卫星组成,每颗卫星有100多台设备,200多个软件,所有的细节都要等效建模,所有的关键技术也都要在地面完成验证,想想就令人头大。

"行健,你这块进度怎么样?我们几个功能链的方案都差不多,需要进入到验证阶段了。"孟星高问道。

余行健回头对着孟星高和刘建设比了个OK,然后指着屏幕给两人看,"比上次你们看到的更完善了,地面试验验证系统和空间段验证分系统,基本可以模拟整个北斗系统的运行。"

"下个月，总体组和北方航天工业集团的领导要过来，可以给他们看看你的系统吗？"孟星高问道。

"可以是可以，但如果没有数据上面跑，也看不出什么？要不要你们谁先来跑跑。"余行健说道。

"跑我的控制功能链吧，我也想看看姿控和轨控这些。"刘建设说道。

"行勒，那咱先对对。"

说好月底的参观因为中间又穿插了几次重要协调会议而一拖再拖，一直拖到了农历新年前的一个星期，总体组和北方航天工业集团一行十几人浩浩荡荡来到了未来卫星研究院。两年前，北斗二号组网成功，信号覆盖整个亚太，着实让全国上下振奋了一把，北斗已经成为国家的一张名片。过程中，北斗三号的同步启动让全国人民更加期待，谁能和北斗沾边，那都是无上光荣。即使未来卫星研究院再低调，承接三分之一组网星的这个消息仍然很快被本市各种媒体传播。

于是，总体组和北方航天工业集团的一次系统内部交流也被演化成重要事件，相关科技媒体记者循声而来，一早拿着各种长枪短炮等摄影器材把未来卫星研究院围个水泄不通，这让深居简出的航天工作人员着实吓了一跳，上班都不知道从哪道门进了。

彭海和傅晚明以前常常见媒体，姿态很放松。钱宇是社交达人，人前从来不怵，甚至记得把最好看的一面脸对着镜头。只有孟星高心里发虚，很想像刘建设一样躲在傅晚明身后，奈何他的身高不允许。

好在没等多久，一辆中巴很快停在门口，总体组和北方航天工业集团一行人走下车来，立刻受到了未来卫星研究院的热情迎接。之后，由中国卫星管理办公室主任许凤祥对媒体发表了关于北斗三号全面推进的讲话，采访、拍照一系列流程走完媒体才跟着宣传口工作人员离去，未来卫星研究院恢复往日的平静。

"媒体都走了，你还在抖什么？"钱宇问孟星高。

"这么多人，我缓缓。"孟星高心有余悸地说道。

傅晚明跟在彭海后面往前走，路过孟星高的时候，低声说道："一会介绍方案的时候不抖就行。"

"好的，傅师。"

自从项目步入正轨后，傅晚明就愈发权力下放，除了总体方案做总结外，各功能链相关的具体方案都由相关负责人汇报，无论听众层级有多高。大家看得出傅晚明在有意培养接班人，但孟星高很疑惑，傅晚明的年纪在航天领域属于当打之年，而他又总是不拘一格降人才，手下独当一面的项目负责人大多是从业没有超过十年的小年轻，这要放在其他科研单位，还跟在老专家屁股后面学习呢。

疑惑归疑惑，孟星高在傅晚明要他抛头露面的时候，从来没有退却过。大会议室已经进入到方案进展汇报的阶段了，此刻的孟星高与刚才在媒体前判若两人，在讲台上身姿挺拔，自信地介绍着目前未来卫星研究院已经实现的新技术。

"感谢各级领导的支持，未来卫星研究院才能真正将创新融入血液，在北斗三号项目中，目前我们已经实现的新技术超过百项。不能一一穷举，简单介绍几项对卫星核心目标有重大影响的技术。其中，原子钟无缝切换技术的应用，实现了北斗系统工作非计划中断零记录。高效固放技术，使北斗导航信号质量发生了质的飞跃。氢原子钟的应用，开创了优于欧美的卫星导航原子钟技术。直发转发信号体制，实现了卫星信号由固定不变到随意改变的飞跃。单独星敏感器定姿技术，使定姿控制精度提升了二十倍……"

在孟星高发言的过程中，台下所有未来卫星研究院的同事深感自豪，如果北斗三号顺利组网，上面的每一项创新都会被写进教科书，载入史册，而它们的创造者也将留下名字。同时，千里迢迢前来的参观者也露出不虚此行的神情，甚至每次会议都会和自己唇枪舌剑的北方航天工业集团的专家今天也没有提出什么异议。

第四十一章
百密一疏

按照议程，会议交流结束就到参观环节了。到了车间门口，孟星高给所有人提前准备了大小合适的防尘服，依次分发到手上。人群中，孟星高看到一个熟悉的面孔，北方航天工业集团的方卫东，上次拦住傅晚明进入车间的正是他，他紧紧地跟在陈家鸿教授身后，目光看向傅晚明。

孟星高拿着一叠衣服走过去，一套放在陈家鸿教授手上，一套放在方卫东手上。

"小孟吗？一会我跟着陈教授一起进去可以吗？"

方卫东这话乍一听问得颇为奇怪，孟星高衣服都放你手上了，不让进去难道让你试衣服吗？可孟星高心里清楚，方卫东之前在北方航天工业集团把傅晚明和自己拦下，现在开始担心别人以其人之道还治其人之身，所以这话是故意说给陈家鸿教授听的，看孟星高敢不敢当着老泰山北斗的面耍脾气。

"人有点多，可能要分两批进入。"

正当方卫东以为孟星高故意使坏，孟星高已经将出入证放在他手上，方卫东这才露出得逞的笑容。一旁的陈家鸿教授莫名其妙，方卫东今天跟着自己干吗。

小插曲过后，一行人已经进到了车间，一个北斗三号试验星的模型出现在众人眼前。一般航天器的研制步骤和阶段大致可分为方案、模样、初样、试样、应用发射几个。经过近两年的方案论证和研制，未来卫星研究院已经正式进入到试验验证阶段了，模样、初样、正样、试样这几个阶段都是在从粗到细、从浅到深地论证方案的可行性，并不断地修改。如果用钱宇最熟悉的汽车研制做比喻，"模样"相当于绘制出了一辆概念车的图纸，试着快速用基础框架搭建出这个车。"初样"则是把这辆概念车基本结构发动机都装配上，进行匹配。"试样"相当于将这辆车进一步完整地生产出来，并不断进行实地驾驶试验并改进。

现在看到这个北斗三号试验星的模型就是"模样"了，整体看像个长方形的盒子，帆板折叠在两侧没有打开，一侧的相控阵天线整整齐齐。

"不错不错，有模有样了，长方形倒是好看，貌美如仙，你们还真是让卫星横着飞啊？"陈家鸿教授说道。

"陈教授您看，这块面积最大对着地面，可以比以前装载更多的导航天线，卫星信号发送和接收效率不就高了。"孟星高介绍道。

"刚度怎么样？"陈家鸿教授问道。

"我们这个框架面板式结构以轻质铝框架和蜂窝面板组成，铝蜂窝板围绕框架梁设计，由底板、顶板以及四周蜂窝板与框架通过多个螺钉链接，形成一个整体。铝框架构成主结构，承载集中力，承受并传递了主要的拉压载荷，使得轻薄的蜂窝板不用承担拉压载荷。蜂窝面一方面为设备提供安装面，一方面为框架提供面内剪切刚度。两者相互配合，相互加强，结构效率最大化，所以能够实现整体质量轻、效率高、安全可靠。此外，这种结构的开畅性好，便于系统拆装、批量生产、批量测试。"

"之前你们运用了氢原子钟，氢原子钟对环境要求很高，每二十四小时温度变化不能超过一摄氏度，你们热控设计做得到吗？"陈家鸿教授又问。

"可以达到的……"

孟星高和陈家鸿一老一少一问一答，其他人基本插不上话，只能边看边听两人讨论。方卫东心里觉得孟星高不是主角，表现得会不会太显眼了，未来卫星研究院的领导难道不会有意见吗？可当方卫东看向彭海和傅晚明的时候，居然只看到两人一脸欣慰的表情，越发觉得未来卫星研究院难以理喻了。

"之前听闻未来卫星研究院有四到四不到原则，小孟也展示过计算机仿真数据。一直以来，我们国家航空领域在仿真验证系统方面是空白。今天来都来了，让我们看看未来卫星研究院自研的仿真验证系统吧。"北方航天工业集团的北斗三号项目负责人李庆祝说道。

"当然。"

说着孟星高就把众人带到一台电脑前，余行健打开系统界面给大家进行展示，从厂房真星到地面段到用户段都有数据在滚动，也可以对纯软件模式、硬件模式或者协同模式进行选择。

"这些数据从哪里输入？"李庆祝问道。

"目前我们对接的是控制系统，北斗三号其中一个重大技术创新就是采用远征一号上面级直接入轨方式发射，我们的系统可以模拟运载火箭将上面级和卫星送到大椭圆轨道后，由上面级将卫星运载至工作轨道的全过程。"

余行健说着一敲键盘，整个入轨过程就在屏幕上开始呈现。

"还挺逼真的。"

许凤祥赞许后，其他人也紧跟着表达了褒扬的看法。只有李庆祝目光紧紧追随着屏幕上的画面及数据，这个发射方式当初他是坚决反对的，就好比坐地铁不直接到目的地，而是到了某个地铁站，再坐一趟摆渡车到达，虽然殊途同归，但中间的中转可能发生的问题是无法预知的。但因为这个方案卫星可以少带很多燃料，不到一吨的卫星乘上"太空摆渡车"就可以实现原来三吨卫星的能力，能够实现快速部署，于是最终评审通过了。

李庆祝是从热控分系统升上来的，很快他发现了一些疑点："卫星随上面级的飞行时间长达 6 个小时，面对太空当中冷黑的环境，星上的设备将很快降至零下六七十度。如果这个温度得不到有效控制的话，卫星上的电子学设备将无法正常工作，未来卫星研究院是怎么考虑的？"

这个模块是刘建设负责，方案设计可以由傅晚明代为介绍，但具体到细节还是自己清楚，于是不喜欢与生人交流的刘建设还是站出来回答道："由于飞行中卫星的太阳能帆板还未展开，不能靠太阳能发电，而如果单纯依靠卫星蓄电池携带的能量进行加热的话，卫星的负担就会太重，所以我们用太阳来给卫星温度过低的一面加热，这一面加热好了，再转个方向给另外一面加热，以此来保证整个飞行过程中卫星的温度。"

李庆祝听了觉得其中问题更大了，指着屏幕问道："也就是说，上面级组合体要不停地调整姿态，起旋、消旋，你不觉得整个组合体的姿态控制变得特别复杂吗？"

刘建设回答不上来，因为作为一个经验丰富的老专家，他从李庆祝的第一个问题就已经意识到不太对劲了。诚然，复杂并不是问题，姿态控制复杂并不是否定整个方案的理由，但这意味着其中可能存在不可知的风险，这对航天领域这样的非赢即输的游戏是不可接受的。想到这里，刘建设已经愣在当场。

"确实有考虑不周的地方，我们要着重改进这里，感谢李师的指点。"傅晚明说道。

"陈教授,我觉得需要慎重,这个发射方案还是要再论证一下。"李庆祝对陈家鸿教授说道。

"嗯,发射方案的创新确实益处多多,不过正因为益处多多,论证再怎么严谨都不过分。晚明,组织力量好好看看。"

陈家鸿教授既不像李庆祝那样全面否定新的发射方式,又没有放过对潜在风险的改进,一句话对问题的范围进行了界定。

之后一行人又参观了试验环境区,未来卫星研究院完整的配备和严格的流程令人无可挑剔,圆满地结束了一天的行程。可正是所有环节都很完美,唯独刘建设的姿态控制和钱宇的热控环节出现了问题,像一块美玉上有个瑕疵,美中不足叫人浑身难受。

晚上九点,办公室人走得七七八八,孟星高看到刘建设和钱宇两人既不敲键盘,也不看材料,只是单纯在大眼瞪小眼,但孟星高不知道的是两人都在为自己的年龄而苦恼。

刘建设从外面漆黑的窗户上看到了自己溃不成军的头发和步步后退的发际线,皱纹在面无表情的脸上也能自成沟壑。可能是因为太老了,精力不济,经验已经无法覆盖复杂的航天工程的方方面面,再用力也还是有百密一疏的地方。

而钱宇摸了摸自己的嘴唇,突然想起钟欣戏谑自己年纪太小的一句话,嘴上没毛,办事不牢。自己实在太年轻了,初生牛犊觉得自己什么都厉害,实际上只是对外界一无所知的盲目自信,这下随便一个问题就不知所措了。

如果，还能更年轻一点就好了。

如果，还能更成熟一点就好了。

两人同时在想。

"傅总师让北方航天工业集团过来参观真是一步好棋。"孟星高知道此刻安慰两人不会有什么效果，还不如说点别的分散下注意力。

"为什么？"两人异口同声问道。

"你们玩过扫雷没有？"孟星高问道。

"不玩游戏。"刘建设说道。

"不玩太简单的游戏。"钱宇说道。

"旁观者清，当局者迷，自己看久了眼睛会花，别人帮忙看看反而快。"孟星高说道，"这个问题并不简单，你们俩坐在这里发呆也不能解决问题，快过年了，借机休息休息脑子，节后又是一条好汉。"

"我现在就想找到办法，我等不到过完年。我决定了，放我妈鸽子，不跟她去欧洲购物了。"钱宇说道。

"我家在这，本来哪都不去，闲着也是闲着，正好想想。"刘建设说道。

"我也加入。"孟星高说道。

第四十二章
烤肉的启示

　　这是北斗项目组成立以来的第三个新年，项目组的科研人员来自五湖四海，在外漂泊了一年的人们思乡情切，大多提前一周请假，迫不及待地投入家人的怀抱。只剩下孟星高、钱宇和刘建设三个，人少了，呼出的二氧化碳也少了，办公室温室效应没了，连气温都比平日低了好几度。

　　三人干脆坐到会议室里研究讨论，可能幸运女神也放假了，分析来分析去，愣是没有一点思路。每逢佳节倍思亲，三人再工作狂，时间到了大年三十，一路走来，听见路人互相拜年，此刻也是意志减退。

　　钱宇后悔了，当老妈说不去欧洲留下来陪他时，他拒绝得那叫一个干脆，现在想到年夜饭要一个人，心里凉透了。

孟星高是叶筱悠邀请他去过年时，他觉得两人还没有谈婚论嫁，贸然去吃年夜饭太不合适。刘建设的孩子如今成家立业，小两口一起旅行过节，他跟着不好意思。

孤单三人组在办公室互看一眼，满满皆是落寞的神情。

"要不今天就不想了吧。"钱宇说道。

"要不现在就回去？"孟星高说道。

"要不一起吃年夜饭？"刘建设说道。

孤单三人组以最快的速度达成一致，然后钱宇回家将跑车换成SUV，接上两人就往超市开去。等三人用食物将车上唯一的空位装满，朝钱宇家开时才想到一个严重的问题。

"我说，你们会做饭吗？我家阿姨也回去过年了。"钱宇问道。

"不会啊。"刘建设说道。

"煮面算吗？"孟星高问道。

"不是吧！"三人惊呼。

于是一路上，三人一边互相抱怨，一边推卸责任，打打闹闹，骂骂咧咧把心底的落寞搅和没了。

打开家门，三人把东西往地上一扔，齐齐瘫在沙发上，大有让食物自己煮熟送上嘴的趋势。

大约半小时后，钱宇的肚子有点饿了，人饥饿的时候正是脑子最清醒的时候，只听见他说道："我们烤肉吧，这个最简单，刚才买的肉都是腌好的，只要串起来，丢进烤箱就好了。孟前辈你不是会煮面吗？这样我们连主食都有了。"

这个方案听起来可执行性极高，三人磨磨蹭蹭地起身，

342

并做了简单的分工。孟星高负责煮面，钱宇负责用铁签串肉，刘建设负责烤肉装盘。

虽然三人都是手残，但钱宇家的烤箱十分先进智能，每一种食物需要烤制的时间都已经标注清楚，难度并不大。等钱宇把肉大大小小串好，刘建设接过一一放入卡槽，轻轻点击按钮，烤箱立刻被点亮，肉串开始匀速地转动起来。

三人站在烤箱面前，望着肉串在橘黄色灯光中慢慢变熟，下意识地咽了一下口水。

"啊！"突然，刘建设叫了一声，"烤肉的时候受热均匀啊。"

钱宇还以为刘建设啊什么，原来这么大年纪没烤过肉，"烤肉受热不均，不就生的生熟的熟，怎么吃？"

"不是，如果这个肉串是卫星，你再看。"

刘建设说完，三颗脑袋立马凑到烤箱面前。

"你是说烤箱这个光是太阳？"孟星高问道。

"对啊，卫星和上面级在飞行的过程中绕着飞行方向慢速旋转，用太阳来给卫星的每个面轮流加热，这样不仅温度控制的问题解决了，组合体的姿态控制也变得简单，是吧，是吧。"刘建设说道。

"对啊，你原来跟个烙饼似的，换成烤串旋转好多了。"钱宇说道。

"哈哈哈，老夫怎么这么厉害，不会做饭阻碍我进步啊，以后谁都不能拦着我做饭。"刘建设说道。

"呵呵，能吃吗？"钱宇说道。

事实证明，只要食材好，烹饪指南不出错，再差的厨师按部就班也能做出一桌好菜。一桌烤得金黄的牛羊肉串，每人一碗青菜鸡蛋面，咕咕冒泡的啤酒，这顿年夜饭三个人满足极了。

"新年快乐，干杯。"

"新年快乐，干杯。"

三个相熟的男人在一起，就没有餐桌礼仪可以封印他们。左手拿串，右手端酒，勾肩搭背，推杯换盏，空啤酒瓶磕磕碰碰，脚下的拖鞋不知所终。

"刘老师，"酒已半酣，钱宇搂过刘建设问道，"你怎么走上航天这条路的。"

刘建设右脚搭在椅子上抖着说道："这是一个历史的选择，一个命运的选择。老夫出生那天，报纸新闻里苏联的月球10号首次实现人造卫星绕月飞行。等有记忆的时候，家里人吃饭老喜欢说些美国和苏联太空竞赛的事，男孩子嘛，对飞来飞去的东西感兴趣，听多了也就喜欢了，心里想围观有什么意思，亲自参与才带感，这不大学就选了航天。我们这辈人没你们有远见，大多是走一步算一步，父母对我们没有什么要求，自己也想不了太多，喜欢什么就是什么。我看你们现在年轻人大学选志愿可严谨了，前后的前景和金钱的钱景都要考虑，有时候顾不上热爱了。"

"我们这辈人也不都这样，至少钱宇就不是，他想干嘛就干嘛，哈哈哈。"孟星高说道。

"我父母给我的空间很大，我确实不需要考虑太多，其实我更佩服孟前辈，他的热爱没有任何前提条件。"

　　钱宇过去听过很多人说要是自己有钱宇这样的条件，就不顾一切地去追求理想。仿佛没有实现理想，是因为没有像钱宇这般良好的家境，将自己的失败推给出身这种不可抗力。钱宇一度也是这样想的，在意识里矮人一等，觉得自己能够追求理想不过是自己足够幸运。可是加入未来卫星研究院后，他发现周边的同事来自境况不一的家庭，可他们同样热爱自己的理想，并不遗余力地追求。钱宇开始怀疑，没有去追求理想，真的是没有条件追求，还是不够热爱呢？真的是因为有钱，所以想干嘛就干嘛，还是因为足够热爱，所以付出得坚决？从孟星高的身上，钱宇越来越觉得是后者，自己是可以为自己的选择与付出鼓一鼓掌的。

　　零点，落地窗外，漆黑的海边，代表着新的一年的噼里啪啦声如约而至，烟火拖着长长尾巴从地面腾空而起，一路向上，在顶点绽放出鲜艳夺目的花。

第四十三章
最后的准备

新年过后,所有人如期回归。傅晚明得知三人从烤肉中得到启示,解决了直接入轨的热控问题,连连称钱宇是名福将,未来卫星研究院航天技术的进步里面有钱宇书写的幸运一笔。傅晚明的这一论断传开后,未来卫星研究院的同事如果遇到技术难题,都会跑来握钱宇的手,以便求得幸运的眷顾。

随着项目的逐步推进,无线电计量测试研究院传来好消息,说已经攻克了氢原子钟小型化的关键技术,将氢钟体积大幅缩小,已经达到星载标准。

"你就放心吧,咱这氢钟,100万年甚至1000万年才有1秒误差。"祝爱华在电话里兴奋地说道。

"我就说你行，你之前还不信。"傅晚明说道。

"那时候除了你，谁敢信啊，美国都搞了十年，你就给我那么点时间。你说要是没做成怎么办？"祝爱华突然问道。

"那我就把研发经费给国家退回去。"

祝爱华以为傅晚明开玩笑，在电话那头笑得很大声，噗嗤噗嗤像扯风箱。实际上，这句话是彭海说的，当时傅晚明坚持要上氢原子钟的时候，彭海提心吊胆了好几天，最终选择了支持。在最终下决定的时候，彭海先是抽了根烟压惊，然后狠狠地将烟屁股碾熄，冒出句粗话："怕个鸟，做不成大不了把研发经费给国家退回去。"

紧接着双喜临门，中华微电子科技集团的芯片也成功流片，但最早收到消息的人是解杰，为此钱宇生气了好几天。流片成功的那天，钟欣特别高兴，主动请钱宇吃饭，无缘无故地送了钱宇一块手表。钱宇当时还以为钟欣已经完全爱上自己，送表就是表白的暗示，一晚上兴奋得不得了。第二天，解杰告诉他昨晚芯片流片成功的消息，钱宇才知道自己误会了，气得几天没主动给钟欣发消息，结果钟欣看网剧的时候还能从蛛丝马迹中发现男女主的误会，换成钱宇神经就异常大条，完全没有发觉他在生气。

当所有的单机设备到位并完成入网测试，北斗三号第一颗试验星正式进入总装阶段。这一时间的总装车间热闹非凡，各个模块的负责人陆续进厂，看着设备安装进入，那种心情宛如送孩子上幼儿园，期待之中又有些恋恋不舍。尤其是后面接二连三的各类测试，真空热试验、质量特性测试、正弦振动试验、整星老练试验等等，无一不是把卫星往极端艰苦的环境里面放，让人害怕一朝不慎，从头再来。

距离发射日期越来越近，孟星高已经进入最后的检查阶段，这段时间干脆在办公室搭了个简易床，遇到回不去的情况可以就地休息。这一晚，孟星高试验数据看得晚了些，倒头躺在简易床上的瞬间，如同挨了一记闷棍，顿时没了意识。直到眼皮下隐约感觉到一丝光亮，孟星高突然睁开眼睛，突然发现上面围了一圈人，以卫星面对地球的角度看着自己。

孟星高揉揉眼睛坐起来："你们干吗？"

"给钱给钱，我就说他无论如何 9 点一定会睁开眼。"钱宇高兴地向众人伸手。

"昨天他弄到凌晨，我还以为生物钟就不准了呢。"余行健用手机给钱宇转了 10 块钱。

"别围着我，忙自己的事去。"孟星高迅速起身整理好衣服，把床收好推到一边。

这时，陈墨从外面高兴地走过来，看大家都在，说道："有一个好消息，总体组高度重视这次北斗三号试验星，协调军用飞机运-20进行整星运输。傅总师让我过来问问，这次押运的任务谁愿意去呢？"

一般情况卫星运输主要靠火车，时间久，过程无聊，因此押运的任务在研究院并不是什么香饽饽，只有刚入行的新人愿意去体验一次。可北斗三号试验星的押运不一样，普通人平时哪有机会坐军用飞机，加上航天工作人员多少有点军迷情结，一听军用飞机押运这等好事，纷纷翘首期盼，举起双手争取。

"让我去吧，军用飞机很颠，我皮糙肉厚比较适合。"解杰说道。

"我考过小型飞机驾照，我比较合适。"钱宇说道。

"押运只是坐飞机，不用自己开的。"余行健说道。

……

以往陈墨到，大家避之唯恐不及，这样受欢迎的日子屈指可数，陈墨吊足众人胃口，要多享受一会，静静地听着众人争取的陈词。

"我早知道会这样，公平起见，我们抓阄吧。"

玩够了的陈墨打开手提电脑上的一个页面，上面的程序录入了所有要去发射中心的人名，一敲键盘名字就滚动了起来。

"5，4，3，2，1，启动。"

孟星高的名字出现在屏幕上，有时候幸运就是一种实力，一种让所有争取都黯然失色的实力。

"白费口舌。"

除了孟星高，所有人都用一种仇视的目光看向陈墨。

孟星高坦然地接受这一份幸运。三年多前，孟星高首次接手北斗三号项目时，如愿以偿的兴奋让他的血液都在沸腾。可是随着这个任务被分解成日常工作中的一个个小步骤，重复性工作让最初的激情日渐归于平淡。现在，孟星高登上押运北斗三号试验星的军用飞机，看着装有北斗三号试验星的大箱子被小心翼翼地安放好，那种血液沸腾的感觉又被唤回了。

"走了，西昌见。"

孟星高和来送行的钱宇道别，然后在他羡慕的眼光中，随便找了个座位坐下，军用飞机不似民航，只有两排与窗平行的座位，乘客只有他一人，自然是想坐哪里都行。

"拿个塑料袋，坐好了。"飞行员是个肤色黝黑的小伙子，个子不算太高，一身精干的肌肉，年纪看起来比孟星高要小。在他眼中，孟星高这种手无缚鸡之力的科研人员在自己高超的飞行技术下，一定会吃尽苦头。还没起飞，就下意识地朝孟星高投去同情的眼神，然后体贴地递过去一个黑色的塑料袋，算是给予第一次乘坐军用飞机的弱男子一点关爱，尽显铁汉柔情。

孟星高一愣，颇有些不以为然。坐好？自己脊背挺直，目不斜视，坐得挺好。塑料袋？塑料袋有什么用，自己又不会晕机。为了北斗，孟星高一年飞行近百次，里程超过12万千米，可以绕地球3圈。不过很快孟星高就笑不出来了，军用飞机果然不一般，在震耳欲聋的轰鸣声中，直升直降没有一点过渡，一眨眼的工夫就已在高位。

"还好吗？"飞行员扯着嗓子问他。

"还好。"孟星高深呼吸，强行坐正。

"是条汉子，受得住那咱就早点到。"

话音未落，飞行员匆匆来了个加速，孟星高身子朝一侧倒去，顿觉天旋地转，捞过一个塑料袋哇哇吐起来。在飞行的两小时中，孟星高像一片秋天的落叶，在风中打着旋，直到降落在青山机场，才真正落地。

"没叫我减速，你是唯一一个。"飞行员看着脸色煞白的孟星高，一副很欣赏的表情。

"还好还好。"孟星高只觉走路犹如踩在棉花上一般，软绵绵地深一脚浅一脚，人都有点站不稳。

"希望下次还是你坐我飞机。"飞行员抱了抱孟星高。

"我也是。"孟星高违心说了次谎话。

第四十四章
成功发射

孟星高跟随卫星包装箱转运到西昌卫星发射中心，解杰等人早他几天出发，已经提前到达，在总装测试机房等他。考虑到首星发射，各方的关注度都极高，这次发射中心安排的安装区域给得足够大，给工作人员留足了空间。

"这次不用抢地盘了。"解杰自嘲道。

"只有你和钱宇这么幼稚的人才会干这种事。"孟星高说道，"好了，地面测试设备准备好了没有？"

"早就好了。"解杰说道。

接下来的一个多月，孟星高都要在这里度过，卫星发射前，还需要依次完成设备展开、总装、测试、加注、转场、星箭联合操作、转塔、塔架测试操作等一系列工作，其中仅状态检查就有五次。这些流程是数以万计的航天人在实践中沉淀下来，而未来卫星研究院的团队在此基础上梳理出从卫星出厂技术状态到发射状态的每一个状态变化量，建立各级产品状态转移矩阵，然后固化成工作中的重要节点，从而降低风险。

傅晚明在孟星高抵达后三天就来了，不久后，陈家鸿、许凤祥等重量级人物也陆续抵达，中心的人越来越多，紧张的气氛越发浓重。就在所有人的神经紧绷都接近临界点之时，发射的日子到来了。

卫星和上面级组合体质量测试已经完成，孟星高跟着傅晚明身后，最后一次凝视这颗北斗三号试验卫星，它像一只雄鹰紧缩翅膀蛰伏在那里，天线像翘起的呆毛，喇叭状的星敏感器好似眼睛，巴巴地看着孟星高。孟星高有千言万语想说，也想像钱宇当初那样犯傻，求诸天神佛多多关照这颗离家千里万里的孩子，不要在孤独的地方忍饥挨饿。

"好了，关上吧。"傅晚明说道。

工作人员得令，把整流罩扣上了。在孟星高的注视下，装有卫星的整流罩开始转场，在组合体塔架上进行吊装，然后与长征三号乙运载火箭合体，一起沿着轨道缓缓朝发射塔进发，迎接最后的检查。随后傅晚明和陈家鸿、许凤祥等各级领导离开西昌，转移到西安卫星测控大厅。而孟星高准备就绪后，撤离到远处的观景台，钱宇、解杰、余行健所有人都在那里等待。

以往完成发射准备工作后他都需要回到工作区，这是孟星高第一次获准到观景台，如此清晰地送卫星离开，这让孟星高恨不得连眨眼都不要，生怕错过任何一个纳秒的景色。

此刻，天边绚烂的朝霞也逐渐被黑暗吞没，夜色中的发射塔像一个巨人，怀抱着长征三号乙运载火箭。它一动不动，所有人却都在远处目不转睛注视着它，各自在内心怀揣着紧张、期待、兴奋，一点都不觉得等待的过程漫长。

时间一分一秒过去，发射的时间在逼近了，孟星高耳机里传来指挥员的声音将所有期待拔到顶点。

"倒计时准备。"

"三十秒。"

"二十秒。"

"十秒。"

"九、八、七、六、五、四、三、二、一、点火。"

在轰鸣的巨响之中，一团白雾四散开来，巨大的长征三号乙火箭如同凤凰起飞，绽放出美丽的尾焰，直冲云霄，飞向苍穹，画出一道闪亮的轨迹，最后变成一个亮点，渐渐消失在漆黑的夜色之中。

运载火箭顺利升空。

一级火箭分离。

二级火箭分离。

三级火箭点火。

卫星进入预定轨道。

……

观景台上已经爆发出欢呼声，钱宇和解杰已经抱成一团，孟星高的眼泪已经抑制不住地夺眶而出，可他的心还在悬着，揪着，上面级与第三级火箭能不能顺利分离？上面级携带卫星变轨能成功吗？太阳能帆板能顺利打开吗？卫星信号能顺利传回吗？

西安测控中心的座位上坐满了人，冷静地面对卫星升空的实时动态，没有一个人说话，有什么需要交流的也会通过手边的电话。机械音的报告声中，截至目前都是正常的回复，但没有哪张脸能看出丝毫放松的神情，大家都在等待导航卫星信号的传回。

测控中心大楼前面的操场上挤满了人，全国数十家信号接收机研制单位带来了各自的产品，大大小小摆成一圈，等待着卫星信号的传回。大约熬过漫长的六个小时，数十台接收机先后收到遥远太空传来的信号。

"我这边非常清晰。"有一个人高喊着。

"我也是。"

"我也是。"

大家欢呼着，这一刻才是可以宣告胜利的时刻，整个操场都沸腾了。

傅晚明走出指挥厅，朝天空伸了个懒腰，东方已经有些发白，曙光在地平线上跳跃，即将挣脱黑暗的束缚。

"恭喜你，傅总师。"北方航天工业集团的李庆祝走到傅晚明的身边说道。

"谢谢，李总师。"傅晚明回复了一个疲惫的笑容。

"除了恭喜，我还欠一声道歉。"

"为什么？"

"你没有年轻气盛。"李庆祝发自内心地后悔当初在傅晚明面试的评语上写下这句话。

"如果是这个，就更不需要道歉了。"傅晚明说道。

"为什么？"

"我以为你是在夸我。"傅晚明笑着说道。

李庆祝一愣，突然笑了，"那确实是夸你。"

第四十五章
阴晴圆缺

北斗三号试验星正式宣布发射成功后，刘建设请了一周假期，傅晚明问也没问，大笔一挥批了。老人家不比年轻人，老胳膊老腿，容易疲累，经过这么一场折腾，怎么也得恢复一段时间。

刘建设走出未来卫星研究院打车朝郊区公墓走去，天空下起了蒙蒙细雨，湿润的空气中有淡淡的青草味。刘建设撑起了一把黑色的大伞，沿着楼梯缓步向上走，在一个小小的坟茔前停下。墓碑照片上的女人音容笑貌有些模糊，但依稀可以看出比刘建设年轻许多，长发乌黑，脸蛋圆润，样子健康，对刘建设展现出灿烂的笑容。

刘建设蹲下，将大伞朝墓碑挪了挪，为女人的照片遮风挡雨，然后从包里拿出一盒巧克力，喃喃说道："老太婆，你爱吃甜食，每顿晚饭还要加个甜点，说要像外国人一样有个happy ending。你看，英语单词你就会这两个，没想到居然会得了该死的糖尿病，这不是造化弄人吗？我觉得肯定是上天觉得你太开心了，嫉妒了。如今好了，你在天上，想吃多少都行，只要我有空，就给你送过来。什么饼干、蛋糕、巧克力，别人有的，你必须有。

"我以前就说，你要多操心操心自己，别一辈子只知道为别人操心，没结婚操心父母，结婚了操心我，生孩子后操心小孩，有了孙子操心孙子。你看现在你啥也不操心，不也没事嘛，人人都很好。上次跟你说了我又出来做项目了，这回跟你说，咱的项目做成了。你眼里只有家务，航天的事有些复杂，我跟你解释下，一做得好几年，现在只是试验星成了，后面还有很多组网星，像农村放礼炮，一枚枚打到天上去。不过你别担心，有我在，怎么样也会成。

"你说人发誓是不是反而做不得数，结婚的时候我发誓一辈子对你好，结果没做到。那次项目出事故，卫星没有进入预定轨道，火箭推进器第4次点火后就和地球失去了联系。所有人都怪我，为什么要改方案，我也怪自己，把自己关起来好几天，那时候我也发誓说永远不再碰卫星了。

"计划就是没有变化快，小傅叫我帮那个孩子的时候，我本来一下子就回绝了。可他和我说，这个孩子一直被梦魇所困，他有亲人在大地震丧生，他被北斗所救，就想要做好北斗三号告慰逝者。我失去了你，听不得这些生生死死的事，我想想就答应了，一开始只是在背后出出主意就好了，可是这人一旦陷进去就拔不出来了。我还是喜欢这个事，现在我甚至有些后悔，为什么不早点想开呢，荒废了那么多年？

"老太婆，你说你怎么走这么早，不然我还能问问你？结婚的时候有人说你配不上我，说我是大学生，而你初中没毕业，说我是科学家，你是家庭主妇。我呸，你才是那个有大智慧的人，不然为啥你什么问题都知道答案呢。你以前不是说，饿着肚子也要让我看书，咋就有这么高的觉悟呢，现在不饿肚子，你还是会继续支持我对吧，后面还有好几年忙呢。

"对了，下次来我给你换张照片，风吹日晒人容易老，记忆中你很清晰，宛如昨日，在这也必须清晰。"

雨停了，刘建设用衣角擦干照片上的水珠，收起伞慢慢离去。

吃完早餐，傅晚明将手中的报纸递给孟星高，头版头条赫然是《狂人马斯克宣布星链计划》。

近日，全球首富马斯克宣布旗下的 SpaceX 公司五年内将约 1.2 万颗通信卫星发射到轨道，其中 1584 颗将部署在地球上空 550 千米处的近地轨道，组成星链计划，预计从 2020 年开始工作。这些卫星之间通过激光光束或微波通信实现互联互通，同时向地球上的用户提供高速互联网服务。相较于传统卫星的互联网服务，星链拥有更广阔的覆盖范围、更低的延迟以及更高的数据传输速度。

"真可怕。1.2 万颗卫星，好像下饺子般挤满近地轨道。

要知道，从 1957 年到现在，各个国家发射的卫星总量不过 5000 颗而已。"孟星高说道。

"是啊，我们的北斗将 3 吨的卫星降到 1 吨，发射成本也大幅下降。但是我们完全不能沾沾自喜，我们在创新，别人可能在颠覆。"傅晚明说道。

"傅师，我把报纸拿回去。"

"嗯，去吧，好好看看。"

回去后孟星高把报纸复印了数十份，分发给团队成员，用无比严肃的语气交代一定要好好研究，任何时候都不可放弃创新，然后转身请了一个十四天的长假。

航天事业的创新非一日之功，试验星的成功发射意味着接下来要进入组网卫星的研制与密集发射期，更加挑战的日子即将到来。但在此之前，孟星高的这个假期十分迫在眉睫，因为这是一个答应了叶筱悠无数次，又无数次推迟，再不执行会埋下隐患的假期。

飞机是晚上 7 点起飞，上午孟星高在市中心有一个交流会，发言完大概十一点半，就和叶筱悠约好一起吃午饭，然后直接去机场。

叶筱悠早早就来到餐厅等孟星高，对于盼望已久的旅行，叶筱悠心情有些激动。两人在一起的三年里，孟星高没有一点假期，于是两个人只能纸上谈兵般旅行。孟星高有一次和叶筱悠提到，自己最想去和叶筱悠一起去的地方是南美的阿塔卡马沙漠，这个世界上最干旱的地方，五百年没有下过一滴雨，几乎没有云层，也没有光污染。夜幕降临时，星空在阿塔卡马沙漠中绽放出绚丽的光芒,成千上万的星星点缀在天穹上,犹如闪烁的钻石。叶筱悠记得孟星高当时的神情,仿佛已经沉浸在浩瀚宇宙之中,不懂浪漫的孟星高突然说,要从银河里捞一颗最亮的钻石给叶筱悠。想到这,叶筱悠突然脸红了,该不会是要求婚吧。

"叶筱悠,你怎么在这?"

一个熟悉的声音打断了叶筱悠的思绪,回头看到一身西装革履的马飞走过来,在对面坐下。

"在等男朋友下班,然后一起去旅行。"叶筱悠指了指身边的旅行箱。

"听说你和孟星高在一起了?"马飞将西装外套脱下放在旁边,盯着叶筱悠有些吃惊,他以前只看得到沈暮秋,完全没有注意到美女身边的假小子,没想到现在居然变得这么好看,比已经变成富太太的沈暮秋还要多几分姿色。之前马飞听说叶筱悠总护着孟星高,还有种破锅配破锅盖的错觉,如今一见,白高兴一场,这比以前知道沈暮秋和孟星高的绯闻更让人不爽了,孟星高到底凭什么?

"挺好的。"叶筱悠敷衍着,连个"你呢"都懒得问。

只是马飞自己都不需要别人问,做出一个无奈的表情说道:"我不太好,刚跳槽到一家投行做总经理,干这行挺累的,我刚在市区又买了房,只好看在薪水翻番的分上。"

"优秀。"

马飞刚端起咖啡杯的手忽然停下,又把咖啡杯放回原处。

"我想问个问题,从你们女人的眼光看,我到底比孟星高差在哪里？"

马飞并不习惯这样处理问题，他向来善假于物，作为管理者，没有什么事需要他亲自动手，他下面有很多人会尽力领会他的意图，然后分毫不差地执行。可唯独这个问题，他憋在心里很久了，却没有办法假手于人。

"你很优秀，但不是优秀就要喜欢。"

在叶筱悠看来，选择的前提是喜欢，而不是优秀。可马飞就是完全不能理解，念书的时候他是学生会主席，工作后他是名企最年轻的高管，身边莺莺燕燕，为什么还是有女生连正眼都不看他。

"会有女人不喜欢优秀的男人吗？"马飞把一个疑问说出肯定的语气。

"嗯？"叶筱悠不甚明白。

"还是你和沈暮秋这类女人，只喜欢容易拿捏的男人，跟太过优秀的男人在一起，就会觉得自卑，没有安全感？"马飞抬眸看向叶筱悠，用洞悉一切的语气问道。

叶筱悠端起咖啡浅浅一抿，露出一个疏离的笑容，说道："马飞，有没有人和你说过，你身上有个毛病？"

"什么？"马飞不以为然地说道。

"你把自己看得太重了，无时无刻不像站着舞台的聚光灯下，理所应当地认为，台下的所有人的目光都应该在你身上，喜怒哀乐都应该跟随你。所以，只要有人没有注意到你，你就认为别人没有品位，不是一个合格的观众。马飞，你是很优秀，可孟星高也很优秀。"

"孟星高，优秀？不会还是因为他大学发论文了，拜托，什么陈谷子烂芝麻。我现在分分钟操作上亿的资金，你跟我讲这个？"马飞说道。

"你以为你所拥有的财富都是你一个人的功劳吗？你在资本市场分分钟操作的天文数字依赖的是对时间的精准把控，一旦时间记录出现误差，交易就会失败，甚至造成金融系统的崩溃。你肯定不知道，我国的卫星导航系统北斗就是孟星高所在的团队研制的，要不是他们提供的精准授时技术，你哪有机会在金融市场叱咤风云？"叶筱悠说道。

"走了，叶子。"

孟星高走过来，微笑算是和马飞打了个招呼，然后拉着箱子和叶筱悠走出咖啡厅。

"了不起，叶老师现在对北斗的应用场景了如指掌。"

"你都听到了，这有什么，不是小学生都应该懂的吗？"

"我看他不懂。"

此刻的马飞看着两人说说笑笑地离开，目光中带着迷茫，看起来确实不懂。

不知道老天爷是不是也很幽默，在世界上最干旱的地方阿塔卡马沙漠，叶筱悠正蹲下系鞋带，一个小男孩手中开了盖的矿泉水就准确命中了她，天降甘霖般将她的脑袋浇了个彻底。叶筱悠连忙用衣服包住脑袋冲回了不远处的住处。

孟星高尾随而至，就看到了叶筱悠满头的卷发如同揭开魔咒般蜷缩在了一起，她站在卫生间门口顶着一件衣服往外探头。叶筱悠进门时候慌里慌张，鞋子脱了没换，泛红的脚趾头圆乎乎，像五个小巧的花瓣，孟星高有点愣住了，耳垂微微泛着红。

"卫生间没有毛巾。"叶筱悠露出内疚的神色。

"我忘记毛巾都洗了拿去阳台晒了，马上去拿。"孟星高从阳台架子上拿了一块大浴巾回来，罩在叶筱悠的头上，轻轻地擦着。叶筱悠整个人像是陷入了柔软的云朵里，被太阳的清新味道拥抱着。

等到头发不滴水，揭开毛巾，孟星高让叶筱悠坐在沙发上，然后拿出一个黑色的吹风机。

"我自己来吧。"叶筱悠伸手要接过吹风机，不料却落了个空。

"别动！"孟星高插上电，温度调整至中挡，风力开到最大，吹风机有规律地呼呼响起来，叶筱悠要想说什么，发现声音完全被盖住了，对方听不到。孟星高把叶筱悠的长发用手掌托住，然后吹风机从上往下一下一下地吹，等头发半干，他将风力调到中挡，呼呼声顿时小了很多。

"你知道吗，卷发要怎么吹才好看？"说着，孟星高将一撮头发顺着弯曲的方向一边用食指转着圈圈，一边用吹风机朝同一方向缓缓地吹着，表情专心致志地像在制作一个艺术品。

叶筱悠有点郁闷，以前她担心自己的头发不似爱情小说里长发披肩的女主角，费了好多时间去拉直头发，没想到兜兜转转，喜欢你的人怎么样都会喜欢你，自己傻乎乎地不说出口，错过了这么多年的时光。

"一圈一圈地吹，朝同一个方向吹，这样就不会狂魔乱舞了"孟星高看叶筱悠不说话，自顾自地解释起来，风很柔很暖，声音也不吵，叶筱悠眼皮打架，视线渐渐模糊，假装睡着的人竟然真的睡着了。

孟星高和叶筱悠在大沙漠上你侬我侬，钟欣却要和钱宇说拜拜了。

"钱宇，我申请去国外学习两年。"

钱宇身体还躺在床上，睡意忽地被吹散了，那一瞬间，他觉得心突然被一块石头死死压住，闷闷地生疼。

"哦，什么时候走？"

钱宇故作平静地说道，他知道钟欣虽然喜欢看网剧，但依然是个极度理性的成年人，她虽然暂时接受了自己，可她不喜欢钱宇干涉她的人生，不问原因，不作建议，是两人之间形成的默契。

"下月底。"钟欣回答道。

"好，我送你。"

钱宇觉得自己是遭了报应，以前自己习惯了和任何人萍水相逢后云淡风轻地各奔东西，然后再去其他角落和其他人萍水相逢。

可钟欣不一样，钱宇和钟欣在一起的日子，是他最快乐的日子。无论是面对工作的困境，还是生活的情趣，自己是笨拙还是老练，钟欣都应对得游刃有余，像能预知未来一样，给他期待的一切。现在好了，历史重演的时候自己不舍得了，可是历史只教给他如何慰藉寂寞，没有教给他挽留爱人，只能眼睁睁把她送走。

钱宇不是不会做家务，相反在国外独立生活，让钱宇很擅长收拾行李。钱宇打电话向傅晚明请了假，然后在家里把钟欣的东西整理好，列出清单，蹲下认真地打包。钱宇感到，他的背后有一道灼灼的目光盯着，但他不敢回头，怕回头这道眼中只有自己的目光就消失了。

东西总会收完，人也总要离开。钱宇拉上最后一个包的拉链，坐在沙发上，长长地舒出一口气，起身说道："都好了。"

"钱宇。"钟欣突然从后面抱住了他。

"嗯。"钱宇身体微微颤抖，害怕这拥抱是一种更为果断的分手。

"钱宇，你能等我两年吗？"钟欣不太确定地问道。

钱宇转过身，用双手紧紧地箍住钟欣的肩膀，目光直直地看进她的眼睛里，露出从未有过的认真神色，问道："两年？"

钟欣颓然地低下头，落寞地想要挣开钱宇的双手，说道："那当我没说，时间差不多，我要走了。"

钱宇突然用力，猛地把钟欣拽到怀里，喃喃说道："两年算什么，多少年都等。"

钟欣的眼睛湿润了，潋滟一片，她顺势把脸埋进钱宇身上，把眼睛里的泪水偷偷拭去。

钟欣才走了不到两周，钱宇就打电话给他的亲哥钱进。

"哥，你说她是不是太招桃花了，她旁边的那个外国佬一看就不安好心，我在国外太久了，这些人一撅屁股我就知道……"

第四十六章
尾声

　　七年后,世界卫星导航峰会在慕尼黑召开,世界各国卫星专家齐聚一堂,共同探讨卫星导航前沿技术。两年前,北斗卫星导航系统提前半年完成全球星座部署,开通全系统服务,为全球民用用户免费提供10米精度的定位服务、0.2米/秒的测速服务、误差不超过10纳秒的时间服务,并且为付费用户提供更高精度等级的服务。

　　随着北斗全球导航卫星系统的影响力日益扩大,如今的全球性卫星会议都会特别设立北斗议题,与GPS、GALILEO、GLONASS并驾齐驱,同场竞技。作为未来卫星研究院最年轻的主任工程师和北斗三号项目的重要缔造者,孟星高受邀参加这次会议,并为专场作主题发言。

距离开始还有一会儿，孟星高在后台休息间候场，休息间通往舞台有一条长长的甬道，漆黑一片，前方是厚厚的红色丝绒帷幔，下方隐隐透出一丝光亮。孟星高依稀听到外面宾客正在入场，不同语言嘈杂的交谈声，鞋子撞击在厚厚地毯上或轻或重的脚步声，人很多，声音杂乱无章，越来越大，如同拍打岸礁的海浪涌向舞台方向。

一阵激昂的音乐响起，身着礼服的女主持人上台宣布论坛开始，峰会主办方发表了开幕演讲，又是两位嘉宾演讲后，耳麦里传来让孟星高上台的提示。孟星高起身朝那丝光亮的方向走去，帷幔掀开，他挺起胸膛，双手挥动有力，神采奕奕地在舞台中央立定。

孟星高抬头朝四周望去，这个会场是剧场式结构设计，舞台位于中央，观众席环形分布，层层向上蔓延，能够容纳万人以上。此刻他的位置，就是中央的中央，如同太阳系里太阳的位置，而这些环形的座位，如同卫星环绕着太阳。

"各位专家，各位来宾，在这个收获的金秋时节，很高兴与你们在慕尼黑相遇。今年世界卫星导航峰会的主题是造福人类，赋能未来，中国的北斗卫星导航系统，实实在在是为这个主题而生。中国的北斗卫星导航系统始于20世纪80年代；2000年年底，建成北斗一号系统，向中国提供服务；2012年年底，建成北斗二号系统，向亚太地区提供服务；两年前，也就是2020年，建成北斗三号系统，向全球提供服务。截至目前，北斗三号全球卫星导航系统的在轨运行服务卫星共45颗，包括15颗北斗二号卫星和30颗北斗三号卫星。

"一组数据可以很好地解释北斗系统如何造福中国，截至目前，最新数据显示，中国已有超过 790 万辆道路营运车辆、超过 4 万辆邮政快递干线的车辆、超过 4.7 万艘船舶、超过 10 万台人机自动驾驶系统应用了北斗全球导航卫星系统。手机中支持北斗全球导航卫星系统的共计 2.6 亿部，知名的地图应用软件调用北斗卫星的日定位量超过了3000 亿次，卫星导航与位置服务产业总体产值约 4700 亿元，2022 年将超过 5000 亿元。"

"另一组数据讲述的是北斗系统如何造福世界，目前北斗系统已在全球超过一半的国家和地区得到应用，向亿级以上用户提供服务，基于北斗的土地确权、精准农业、数字施工、防灾减灾、智慧港口等各种解决方案在东盟、南亚、东欧、西亚、非洲等区域的众多国家得到应用……"

孟星高用一个个数字讲述北斗的价值与意义，自信地向世界表达这份骄傲。而这份骄傲的背后还有另一组数字，400 多家单位、30 余万科技人员、160 余项关键核心技术，500 余种器部件国产化研制，100% 核心器部件国产化率。

孟星高一度想要把这些数字写进演讲稿，傅晚明却将它们划去了，他说这些数字是一个奇迹，但不必宣之于口，世界只需要知道，北斗比其他导航系统好用就行了，实现的困难没必要知道。

一场主题演讲的时间是 30 分钟，很快接近尾声，孟星高微微抬起头，眼中似有泪光隐隐闪烁，他动情地说道：

"十八年前的一天，我的家乡发生了一场史无前例的大地震，天崩地裂，整个小镇的居民深埋地下，是一名带着北斗终端机的救险人员发现了我和我的父母，将求助信息发出去，才有我今天站在这里。"

"那时北斗三号还未启动，北斗卫星导航系统仅能覆盖中国和亚太部分区域，而今北斗导航系统已经覆盖全球，将更好地为人类科技发展做贡献，为世界人民谋福祉。"

孟星高讲完下台，当天晚上他做了一个梦，以前那个反复坍塌的世界，树复绿，花复开，楼复建，死复生，所有的一切恢复如初，不对，是比当初还要好，失去的一切都回来了。

孟星高回国后，彭海又给他和钱宇安排了一场跨界交流会，就在本市会展中心。所谓跨界交流会，也就是说交流的对象都是非专业人士。往常这种会孟星高打死也不会去，跟一堆商业精英介绍那天上的事，人忙着低头数钱，哪有时间抬头看天。

结果，彭海满脸肉都被他气抖了，说他耽误了未来卫星研究院的大局。孟星高问彭海耽误了啥大局，彭海打开淘宝给他看问他是啥，孟星高说是NASA。然后彭海说看到没有，一件衣服299，一个帽子199，一个玩具99，美国航空航天局都卖周边，人家火箭上天烧的钱都是卖这些卖出来的，叫你出去一趟还能累着了。

孟星高都怕自己再气彭海，彭海浑身的肉都被怒火烧没了，赶紧溜出办公室，穿上钱宇带自己买的西装，按时出现在了会场。

和研究峰会不同,这跨界交流会的出场方式着实有些浮夸。孟星高被提前安排在升降台,然后主持人一声令下,音乐响起,而他本人缓缓出现在舞台中央,一道聚光灯从天而降,给他来了个周身沐浴。孟星高强忍着刺眼的灯光,心中腹诽为什么明星会喜欢站在这种地方。

喜欢也罢,不喜欢也罢,孟星高分得清这是任务。于是,按照彭海的要求,孟星高将北斗的前世今生以一种通俗易懂的形式给观众介绍,他语言平实,不哗众取宠,对于整个项目所经历的痛苦只字不提,就像在说一件跟吃饭睡觉一样简单的事。

在传媒机器的高速运转下,中国北斗已经成为举国上下无人不知无人不晓的奇迹,今天台下坐得满满当当,有北斗全球导航系统可能覆盖的行业,也有对北斗心生向往的民众粉丝。孟星高讲解过程中的每次停歇,都能引起掌声雷动,加上他长得高大挺拔,举止得体,在年轻科学家的光环下,台下的女孩尖叫连连,营造出粉丝见面会的氛围感。孟星高的演讲结束后,轮到钱宇上台,典型高富帅的形象又是掀起一波欢呼。

台下 VIP 座位,钱茂生和仇天浩坐在一起,钱茂生目不转睛地看着台上的儿子,像任何一个老父亲一样,恨不得宣告全世界台上的这个年轻人是自己的儿子。钱茂生骄傲极了,他这一辈子顺风顺水,赚到了普通人难以企及的财富,几十年间,由他签字生产的产品走进全球各地。但如果有人问他最满意的是什么，他会毫不犹豫地说，两个儿子是他此生最满意的作品。

大儿子钱进最像他，老成持重，子承父业，钱茂生把他当继承人培养。小儿子看起来有点纨绔，钱茂生曾经一度担心过，如今看来，他的担心太多余了，钱宇离开了他的庇护，在从未探索过的领域，走出了一条属于自己的路。

"老钱，一会，我大儿子上台讲北斗应用级芯片。"生意人永远不缺好胜心，仇天浩像只护犊子的老母鸡，不动声色地向钱茂生展翅显摆。

北斗航天级芯片成型后，仇天浩又迅速组建应用级芯片的研发团队，团队负责人正是自家大儿子仇一鸣。凭借着中华微电子科技集团雄厚的技术积累，不到一年时间，便推出了第一款实现量产，拥有完全自主知识产权的导航芯片，这款芯片的设计达到了功耗最优，还具有小尺寸、低成本、高可靠三大优势，迅速得到普及，极大地推动了北斗导航系统的普及。

这样的功劳从经济价值上可以说是所有嘉宾中最大的，但这次会议主办方为了传达对科学家的尊重，先由科研人员演讲，然后才轮到不同行业的企业家上台演讲。对于这样的安排，所有的嘉宾没有觉得哪里不对，都表示了强烈的支持。

一个白白胖胖的小男孩坐在电视机前，一双大眼睛像棋子般乌黑，他举起莲藕般白嫩的手，指着电视上的孟星高问叶筱悠："妈妈，爸爸肯定是所有人中最厉害的。"

"为什么？"叶筱悠忍俊不禁，这孩子太像他爹，老神在在的，小大人一般。

"他第一个讲，我们学校的老师一般让考第一名的同学第一个上台。"

玄关传来一阵钥匙旋转的声音，远远问道，"谁是第一名。"

"爸爸，怎么成为第一名？"小男孩问道。

"努力。"孟星高说。

"怎么努力？"小男孩问。

孟星高被难住了，如何解释努力？如何解释第一名？在航天领域，从来不缺努力的人。在航天领域，有很多首次，但第一名，永远是下一个。叶筱悠看到孟星高总是在儿子面前败下阵来，摇摇头从房间里拿出一个文件夹，里面有厚厚一叠的飞机登机牌。

"努力就是爸爸最忙的时候全年出差98次，里程12万千米，可以绕地球3圈……"

"好晚了，宝贝该睡觉了。"时间已经到了9点半，孟星高不得不打断聊得兴起的母子。

"我要听故事！"

孟星高抱着儿子回了房间，这一天他太累了，故事还没有讲完，他就睡着了。

这一夜，那些熟悉的面孔来和他道别，说他们在天空的北面找到一个很美的地方，离家太远了，可能不会再回来了。